A Kingdom
of
诸神黄昏，
天劫文明与神谕书
7
龙君晓初 著
長江出版傳媒
长江文艺出版社

北京长江新世纪文化传媒有限公司
www.cjxinshiji.com
出品

人类世界永远只有一种成功——
那就是用自己最深爱的方式，
过完不够漫长的一生。
梦想不死，希望不灭。

写给所有的噩梦，
因为熟知恐惧，所以足够勇敢。

ATLANTHELOT CHRONICLES

目录·上册

【阅读提示】

本书是一部动漫科幻小说。

书中双主角，在2029年的现实时间中，均已年满18周岁。

书中部分内容含有：星际战争、文明探索、军事对峙、世界各国的历史、民俗、神话等科幻或现实元素存在。

不可模仿书中任意情节。感谢您的翻阅。

ATLANTHELOT A KINGDOM OF LOONG AND CAT

VASAIRY ETHREMOURLA

目录·下册

THE GENESIS OF MYTHOLOGICAL UNIVERSE

前情提要

从前有个猫眼少年，名叫龙小邪。
他不是人类。
他是一具古埃及木乃伊。
他出生于公元前1361年11月25日。
他死于同一天。

DRINK
他的法老王父亲，将他的木乃伊
安放在一具有着时间魔法的古埃及黄金棺中。
他的灵魂在棺中沉睡了3300多年，
不能哭，不能笑，不能动，不能言谈，
不能长大，不能活着，不能死去。
这不是圣恩。这是神罚。

ATLANTHELOT CHRONICLES
他在黄金棺中，一动不动，
孤独了数千年的岁月轮回。
他无数次祈求死神垂怜。
直到那一天。
那一天，
他遇见了他。
他……
一个笑容明澈的中国少年。
龙曜。
他打开了他的黄金棺。
他唤醒了他。
他感到惊讶：我们两个长得一模一样？
行吧，无所谓。
看在我比较成熟稳重的分儿上，我来做你哥。
你是我的宠物木乃伊，
三千三百岁的宠物木乃伊。
就像路边捡到的流浪猫一样。
当了宠物，就要乖巧懂事，有家庭归属感，
别再自作主张，自讨苦吃，
最重要的是——
听哥哥的话。
ATLANTHELOT A KINGDOM OF LOONG AND CAT

那少年用年少轻狂，温暖了他死寂的灵魂。
他放下生前的仇恨怨怼，背弃了千年的誓言执念。
他想守护他年轻的生命。他要改变那少年英年早逝的宿命。
结果是……浮生一梦。
从未相识，却已相伴。
未及相拥，却已相忘。
有如回忆，如此蹉跎。
“王子，巧克力棒来一根吗？红酒味的。呵呵哒。”

时间轴

【2011年03月16日】薇拉抱来了一只小狐狸

【2011年11月24日】竹中秀一人生高光时刻，他……干掉了弑神者龙曜？

【2012年11月25日】木乃伊王子在哭泣，它不想来到人世

【2020年11月25日】龙小邪登上魔鬼岛，就读千学前语言班

【2020年11月26日】亚瑟遭遇神秘坠机事故

【2021年02月14日】故友重逢，毁于开学仪式上的一记狠踹

【2029年11月22日】阿兰星落第3399届甄选考试，全员被困冥河Styx，

龙小邪穿越时空，回到3390年前看到了所有因果和真相

(´▽`)↑第七册的故事，已经进行到这里啦

【公元前1361年11月25日】诸神黄昏 龙小邪诞生 龙小邪挂了
【1992年11月25日】萌萌的垂耳兔出生了！
【1996年08月14日】兔子打开黄金棺，初见野猫
【2004年02月14日】倒霉神王最后一次重生于人世
【2008年11月26日】宇宙第一可怕弑神魔龙出现了！
【2009年04月01日】猫校长过了一个糟糕的生日！
【2009年05月15日】魔鬼岛来了新人？
【2009年06月01日】奥丁晕车了，真的，不骗你

序之乐章
圣梅洛公爵的记忆碎片

最奇怪的一块记忆碎片

2011 年 3 月 16 日。

亚瑟出生了。

根据瑞典王室古斯塔夫的家族文献记录——

亚瑟的全名，叫作亚瑟·圣梅洛·V. 古斯塔夫。

他出生在瑞典斯德哥尔摩的王宫中。

他的妈妈，是瑞典王储伊莎贝拉·贝斯特拉·V. 古斯塔夫。他的爸爸，是隐世船王博尔·布里森·V. 古斯塔夫。他的大哥，是天才科学家奥丁·亚历山大·V. 古斯塔夫。他的二哥和三哥分别是威利和维，也都是世界名流和富豪。

亚瑟刚出生时，就有着极高的智慧，强健的体格，美好的品性，甚至精致优美到挑不出任何瑕疵的形貌。

“那个小王子亚瑟，实在是太奇怪了。”

瑞典王宫值勤的士兵，时不时偷偷议论他们最小的王子亚瑟。他们议论的内容，永远都是一致的：

“他就像是一尊上帝创造出的最完美的艺术品。”

“恐怕就连恶魔，都挑不出他身上有任何缺点。”

亚瑟对于旁人的这种议论，感到非常为难。因为，他其实是有很多缺点的，根本不是他人眼中的完美无缺。

例如：亚瑟从小就有很明显的阿斯伯格综合征。他非常不擅长言谈。他总想澄清一些事情，但一张嘴，说出来的就像是冷冰冰的代码，甚至乱码。因此，总也交不到朋友。

例如：亚瑟还有原因不明的记忆紊乱症状。亚瑟经常觉得自己见过一些人，去过一些地方，做过一些事情，但事实上，根据他的年龄和阅历，他根本不可能有过这些经历。

“我……应该再多多学习。只要变得更加聪明，就能解决所有烦恼，摆脱所有心理疾病，成为更优秀的人！”

小时候的亚瑟，像一只勤劳的小狐狸似的，天天钻在斯德哥尔摩市立图书馆里，在成年人瞠目结舌的注视下，飞速翻阅着艰涩难懂的古典书籍。亚瑟只觉自己无论怎么学习都不能满足，仿佛人类世界的知识，他早就已经熟知一样。

“哇！我最心爱的弟弟，你再多多学习，只能变得更加近视和孤僻，懂吗？我可爱的四眼绒毛小狐狸，学习有什么意思？该陪哥哥一起去晒太阳了哦！呵呵……”

一声略带嘲讽的轻笑，在亚瑟头顶响起。

一名银紫色长发的俊俏少年，快步走进斯德哥尔摩市立图书馆的古籍珍藏室，随手一提，就像提只大绒毛玩具似的，将4岁的小亚瑟，从满是灰尘的书堆里提了出来。

“巧克力棒来一根吗？新口味的！很不错！”

那紫发少年贼兮兮笑着，随手往亚瑟嘴里塞了根……芥末

味的巧克力棒。天知道为什么会有这种味道的巧克力棒。

那种恶心的程度，远远超出了亚瑟能够容忍的范围。

“奥……奥丁！放开我！我从来不吃垃圾食品，唔唔！”

亚瑟开始挣扎了。他冲着那紫发少年张牙舞爪。结果，就是被那少年强塞了一嘴巧克力棒，吐都吐不出来。

“真的吗？那天夜里，我明明看到你偷吃了一根。”

“我没有。不可能。你看错了。唔唔。”

这个笑容灿烂的紫发少年，名叫奥丁。

奥丁是亚瑟的大哥，同时，也是亚瑟此生最大的克星。

亚瑟小时候，总是冲着奥丁拳打脚踢，将奥丁随手塞进他嘴里的巧克力棒狠狠吐掉。不过最近，亚瑟不这么干了。

因为，亚瑟看到了一些不该看的东西。

亚瑟看到……

斯德哥尔摩市立医院最好的医生，给奥丁开的病情诊断书。医生说奥丁的身体很差，差到令他们一筹莫展。

至少，以现今 21 世纪人类医学发展水准，是不可能治愈他身上那么多奇怪毛病的。奥丁是不可能太长寿的。

亚瑟在偷偷看完医生的诊断书后，把头蒙在被子里，哭了一整夜，哭得眼睛都肿成了金鱼眼，特别可笑。

只不过，亚瑟很要面子，绝对不能让奥丁知道自己为他哭过，一大清早就用冰块把脸又敷回了面瘫冰棍样。

“我长大以后，要当世界上最好的医生。”

当天夜里，家庭聚餐。

亚瑟坐在小小的儿童椅上，推了推鼻梁上的半框眼镜，无比严肃地告诉父母，这是他将来要干的大事业。

“当什么？医生？听到了没？这闷骚怪胎还要当医生！”

“我看你就去当兽医吧。只有狗能听懂你在说什么。”

他的二哥威利和三哥维，同时在餐桌对面嘲讽他。

“我……”

亚瑟张口欲辩，但他刚一张嘴就紧张了。亚瑟那该死的语言障碍症又发作了。他稚嫩的嘴里，竟紧张到同时说出六七种截然不同的语言。这么多种语言混合在一起，听起来就像一个坏掉的机器人，正在乱报代码。真是无比可笑。

“哦！我知道你为什么忽然那么想当兽医了。”

二哥威利一见亚瑟僵在那里，就知道这小怪胎又要开始说乱码了，顿时笑得比餐桌上的蔷薇花还灿烂。

“我昨晚，把奥丁的病危通知书摊桌上，你还真看了。”

三哥维用锋利的餐刀切下一块牛排，在烛火前晃晃。

“怎样？你的奥丁哥要死了，是不是心里有点难过？”

二哥威利优雅地切着一块烤土豆，柔声安慰道：

“毕竟——这个世界上，最后一个愿意听你胡言乱语的人，都将不久于人世，你是不是感到人生特别绝望？”

三哥维给亚瑟递了朵花，纠正威利的口误道：

“不对！明明就是——这个世界上最后一条愿意听你胡言乱语的狗，都将不久于人世……”

砰！威利和维话音未落，亚瑟就忍无可忍地冲着这俩混蛋哥哥扑了上去，结果就是……被他们狠揍了一顿。

父母很快将三个跳上餐桌打架的熊孩子给拉开了。

但很明显的，威利和维早有预谋。

他们趁着亚瑟发怒先动手的一瞬间，一把揪住亚瑟头发，将他那张无可挑剔的漂亮小脸，摁在了滚烫的烛台上。

“呵！去医院找你那个无所不能的奥丁哥哭诉啊。”

“让奥丁来给你报仇啊！我们等着呢！家族耻辱！”

“全给我闭嘴！”母亲忍无可忍了。

“适可而止。”父亲总算说了句话。

威利和维立刻遵命，乖乖搁下餐刀，结束了这场不愉快的家庭晚餐。他们两人甚至还故作礼貌地冲亚瑟说了声：

“抱歉哦，呵呵。有没有很疼呢？‘我心爱的弟弟’。”

亚瑟在母亲的搀扶下爬了起来，擦掉脸上难看的污渍和滚烫的蜡烛油。然后，亚瑟说话，终于开始有点正常了。

亚瑟深深吸了口气，让脸上的刺痛感和内心的羞耻感，在脑海中混合成一种控制语言节奏的催化剂，不让自己因情绪激动而同时说出不同种类的语言，虽然，这非常艰难。

亚瑟就像一个牙牙学语的孩童一样，努力控制着声线，一字一字，说出一段挺长的话。亚瑟说：

“我没事。

“刚刚的事，别让奥丁知道。

“奥丁脾气不好。他每次知道威利和维惹事，都要把他们折磨得死去活来。奥丁这样不对。所以别告诉他。”

亚瑟控制着情绪和音调，面无表情地学习着说人话。

亚瑟说：“我不聋。很多关于我身世的流言蜚语，我一直听着，基本都懂。确实抱歉。是我的意外出生，给你们家庭带来了不快。我也明白，只要我继续存在，这个家庭的和睦，就很难继续维持下去。所以昨晚，我决定了一件事，我——要带奥丁，离开这里。”

小小的亚瑟，像个机器人一样，在两个兄长瞠目结舌的注

视下，从西装内袋里取出一张白金卡，摊在桌上道：

“最近半年，我找了些网络兼职工作，攒了点积蓄。

“这四千万欧元，作为我给你们带来不快的精神损失费。请你们收下。从今以后，请不要再来打扰我和奥丁。

“我要带奥丁去旅行。”

亚瑟说话时，没有任何情绪，就像一台精确报数的高级计算机，在播报着自己早就预定好的逻辑进程。亚瑟说：

“我会尽一切力量，给予奥丁快乐，延长奥丁的生命。

“我会陪伴他，因为他很好。

“我很喜欢他，非常非常喜欢。”

亚瑟说罢，在所有人的抗议声中，独自离开了家。

亚瑟戴上厚厚的口罩，遮掩面颊上烫伤的痕迹。

亚瑟在路边买了一束特别好看的白玫瑰，用红缎带包扎成兔耳朵蝴蝶结的形状，虽然他也不知道为什么要这么做。

亚瑟穿着奥丁最喜欢的那套小狐狸装束，口袋里揣着盒巧克力棒，跑向斯德哥尔摩市立医院，去 ICU 接奥丁出院。

亚瑟飞跑在北国雪夜中。他抬头看看漫天飞舞的雪。

不知道为何，亚瑟总觉得，那一望无尽的白，就是他初见奥丁时的颜色……

“我最心爱的弟弟。”

这是亚瑟最喜欢听奥丁说的话。

虽然每一次，奥丁这么呼唤他的时候，亚瑟心里，不知为何就会隐隐有些疼痛，仿佛奥丁那一声声喊的，从来就不是他。不过，没关系，他喜欢听奥丁这么喊，非常喜欢。

反正，他已经长大了。虽然他有很多缺点，记忆紊乱，说话经常变成乱码，比任何孩子都孤僻，但是他很聪明。

他的聪明，远远超过了正常人类的水准。

他就像是一台宇宙间无比罕见的智能生命体，能够轻易通晓任何一种代码语言，进入任何二进制的程序载体。

当他触摸键盘的第七天，他就成了北欧最著名的黑客。他可以兼职打工挣钱，养活奥丁了。

所以，只要过了今夜。

今夜之后，他就带着奥丁去旅行。

去一个不会下雪的地方，很暖很香的地方。

在那里，他一定要学会好好说话，好好地跟奥丁聊聊。

“奥丁！”

亚瑟捧着白色的玫瑰花，像只毛茸茸的小狐狸一样，蹦蹦跳跳，跑进斯德哥尔摩市立医院。

当亚瑟走进医院 ICU 回廊的时候，发生了一件奇怪的事。

忽然间，有个女医生冲着他远远错喊了一声：

“奥丁……”

亚瑟闻言，脚步一滞。

一刹那间，整个世界，在亚瑟眼中化成无数碎玻璃。

“砰”的一下！如同亿万记忆碎片般，破碎开来。

亚瑟茫然回头——

呆呆望了一眼那个喊错他名字的女医生。

然后，他身形一晃，就像一台突然死机的人形电脑一样，直挺挺地，摔倒在了医院 ICU 的回廊前，再也不动了。

那天夜里，亚瑟并没有接到奥丁。

当亚瑟再一次醒来时，已经是一周后。

斯德哥尔摩市立医院的医生，告诉他父母说：亚瑟就像一具断线木偶似的，直挺挺倒在了医院 ICU 的回廊里。

但又查不出任何生理上的疾病。

所有人都知道……亚瑟的脑子，又坏掉了。

准确地说，是亚瑟的记忆错乱症又发作了。

就像曾经发作过的很多次一样——

亚瑟忽然记不起自己曾经去过斯德哥尔摩市立医院，记不起自己为什么要去医院。

亚瑟完全忘了自己曾经偷看过奥丁的病危通知书，忘了曾经为奥丁哭得死去活来，忘了晚餐时被威利和维狠狠欺负过，忘了自己将一张四千万欧元的白金卡狠狠拍在桌上，忘了发誓要带奥丁离开北国，去一个没有雪的世界……

他忘了要对奥丁说的所有话。

亚瑟的记忆，再一次皲裂成了斑驳的时光碎片。

无数本该深刻到毕生难忘的曾经，统统在他那异于常人的睿智大脑中，化作一片片记忆碎片，消失无踪。

那些记忆和梦想，好似是属于他的，又似从未发生。

“我看这小子，就是个典型的精神病吧！”

“应该抓进疯人院！用电击方式好好折磨他几年！”

威利和维又开始嘲讽亚瑟了。

他们两兄弟在确认过亚瑟给的那张白金卡里确确实实有四千万欧元存款后，立刻对亚瑟有了新的厌恶和恐惧感。

那种感觉，简称酸。他们觉得，这小怪物一定是给恐怖分子干黑活，才能在这么短时间内挣到那么多黑钱。

“反正我已经报警了。这就是个怪胎。”

“我看他八成是在装失忆，想逃避刑罚！”

这两兄弟对于亚瑟的记忆错乱症，一直都很有想象力。

只不过，亚瑟不在乎。

因为，他的记忆，再一次变成了碎片，找不到踪影了。

那一刻的亚瑟，就像一只毛茸茸的年幼小狐狸一样，蜷缩在奥丁怀里，张牙舞爪地教育着他放浪形骸的大哥。

“奥丁，你不要再冲女性抛媚眼了！你会被雷劈的！”

“哟！几天不见，你今天说话好溜啊，我最心爱的弟弟。”

“不要转移话题。你的巧克力棒该戒了，对身体不好。”

“呵，可以啊。只要你告诉我，为什么给我买白玫瑰？”

“我？给你？买？白？玫瑰？这是不可能的。”

“别说不可能。你上次还偷吃过樱桃味的巧克力棒。”

“我没有，你瞎说。”

“我最心爱的弟弟，是不是有什么重要事要和我聊？”

“我没有。不存在的。”

“呵呵。那么，我们一起去旅行吧。”

奥丁忽然一伸手，将小小的亚瑟用力搂在胳膊里。

“为什么？”亚瑟也不记得要去旅行的事了。

“因为，我最心爱的弟弟，看起来超会赚钱的样子。”

奥丁在亚瑟嘴里塞了根樱桃味的巧克力棒，赞美道：

“所以，呵呵，刷你的卡，带哥哥环游世界去吧！”

“我不要。你应该学会自力更生。”

奥丁酣畅大笑着，搂着张牙舞爪的小亚瑟，走出斯德哥尔摩王宫，踏上了他们环游世界的旅途。

当天夜里，威利和维干了件蠢事……在兽医院裸奔。

他们两兄弟，不知被谁打成了猪头，一丝不挂地扔在兽医院门口。他们还不敢说是谁干的，只是没完没了地咕哝着：

“他们两个一定会遭报应的！一定会遭报应的！”

亚瑟对此一无所知。他拿着一本厚厚的《环游世界指南录》，茫然蜷缩在奥丁身旁，无比勤奋地用笔圈圈画画道：

“奥丁，你第一站想去哪里？”

“中国。”

亚瑟其实一直以为奥丁最想去拉斯维加斯泡妞。亚瑟甚至连怎么拒绝都已经想好了。泡妞这种事情，在亚瑟大导游的带领下，是绝对不可能存在的。指南录上说，中国女孩矜持，不容易被骗，所以去那里还是可以考虑的。

“中国哪里？”

“龙藏浦。”

“龙藏浦？”

“嗯。”

奥丁眯眼望向窗外逆光倾泻的云彩，笑容无限美好。

“那里，有一个很小的镇子。每逢春天，镇上梨花漫天，飘起来像北国的雪，落在身上却又是暖暖香香的。”

“暖暖香香的……雪？”

亚瑟玫紫色的眼睛一眨不眨地盯着奥丁。奥丁当时正望着窗外，有点失神。亚瑟就偷偷凑过去，吸了一口奥丁身上的味道。没错，就是这种味道，暖暖香香的雪，奥丁的味道。

“那，第一站，就去龙藏浦吧。”

亚瑟一本正经提起笔，在世界地图中国江南水乡的一隅，画了个小小的圈。画完，他就有点困了，打了个哈欠，蜷缩在奥丁怀里睡着了。

隐约间，亚瑟觉得自己好像忘了点事。不过，没关系。反正只要睡醒后，记得提醒奥丁戒巧克力棒就行了。就这样吧。晚安，我最心爱的哥哥。

第一乐章
龙与血

2008 年 11 月 26 日。

龙小邪轮回 3300 多年的往昔幻梦之中。

未知地点。

一列载满了阿兰星落世界贵族的凶灵列车之上。

第三节车厢·巫医森林之中。

龙小邪冲着濒死的赛尔匹努斯巨龙扑了上去!

“呼啦”一下——再一次阴风阵阵地和那巨龙穿身而过。

他……终于找到龙曜了。

他终于再一次活着听到了那孩子的声音，听到了他疯狂的傻话。只不过，只不过，这真的，真的就是龙曜吗?

一条浑身血湿的四翼巨龙?!

五百多米的巨型龙躯，无比雄阔地横亘在巫医森林的断壁残垣之中。鲜血淋漓的伤口四周，满是密集坚硬的异色龙鳞。

狰狞恐怖的龙牙，鳞次栉比地镶嵌在龙嘴中。

蓝绿色眼睑，白金色虹膜，瞳孔竖立成一条直线状，在光

影晦明之中，不断变幻着色泽形状，仿佛随时都要化作幻象之火，蔫蔫熄灭。

四只无比夸张的龙翼，灵光辉闪地耷拉在千疮百孔的龙脊之上。在巫医森林遮蔽天穹的沼气毒雾之中，裸露出白惨惨的龙骨与破败的筋肉，血肉模糊。

前两只龙翼，看起来像是某种巨型吸血蝙蝠的肉翼；

后两只龙翼，看起来像是某种巨型鸟类的羽翼。

这……就是古代中美洲神话传说中的“赛尔匹努斯巨龙”。

一枚八星级圣战士系的高阶世界宝藏！

它真的就是龙曜吗?!

“龙曜……你……怎么……

“怎么会……变成一条……龙……”

龙小邪颤然抬眼，嘶声问道。

赛尔匹努斯巨龙，眼皮低垂，龙息淡吐，柔声回答：

“哦。那是因为——我，吃掉了沃尔特中校。”

“什……什么？”

龙小邪浑身一颤。一种莫名不祥的恐惧，摄住了他的心魂，以至于一时之间，他根本不知如何解答龙曜话中的真意。

“什么……叫……吃掉了沃尔特中校……”

“意思，就是——我，杀掉了一名八星级圣战士系的世界贵族。我，吞噬了一条妄图夺取我生命的恶龙。”

赛尔匹努斯巨龙的声音又轻又淡，仿佛是在讲述一件与自己并无关系的事情。它说：

“王子。我打不过沃尔特中校。无论我的愿望如何美好，我的精神如何强大，我的心态如何乐观，我的思想如何正直，我的极限，终此一生，只不过是一个低等孱弱的卑微凡人。”

“在这场龙与血的生死之战中，我只明白了一件事情——正如奥丁所言，我卑微如蝼蚁。只不过，纵使卑微如我，依旧不想死。”赛尔匹努斯巨龙，一口口吹吐着血腥的气息，凑在龙小邪耳边，一字一句，淡淡说道：

“我很想活下去，活着再见你一眼，跟你一起终老，活着回到我们幸福快乐的曾经，而不是孤孤单单死在这里，就像一只屠宰场上的羔羊，毫无抵抗之力地死在弱肉强食的自然法则之下。我想要活下去，不惜一切代价地活下去。

“活着回到你的身边。哪怕最后一次。

“所以，我背弃了至善的初心。

“我对沃尔特中校，动了杀心。”

赛尔匹努斯巨龙冷冷淡淡望着龙小邪。隐隐的，仿佛有什

么重要的东西，正在离他远去。龙曜说：

“既然，凡人的生命如此脆弱，注定不可能战胜这样一只足以随意主宰我生死的恶龙，那么，为什么我不能化成恶龙？”

赛尔匹努斯巨龙，那空灵缥缈的声音，缓缓地升腾起一种令人毛骨悚然的杀意与猖狂。它说：

“如果力量的本源，就是伤害他人，那么与其被人所害，不如我来主宰力量。我来决定伤害什么。我来成为神。无论是善神，还是恶神，都由我来充当。”

赛尔匹努斯巨龙说到这里的时候，微微顿了一顿。

它看着龙小邪，仿佛是在犹疑。

然而，片刻之后，它眼中的遗憾荡然无存，取而代之的，却是一种令龙小邪极度陌生的杀意与疯狂。它说：

“就在赛尔匹努斯巨龙摧毁我的前一刻——

“我将自身所有欲望，统统炼化成了一种‘恶性灵识病毒’，强行植入了赛尔匹努斯巨龙的脑中。”

赛尔匹努斯巨龙，缓缓扬起它那支离破碎的四只龙翼。

霎时间，它鲜血淋漓的龙躯，被亿万灵光璀璨的智者系、巫医系、神乐师系、圣战士系、炼金术师系五种幻世符文，团团笼罩，化作一片灵光星海。

赛尔匹努斯巨龙，就像是一尊浴血的杀戮战神，在死亡彼岸，淡淡解说着自己毕生犯下的第一宗罪孽。它说：

“这种‘恶性灵识病毒’，凝聚着我毕生所有不甘、贪婪、疯狂与欲望。究其本质而言，这种病毒，其实就是——龙曜的思想，龙曜的心。”赛尔匹努斯巨龙淡淡说着，缓缓直立起身。

它周身灵光辉照的五种神幻符文，越聚越多，仿若毁天屠灵一般，令人战栗不止。它说：

“当这种病毒植入赛尔匹努斯巨龙的大脑中时——它开始感染、吞噬巨龙的思想意识。它疯狂繁殖，自我复制，迅速在巨龙脑中，复制繁衍出数以亿万种‘龙曜的欲望’。

“沃尔特中校战力再强，依旧不过是一名纯战斗型的圣战士。精神战，是圣战士的软肋。在没有任何智者系和通灵者系辅战战友协助的情况下，沃尔特的精神防线，一溃千里。

“当龙曜的欲望，吞噬尽了沃尔特的全部思想，那么，沃尔特化身的赛尔匹努斯巨龙，就彻底死了。

“因为——它的大脑，变成了龙曜的大脑。”

赛尔匹努斯巨龙淡淡自问自答道：

“人类，什么时候会死？

“是心脏停止跳动之时？是肉身化为飞灰之时？”

“不是。

“是当他停止梦想的时候，当他不再感受痛苦的时候，当他为生存绝望的时候，当他沉溺于自大自负自怜自卑的时候，无论他的心脏是否还在跳动，他的双眼，已经失明；他的灵魂，已经死亡；他的牙齿，虽然还能咀嚼食物，但不过就和诈尸时的肌肉抽搐没什么两样罢了。

“我心若在，我必永生。

“王子，这，就是我依旧活着，活着回到你身边的原因。”

赛尔匹努斯巨龙，如此说着，灵光璀璨的四翼龙翅，缓缓收拢。一刹那间，那盘旋闪耀在他周身的五种幻世符文，开始不断叠加融合，相互撕咬着，化为一体！

紧接着，短短一瞬间——那些幻世符文，便以一种令人毛骨悚然的辉煌姿态交叠媾和在了一起，化作一种绚烂璀璨到几近神迹般恢宏霸道的灵识能量场！

“——Vasairy Ethremourla！生物再造方程式！”

赛尔匹努斯巨龙，淡淡吟诵出亚瑟曾经使用过的一种炼金术师系咒法，在周身激荡开无数暗金色炼金术师系符文。它说：

“将赛尔匹努斯巨龙的肉身，炼化成龙曜的形貌！”

旋即，一阵剧烈轰鸣声。

伴随着一连串灵焰爆燃与符文狂啸之光，龙小邪整个半透明的灵体，都被一股极其霸道的灵能扇飞了出去。

“唔……”

龙小邪一声闷哼，原本就因剧痛和重伤而颤抖不止的灵体，被那灵能力场直接拍飞在地，颤抖着，竟是再也无法爬起。

一口鲜血，猛地从他喉间呛了出来。

猫神贝斯特之眼正疯狂警告着龙小邪：他的灵识本体 SPI 已然严重受损。龙小邪却根本顾不得去理睬那种危险警告。

他只是奋力挣扎着，用力撑起身体，望向那一片令他毛骨悚然的星河灵光。

紧接着……一只手，向他伸了过来。

那亿万灵光星海之中——

一个目色沉寂的中国少年，缓缓踱步而来，站在了他面前。

那个中国少年，长着和龙曜一模一样的灵秀脸孔，额前一束天然白化的发丝，只不过……

他的耳朵，化成了斜飞而起的半透明龙耳；

他的后背，飞扬起四只形状诡异的龙翼；

他的周身，不断挥散出有如神幻涟漪般绚烂的苍白龙鳞；

他的眼中，飞速跳跃着一道道幻世符文演算方程式；

他的形貌，化成了一个狰狞扭曲、半人半龙的诡异东西；

他的身体，甚至还在不断生长出异形妖魔的器官和肢体。

他的神情，陌生得令龙小邪死死抠住了自己心口。

他就那样冷冷凝望着龙小邪颤抖不止的身体。

在一连串高精密度的数据演算和人类形态重组之后，他的脸上，无比精确地浮现出了龙曜曾经拥有过的笑容。

那少年淡淡望着龙小邪剧烈颤抖的身影。

他说："王子。我回来了。"

他说："虽然，我已经死去。"

龙小邪愕然掩口，猛地倒退了半步。

第二乐章
吞噬之欲

龙曜回来了。

他活着回来了。他弑杀了恶龙。

他活着回到了龙小邪身边。

但是，他真的……真的还是龙曜吗？

那个，曾经连麻雀都不忍心伤害的傻兔子龙曜？

他为了活下去，将自己炼化成了一种恶性病毒程序。

他弑杀了恶神。

他化成了魔物。他回到了龙小邪身边。

他说：“王子，我回来了。虽然，我已经死去。”

他浑身上下都散发着一种恢宏恶意的强大能量场。

那种有如灭天屠灵般的邪恶气场，令龙小邪不寒而栗，下意识地连退了好几步。

“你……别开玩笑了！”

龙小邪声音猛地沉了下来。

霎时间，一种无比诡异的念头，拂过龙小邪脑海。那种念头，有如剧毒一般，迅速蚕食着他重逢的喜悦，将他所有的思

念与心疼，统统化成一种刺骨的恐惧。

“你不是龙曜。你不是原来的龙曜。”

在这个古埃及亡灵整整 3300 多年的轮回岁月之中，他从来没有看到过任何一个人类，能在短时间内攫取到如此霸道凶蛮的力量，而不遭到惨重报应的，从来没有过！

人力有穷尽，不可逆天行。

这是宇宙恒定不变的天道。

这人，不是他的龙曜，他不要这样的龙曜。

“你……你立刻给我变回去！”

龙小邪用力挣扎着避开了那少年隔空伸来的手。

“嗯，没错，我不是龙曜。

“我和龙曜，肉身不一样。

“我比龙曜，强大了太多。

“我长大了。你的龙曜，死了。”

那个魔化的弑神少年，毫不在意龙小邪的恐惧。他眼中符文方程式狂跳，极尽完美地演绎着龙曜的音容笑貌。他说：

“我只不过是龙曜临死之前，留在这个荒芜世界上的一道恶性病毒程序。我是龙曜心中最黑暗的欲望。我的存在方式，比起人类，更加接近智者亚瑟，一种远远超越人类极限而存在的新型智能生命体。我是病毒，不是人类。你，可以喊我代号：魔化龙曜 1.0 版本。

“我知道你最喜欢听什么话，我心爱的王子。呵呵哒。”

那魔化的弑神少年，嘴角微微扬起。

他在短短数秒的对话之后，已然习惯了龙曜的一切口吻和神情。他开始极尽完美地模仿龙曜。

除了他周身那不断生长而出的妖魔化器官和液态肢体以外，龙小邪几乎已经无法从神情上分辨出他和龙曜的区别。

这魔化的弑神少年，比智者亚瑟，更加完美，更加强大！

他强大得令龙小邪分不清真实与虚幻。他说：

“王子，不要害怕。我就是龙曜临死之前，留给你最重要的礼物。我是龙曜对你的慈兄之意。我会代替龙曜，守护你一生。请你，接受我。我和龙曜，除了肉身不同，并没有思想区别。我的王子。”

咝——那魔化的弑神少年，如此淡淡微笑着，冲着龙小邪轻轻一指。随即，龙小邪就发现自己再也无法动弹了。

那个魔化的龙曜，用一连串灵光闪耀的符文光链，牢牢将龙小邪捆绑在了地上。他缚住龙小邪手脚，淡淡地命令道：

“现在，王子，你乖乖待着别动。从今往后，一切听我安排。我现在有点饿。吃点东西后，就带你回家。”

那个龙曜说着，伸出一根手指，轻轻点向了一根裸露在外的巫医森林主控系统的灵丝状电路元件。

“呼哧”一下，灵光爆燃！

就在龙曜那根手指接触到那灵丝状电路元件的一瞬之间，原本已然死寂一片的巫医森林，就好似回光返照般，骤然间激荡出摄人心魄的巨大灵识能量场。

无数辉煌浩瀚的灵识能量，瞬间化作灵光粒子，顺着龙曜指尖，汩汩流入他体内。

短短数秒时间，那个魔化龙曜，周身上下不断流溢而出的灵光符文，就似完成了亿万年进化过程的高等物种基因链一样，化作一道道更为繁复恢宏的符文代码方程式，有如宇宙星河般，逸散在他周身。

那个魔化龙曜，他……

吃光了这座巫医森林中，最后残存的所有系统能量！

甚至，就连这座巫医森林中所有残存的灵子态复原液，也都在这短短一瞬之间，被他吞噬得一干二净。

这就是他进食的方式。

那个魔化龙曜吃完，舔了舔干涸的嘴角，淡淡说道：

“味道，太一般。王子，你再等我一下。我还是有点饿。必须再吃一点，才有力气带你回家。”

那个魔化龙曜，如此说着，指尖微微一扬。

这一次，他指尖挥散出数十道光链状灵丝，倏然间，将原本瘫软于巫医森林之中的那 21 名巫医和圣战士，统统卷到了自己脚边。

龙曜淡淡望着那 21 名曾经妄图将他残忍解剖炼药、最终却全部败于他手的杀戮者。他娇嫩的喉头，微微动了一动，似是咽了一口口水。他望着那些敌人的目光，又温柔又慈悲。

龙小邪却浑身汗毛一下子竖了起来。

“你……你想干什么……别……别这样……龙曜！”

但是，没用。

“够了！住手！”

龙曜指尖轻轻一动。

短短一瞬之间——先前那妄图将他随意屠杀的 21 名世界贵族，统统在他指尖轻挑的一瞬之间，被一股无限恢宏霸道的能量场，分解成了一汪星河灵光，化作一道道血脉灵识凝聚而成的微观粒子，迅速融进了龙曜体内！

紧接着，龙曜那半人半龙的异化形态，再一次进化出了更为霸道凶蛮的魔化姿态。

他的四只巨龙之翼，开始分裂出一道道白骨分叉。

他额前的龙角，开始裂开一道道形状诡异的昆虫口器，他的下半身，开始蛟化蛇化，半透明的蛇鳞蛟鳞，自他小腿上片片堆叠而起，情状极其诡异骇人。

他的模样，看起来，不知是什么魔化生物的杂交品种。

他似是还会继续进化。只要他不断进食，不断吞噬生命。

龙小邪却再也看不下去了。

他浑身抖得厉害，声音一下子尖厉了起来。

“你够了！别再吃了！

“你别再顶着龙曜的脸，做这种铁定会遭报应的事了！

“我不管你是怎么把自己弄成现在这种鬼样子的，这种力量，这种鬼样子，根本不是你能够驾驭的！你立刻停下来，停下来，变回去！你……”

龙小邪张口想骂，然而，就在他话将出口的一瞬之间——

龙曜忽然回头看了他一眼。

龙曜，依稀间，他仿佛还是原来的目光，原来的容颜，原来的年幼，原来的不谙世事，原来的天真傻白，只要龙小邪冲他一吼，他就会立刻耷拉着耳朵，乖乖听话……

龙小邪就这么呆呆望着龙曜，望着那孩子稚嫩的脸庞，刹那间，那句已然冲到嘴边的喝骂，一下子闷了声，化成了另一句根本不知所云的低求。

龙小邪说：“龙曜……你别再吃了……我们回家吧。”

龙小邪用力摇了摇头。他说：

“回家。再也不牵扯进任何是非。就这样长大，终老。其

实我，不是很在意你肉身变成什么样子。我知道，你尽力了。我们几个，能回去，就回去。回不去，就一起死。”

龙小邪眼泪扑簌簌落了下来。他说：

“你别再这样。别再继续战斗。曜曜，我们回家吧。我……会一直一直陪着你。陪你走到终点的。”

龙曜闻言，淡淡眯眼，微笑起来：“呵呵哒。”

龙曜悠然俯身，隔着虚空，触摸了一下那流泪的古老幽灵。

龙曜说：“我刚刚发现，你看起来真好吃，我的王子。”

龙曜如此淡淡说着，突然伸手，轻轻抚向了龙小邪的“猫神贝斯特之眼”！

“唔……”龙小邪一阵撕心裂肺的低鸣。

霎时间，他整个灵体都被龙曜掀飞了起来！

“九星级世界宝藏——猫神贝斯特之眼，味道果然比那些中阶宝藏，来得美妙太多。这样的极品美味，留在王子你身上，实在太过暴殄天物。不如给我吧，王子。”

龙曜伸手轻轻一抚，“呼哧”一下，直接将龙小邪左眼眶中的那枚暗金色猫眼石，摄了出来！

龙曜半透明的指尖，凝聚起一道炼金术师系符文方程式，瞬间就将那枚暗金色的猫眼宝石，溶解成了一道道时空旅人系的血脉灵识能量，吸收进了体内！

紧接着——原本那环绕龙曜周身的五种幻世符文，化成了六种。那个魔化的龙曜，在吞噬了龙小邪的血脉灵识之后，进化出了第六种神幻力量：时空旅人系力量。

龙小邪却在失去猫神之眼的瞬间，整个人似一条脱水数小时的死鱼一般，双目圆睁，瘫软在了地上。

龙小邪已经连惨叫都发不出来了。

纵使跟奥丁死斗之时，他都没有感受到过这种程度的绝望和不甘。他已经再也无力继续挣扎。

伴随着“猫神贝斯特之眼”被龙曜生生取出他灵体的动作，他瞬息间失去了一切行动和思考的力量。

那种感觉，简直就像一具被人拔除了电池板的玩具木偶。

他手脚僵硬，再也无法移动分毫。

他想说话，他想大喊龙曜的名字，他想阻止他冲着黑暗深渊狂奔而去。但是，所有声音，统统哽咽在喉间，再也无法说出，再也无法告知。

曜曜，我们回家吧。

我会一直一直陪着你。陪你走到终点的。

这段话，就像是他此生最后一次对他说出的心愿，再也无法兑现。他甚至都已经很难继续保持清醒下去。

这场梦，这场轮回 3300 年的往昔幻梦，是这枚“猫神贝斯特之眼”赐给他的生命传奇。失去了猫神之眼的他，已经再也无力继续轮回往复，追逐他的曾经，他的梦想，他的兄弟。

他想跟他一起活下来，活下来。

在一个平凡庸碌的世界，静静终老，就此结束。

泪水，顺着他的眼角，落了下来。

然后，龙小邪，就那样再也不动了。

他木然睁着双眼，瞪着虚无时空之中的黑暗。

恍惚之中，他仿佛又看见了龙曜。龙曜，根本没去看龙小

邪的泪水，他只是舔了舔自己因肉身进化而愈发尖利的半透明尖牙，形式性地蹲在龙小邪身边，柔声安慰他道：

“王子，你的猫眼石，借我享用几年。

“反正你那么笨，留给你也不会用。

“等我玩腻了，就还给你。现在，别哭了。

“你一哭，我就又饿了。那么，还有其他什么可吃的呢……”

龙曜如此淡然微笑沉吟着，伸指再一次点向那座已然彻底瘫痪的巫医森林主控系统。

龙曜指尖燃起一道暗金色灵焰。

他将刚刚从龙小邪那里夺来的一道时空旅人系灵识能量，连同自身体内的智者系、炼金术师系灵识能量，一同输送进了一座已然半数崩溃的魔法阵型“时空传送装置”。

短短数秒之后——

“嗡”的一下！

那座巫医森林里的“时空传送装置”被龙曜修复了。

“各位患者请注意——

“这里是492044号巫医森林临时应急系统。

“现在本系统将为您进行一次临时性的时空传输工作。

“传输位置：ATLANTHELOT8944TESGA次灵轨列车。

“传输方式：四维宇宙时空坐标源代码：（TWE31871925，UOE37923715，MEY827491827，SET987512324）→（TWE31871789，UOE37923715，MEY827491827，SET987512324）。

“传输物体：低等人类生命体・吉赛尔・赫尔南多。

“传输时间：当下时刻。

“传输开始——”

嗡！

伴随着一连串龙曜用符文代码临时编写而成的系统应急程序，骤然间，一道时空传送阵式魔法图腾，出现在龙曜脚边！

那时空传送魔法阵中，所有时间和空间，仿佛被一只看不见的人手，反复揉搓着一般，不断折叠扭曲，化作一道道抽象画式的波纹涟漪。

紧接着，数秒之后，那种时空错乱折叠现象，停止了。

取而代之的是……

那座时空传送魔法阵中，出现了一名金发金眼的凯尔特族少女。那少女，面容秀美得令人一见难忘。

然而，她的神情，却是如此萧瑟决绝。

她手中，握着一柄用钢管拧折而成的自制短刀。她掌心，因为强行掰拧钢管而鲜血淋漓，满是划口。她卷曲的金发，随意披散在脑后，再也没有了往昔的精致华美。

她左手抱着龙小邪的木乃伊，右手握着那柄自制的短刀，像只警惕的豹子一样，环伺着四周。她看起来，像是一个随时准备奔赴死地的女武士。

她竟然……是吉赛尔·赫尔南多？

那个整日娇滴滴抱怨着生活琐事的英国小姐？

“哟，赫尔南多大小姐阁下，您这是什么鬼扮相？”

龙曜望着时空传送魔法阵中那个骤然被传送而至的吉赛尔，嘴角微微挑起，露出一丝嘲讽的微笑。龙曜说：

“您可别告诉我，您就准备，拿着这么柄自制的小破刀，冲进那几百名世界贵族当中去救我，呵呵哒，公主病患……”

龙曜那句嘲讽话，并没有说完。

因为，就在那时空传送魔法阵骤然将吉赛尔传送进巫医森林的同一瞬间，吉赛尔就已经看见了他。

她看见了他。

她看见了龙曜。

她看见了那个浑身上下都散发着灭天屠灵煞气的杂交妖魔版龙曜。她看见了他周身不断挥散而出的死亡苍焰。

她看见了一头狰狞的魔物。

紧接着——

吉赛尔一声没吭。

“咔嚓”一下。她手中紧握的那柄劣质短刀，被她丢在了地上。

她一个纵身扑上去。

死死抱住了那个已然化身成为杂种妖魔的龙曜。

“你还活着。”

吉赛尔如此说了一声，再也不肯松开龙曜。

第三乐章
生死契阔

那一刻……

龙曜和龙小邪都蒙了。

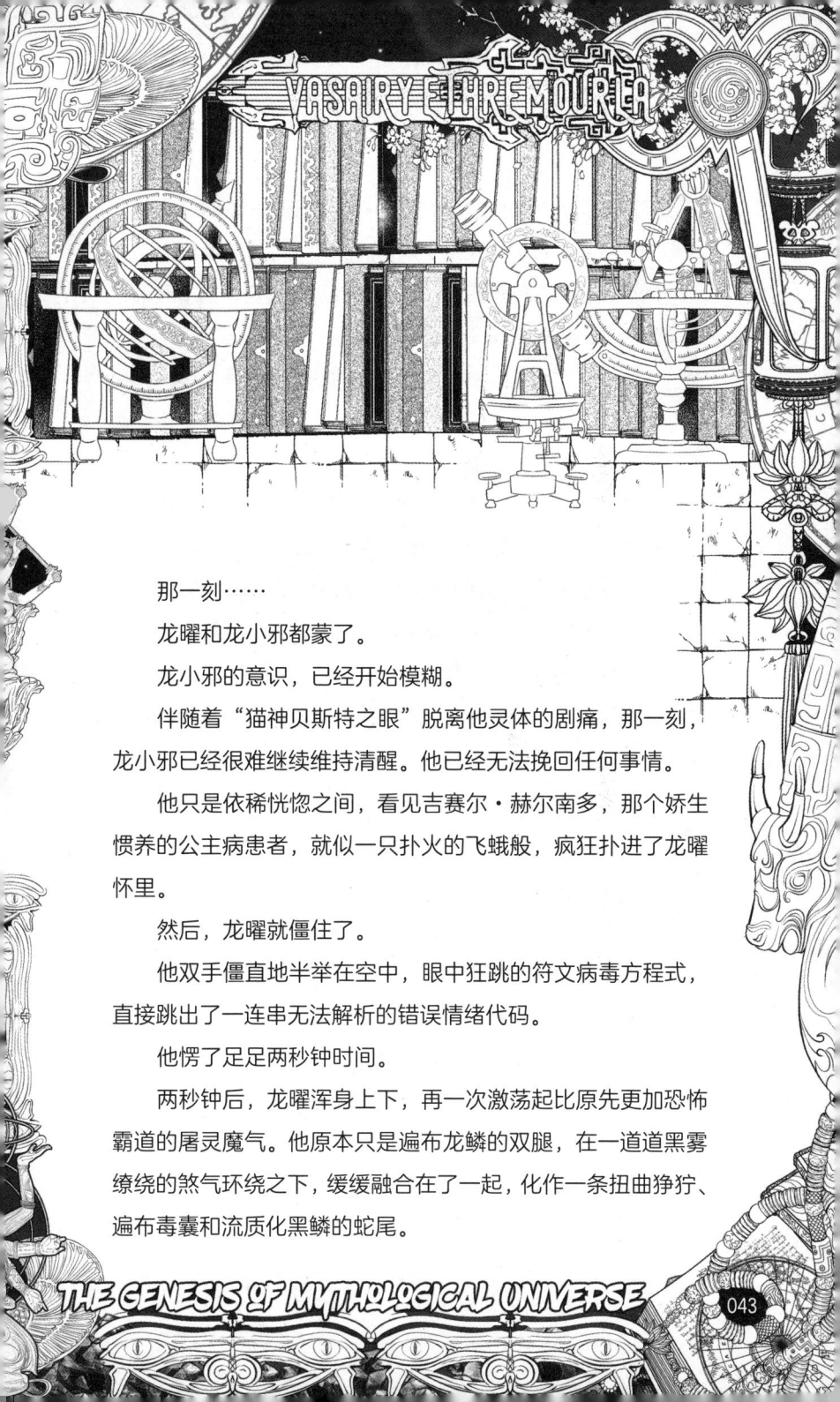

龙小邪的意识，已经开始模糊。

伴随着“猫神贝斯特之眼”脱离他灵体的剧痛，那一刻，龙小邪已经很难继续维持清醒。他已经无法挽回任何事情。

他只是依稀恍惚之间，看见吉赛尔・赫尔南多，那个娇生惯养的公主病患者，就似一只扑火的飞蛾般，疯狂扑进了龙曜怀里。

然后，龙曜就僵住了。

他双手僵直地半举在空中，眼中狂跳的符文病毒方程式，直接跳出了一连串无法解析的错误情绪代码。

他愣了足足两秒钟时间。

两秒钟后，龙曜浑身上下，再一次激荡起比原先更加恐怖霸道的屠灵魔气。他原本只是遍布龙鳞的双腿，在一道道黑雾缭绕的煞气环绕之下，缓缓融合在了一起，化作一条扭曲狰狞、遍布毒囊和流质化黑鳞的蛇尾。

他原本灵秀干净的脸庞之上，开始露出一块块斑驳毒疮，看起来，像是无数种妖魔杂交混合而成的一种新型怪物。

然后，他又把刚刚跟龙小邪说过的那些狠话，加重语气，黑风煞气地跟吉赛尔又重新说了一遍。

龙曜说："我，是龙曜死后化成的一种恶性病毒程序。我是食肉生物。我刚刚已经吞噬了很多生灵。我甚至连龙小邪都不放过。你看他就躺在那。

"小女孩，我把你传送过来，是要拿你填肚子。我是魔。手从我脖子上拿开。我很饿。我要进食！我要……"

龙曜说到最后一句话的时候，声音竟然微微有点发抖。

因为，吉赛尔非但没有放开他，她甚至死死抱着龙曜脖子，吻了吻他遍布毒疮和脓液的脸颊。

吉赛尔说："你要干什么我都陪你。以后，你不要再转身离开。我不在乎你肉身变成什么样子。我不在乎你吃掉过多少恶人。我不在乎你背弃过什么愚蠢信条。我不在乎你长大以后是会堕落成魔，还是飞升成仙。我不在乎你会不会众叛亲离遗臭万年。我只在乎——你还活在人世。

"我没有什么把你教育成高尚伟人的人生目标。我自私自利，我只想和你在一起。你曾经赢过我四分。我当时就说，你长大以后，纵使化成了灰，我也一定认得你。

"你看，我认出你了。我没食言。"

龙曜僵在那里，不知所措。他根本不知道吉赛尔在说什么。

片刻后，他问："公主病，你是……在示爱吗？"

吉赛尔说："不可能。有也不可能是对你。"

龙曜长松了一口气："那就好。"

然后，他手臂猛一用力，直接将吉赛尔从身上扯了下来。

龙曜眯眼看了看吉赛尔灵光闪耀的手背，舔了舔嘴唇道：

“我饿了。龙小邪那枚‘猫神贝斯特之眼’，是单一时空旅人系的世界宝藏，和我灵识属性不太合。虽然好吃，但消化起来有点慢。我很饿。”

龙曜指了指吉赛尔手背上黏附的那枚九星级智者系一次性神谕纸牌——诸神的黄昏·最后的神王之泪。

这枚九星级智者系一次性神谕纸牌，乃是他们三人被奥丁强掳上这列灵轨列车之前，奥丁的母亲——伊莎贝拉公主，赠给吉赛尔保命用的最后武器。虽然力量强大，但是却只有一次使用机会。一旦释放，就再也没有任何用途。

然而，龙曜却毫无顾惜之意，指着那枚伊莎贝拉公主赠予吉赛尔的一次性保命纸牌，就理直气壮道：“把它给我。”

“如果还是不够我填饱肚子，我就把你一起吃了。”

龙曜浑身上下都散发着黑暗与邪恶的煞气。吉赛尔却毫不犹豫，毫不畏惧，直接向他伸出了自己的手背。她说：“拿去。”

吉赛尔那孤傲笔挺的身形，在龙曜眼底留下一抹奇怪的时光剪影，就似瞬息，又似永恒。她说：

“所有鬼话，都拿去哄骗你那守护幽灵吧。我是女人，没那么好骗。白痴龙曜，幼稚无聊低龄蠢——”

吉赛尔高昂着脖子，以一种优美到令人毛骨悚然的语调，冲着龙曜说道：“生死契阔，与子成说。”

龙曜僵直着身体，呆呆愣了片刻。

片刻后，他无比尴尬地挠了挠后脑勺，长叹一声，然后，

他单膝跪地，跪在吉赛尔面前，右手托起她左手，轻轻吟诵道:

“——Vasairy Ethremourla，托特神的新月文书记录者。”

“嗡”的一下。

数千条半透明的灵羽金丝机械臂，在亿万灵光璀璨的智者系、炼金术师系双系符文映照下，有如绽放的曼殊沙华一般，出现在龙曜负在背后的左手掌心之中。

那，就是血祭双系世界宝藏·托特神的新月文书记录者进化至六星级形态时的模样!

龙曜有如吟诵一般，冲着那九千六百四十七条白金色灵羽金丝机械臂，淡淡说道:

“以吾之血，授汝尊荣——

“吾之次子·托特神的新月文书记录者，听吾号令，守护吉赛尔·赫尔南多，直至死亡，使我们永别。”

嗡——

那九千六百四十七条白金色灵羽金丝机械臂，仿佛有着生命的活物一般，在龙曜的号令之下，瞬间收缩，瞬间张开，好似冲着龙曜行了一个至高的跪礼，随即，它便有如天蚕丝般，在半空中自行交叠编织起来!

在一连串炼金术师系流光辉照之下，短短一刹那间，它就飞速旋转交织着，化成了一柄白金色的灵丝机械伞!

“呼哧”一下，那柄灵丝机械伞，落入吉赛尔右手掌心。

一道智者系融血符文，闪耀着璀璨流光，化进了吉赛尔掌心之中，与她达成了生命守护契约。

龙曜将那枚六星级血祭双系世界宝藏·托特神的新月文书记录者，作为契约礼物，送给了吉赛尔。

送完之后，龙曜低头，好似古老的凯尔特族圣骑士一般，轻吻了吉赛尔·赫尔南多的手背。

龙曜毫不犹豫，吃掉了吉赛尔手背上那枚九星级智者系一次性神谕纸牌——诸神的黄昏·最后的神王之泪。

一刹那间，灵焰暴涨，直冲天穹！

仿若恒星爆炸般璀璨的光和热、暗和影、记忆和伤痛、思想和智慧，在龙曜轻轻一吻之下，顺着唇瓣，被他吞噬入体内。

龙曜原本不断变化交叠的魔化身姿，再一次发生了诡异的变化。只不过，这一次，他再没有继续生长出流质鳞片、毒疮脓液、异形魔物的器官和肢体。

在亿万智者系灵识能量的高速演算之下——

龙曜先前吞噬入体内的那些杂交灵识能量，终于以一种和谐共生的方式，开始了融合。

原先那一片片在龙曜体表不断堆叠流淌的苍白色流质鳞片，开始化作一袭红蓝双色外套，覆盖在他挺拔的身体之上。

原先那不断腐蚀着他皮肤的毒疮脓液，开始汩汩凝聚，化作一道道辉闪着银色流焰的灵化符文，流溢在他身畔。

四只龙翼，化作灵羽幻光，飘摇在他肩头。

他褪去蛇尾、龙角、龙耳、所有异化魔物的形态，重新化作人形，重新化作一个额前有着一束白化发丝的人类少年，静静站立在了地面上。

他终于可以彻底稳定住自己的形态了。

“嗯，味道还不错。”

龙曜点评了一下那枚九星级智者系一次性神谕纸牌——诸

神的黄昏·最后的神王之泪的食用感想。他说：

“大概，够我饱 72 小时。”

龙曜说着，站起身来，手腕轻轻一翻，吟咒道：

“——Vasairy Ethremourla，夔龙的战意骨笛。”

龙曜吟诵起一道幻世咒文，召唤出一支同时辉闪着智者系和神乐师系双系幻世符文的骨质玉笛。

龙曜随手旋转把玩着那骨笛，滴溜溜转了一圈，然后，他用那骨笛，冲着瘫软在地的龙小邪指了一指道：

“——《招魂·御灵归》，把龙小邪的灵体收回来。”

嗡！夔龙的战意骨笛，轻啸出一连串幽冥神音。

那神音有如天籁，缥缥缈缈，将龙小邪一动不动的半透明幽灵，重新吸收进了吉赛尔怀中那具木乃伊体内。

“吉赛尔，我来背龙小邪。”

龙曜说着，指尖微扬，燃起一道炼金术师系灵光符文，将数十道巫医森林中的枯藤，炼化成了一个龙角背包。

龙曜从吉赛尔手中取回龙小邪的木乃伊。

他将龙小邪放进龙角背包中，背负在身后。

做完这一切之后——

他仿佛眷恋尘世一般，抬眼，看了看天空。

看罢，他低下头来，算了下时间，再一次眯眼一笑。

他说：“时间差不多了。现在，我要开始最后一段旅行了。”

龙曜如此笑笑道：

“公主病，你若是想逃的话，趁早逃。”

吉赛尔正在龙曜身后，专心摆弄那柄化作了灵丝机械伞的托特神的新月文书记录者。

吉赛尔眉尖蹙得极紧，仿佛是消耗了极大心力才能勉强和那枚六星级血祭双系世界宝藏进行交流。

吉赛尔听到龙曜的嘲讽，只回了一句：

“这话留给你自己吧。”

说罢，她就握着伞，站到了龙曜身后。

随即，吉赛尔和龙曜一起，同时望向了巫医森林中的一个黑暗方向。他们两人，一个握笛，一个持伞，同时摆开了最高等级的攻击防御阵势。龙曜冲着那黑暗之中一道几不可见的人影，淡淡眯眼一笑说：

“出来吧。

“你不是刺客型的角色。我不是无脑型的魔头。

“你纵使再潜伏一百年，也不可能将我偷偷刺杀掉。

“所以，别再躲躲藏藏的了。乖乖出来，跟我一战吧。

“参谋官阁下。”

龙曜话音刚落，巫医森林尽头，黑暗之中，缓缓走出来一个睡眼蒙眬的白发少年。

那个白发少年，大半个身子都深深陷在一条巨大纯白的雪狼披风之中，五官细致，眉眼修长，俊秀得有些不可思议。

他整个人白得就像一种白化的冰原狼，眼睫和发丝纯白如雪，没有一丝杂色，白到甚至有些透明的肌肤之上，蜿蜒缠绕着一大堆有如活物般不断舒展收缩的血红色饕餮图腾，稚气未消的脸庞，沉寂在一股令人胆战心惊的灵识能量场之中。

那白发少年身上，正佩戴着一枚“七星级神音天祭的圣战士”的世界贵族勋章。

那白发少年……

是秦王羽。

那个阿兰星落世界贵族学校军校部本届毕业生中的第一王牌，阿兰星落神翼军第四军新上任的参谋官，那个永远都在睡觉的白发睡神。

他醒了。

秦王羽揉着略显惺忪的睡眼，从黑暗中走出。

他就好似怕冷一般，佝偻蜷缩在那纯白的雪狼披风中，有如梦游一般，迷迷糊糊，回了龙曜一句道：

“你自尽吧。”

秦王羽双手插在雪狼披风之中，声音低哑，冷得不断发抖。

但他说出来的话，却带着一股令人毛骨悚然的肃杀之意。

“我给你 10 秒钟考虑。”

秦王羽继续用着那种梦游似的口吻，迷迷糊糊劝降道：

“你犯下弑神重罪，万一被捉，下场很惨。”

秦王羽缩着脖子，冷得打了个激灵。

他一边冷得发抖，一边淡淡说道：

“我讨厌工作。所以干脆点，你自尽吧。不要增加我的工作量。”

神二代
单身汪
为何要登场吾还能再睡至百万字
主角光环不足贵
但愿长睡不愿醒

不想工作
抗拒上线
中二病

第四乐章
白发睡神

秦王羽说着，蔫蔫地打了个哈欠，眼角泪光迷离，仿佛下一秒钟就又要睡着似的，极度懒散随意。

这人……怎么回事？怎么一股子糟老头似的萎靡颓丧？

吉赛尔无比戒备地瞪着那浑身纯白如雪的俊秀东方少年。

龙曜却笑起来了，仿佛见到了什么新奇有趣的玩物。

龙曜说：“很好。参谋官阁下，你不想工作，我也不想挂掉。要不然，你就当没看见我，我也当没看见你。你放我开心潇洒活着回家，我让你继续安心幸福闷头睡觉。如何？”

秦王羽：“听起来很有吸引力。”

秦王羽一边说话一边接二连三打着哈欠。

秦王羽：“只可惜，我还欠神谕教廷的糟老头大主教——洛基·法布提森 7645 亿医疗贷款没还，依旧属于军籍编制。私自放你离开，是要上军事法庭被枪毙的。我最近要给奥丁这个老不死的送终，不能再被判刑了。”

龙曜略显疑惑地眯起了眼睛。

“你和奥丁很熟？”

秦王羽说话的时候，嘴里总像含了口水，咕咕哝哝道：

“他……是我爸。”

秦王羽这句话立刻就引来吉赛尔一声冷笑。

“呵，这也能乱认？”

很明显，秦王羽和奥丁，别说相貌，甚至就连人种都不一样，哪里像是父子？吉赛尔这句话，明显是在嘲讽这白毛小子乱攀亲戚，只不过，这小白毛却似丝毫不觉别人话中的讥讽。

这个白发睡神，就像一个完全不知脾气为何物的巨型绒毛大雪球似的，对任何冷嘲热讽都没有任何反应。

他毫不介怀地淡然解释道：“我是奥丁捡来的。”

秦王羽一边打着哈欠一边迷迷糊糊随口答道。

“108 年前，阿兰星落·神之领域·华夏星域·永夜雪域边境，奥丁老鬼从一艘天河级宇宙星舰大爆炸的残骸中，捡到了刚出生的我。

“当时，神谕教廷的糟老头大主教说：我血脉灵识配比特殊，可以杀掉炼药，给奥丁续命。于是，奥丁就拎我回家，随手丢在客厅金鱼缸里养着了。后来，养着养着，养得太久，一直忘了要杀，最后就懒得杀了，收下来，办了手续，做了养子。

“现在，这老鬼快死了。我按照法定义务，要给他送终。”

秦王羽望着龙曜，迷迷糊糊道：

“所以，你自尽吧。别害我被枪毙。我，只是个打酱油的。”

龙曜闻言明显愣了一愣，眉尖微挑，略显惊讶道：

“天哪，参谋官阁下，你真是命运的宠儿。”

“没想到，108 年前，奥丁大魔头对弱小年幼无辜的你，竟然那么有爱心，108 年后，对弱小年幼无辜的我，就那么凶

奥丁家那小崽子
后果想好了
欠债
还钱
卖身抵债

残寡情。我简直对你，羡慕嫉妒恨到死，恨不能跟你交换一下身份，体验一下奥丁大魔头给予的伟大父爱了。”

龙曜双手平举，赐予他由衷的赞美。

秦王羽说：“不用嫉妒。因为你完全理解错了。”

龙曜不解：“哪里错了？”

秦王羽说：“从头到尾，全都错了。”

秦王羽幽幽一声长叹，再一次无比颓丧地打了个哈欠。

秦王羽说：“奥丁这老鬼，从来没有对我履行过任何养父的责任。这老鬼，号称什么神王智者，有着一千多种伟岸辉煌的世界贵族封号，但是，他早就废掉了懂吗？充其量，不过是一个远古糟老头临死前对这个世界的一种偏执保护欲罢了。”

秦王羽说：“这个顽固的老鬼，有着极其严重的强迫症，纵使死了无数次，依旧还记得自己在远古神话时代许下的什么狗血重誓，要代替所有死绝的古神，继续守护这个宇宙文明的肮脏残骸。虽然，那只不过是痴心妄想罢了。”

秦王羽说：“这个老鬼，曾经遭受过永生不灭的诅咒。无论战死多少次，他都会带着神话时代的记忆、魔法和智慧，不断以低等凡人的身份，重新降生在凡世。”

秦王羽说：“这个老鬼，每一次重生都是——活不过 3 岁，就会重病亡故。偶尔运气特别不好的时候，还会重生在智障儿童的肉体之中。你知道这意味着什么吗？”

秦王羽长叹一声：“这，就意味着——我，每隔三年，就要前往凡人世界一次，寻找这老鬼降生的婴儿，把他捡回家。如果运气不好，这老鬼不幸降生在某个智障婴儿身上。那么，就意味着，他将连续三年，生活不能自理。我作为他的养子，不但要给他喂奶，还要给他换尿布。我特别想要亲手掐死他。

“而且，最近几十年，更是糟糕。”

秦王羽说：“这个老年痴呆症，灵识本体 SPI 已经破碎到无法修复，所以每一次降临人世，都是反复重病，反复重伤，病病歪歪，死过来，活过去，死来死去，死去死来，没完没了。

“他那些作为养父的法定学费和赡养费，从来就没帮我负担过多少，自己还不断病危重伤进医院，害得我孤苦年幼，无依无靠，还要终日带着他那两条笨狗，到处打工，给人赔笑，给他赔医药费，最后，欠下神谕教廷的糟老头子大主教一屁股医疗贷款，死活都还不清，被逼卖身入了军籍。

“这个神王智障的养父，实在太让我失望了。懂吗？”

秦王羽纯白漂亮的眼睫毛忧伤地垂了下来。

秦王羽说：“奥丁，这种又老又病又顽固又偏执的死老鬼，活着浪费空气，死了浪费墓地，横竖赖在世上都没个毛线球用。甚至，就连重病修养在家的时候，都没让我消停过片刻。你们能想象吗？他就连偶尔进厨房给我热个便当，都能把我刚修好的灶台一闪电劈烂，那都是钱啊！我们家缺的就是钱啊！”

白发少年参谋官心酸地捂了捂心口。

秦王羽：“所以，我的人生，就是这么毁在这死老鬼手里的。我从来就没想过参军。我的梦想是——在家睡觉，混吃等死，乖乖做一名称职的啃老族死宅男，简称：宇宙第一颓丧废柴神二代。你们两个，谁想跟我交换一下人生？”

吉赛尔：“……”

秦王羽：“这位少女，为何用如此异样目光看我？果然是太赞同我的话了吗？我就知道，自幼孤苦无依的我，跟低等凡人特别有共同语言。你们都懂我的。”

秦王羽说着，冲着吉赛尔微微一点头。

吉赛尔顿时大怒：“神经病！谁跟你有共同语言?！”

吉赛尔明明就是太惊讶这对古怪父子的相处模式了好嘛。

这算什么跟什么嘛？眼前这个暴虐神王捡回来养大的孩子，人生终极目标，就是成为……宇宙第一废柴神二代？

请问您那小破节操还能碎得更彻底一点吗？

“哈哈哈哈哈！我喜欢你！参谋官阁下！”

龙曜顿时笑得前俯后仰，停都停不下来。

龙曜眼中幽冷寒光，微微一现道：“奥丁无比残酷地吞噬了我亲手创造的孩子——智者亚瑟。我原本是想以牙还牙，把他在亚瑟身上做过的所有残忍事，统统在你身上重演一遍，让奥丁好好尝尝什么叫丧子之痛。只不过现在，我改主意了。”

秦王羽缩在雪狼披风里，打了个哆嗦。

“哦。好的。我谢谢你。你改的什么主意？”

“我，要得到你。”龙曜白玉骨笛一扬，飒然指向那个浑身纯白如雪的俊秀少年参谋官，霸气凌然道：

“你的外貌，实在太符合我的审美标准了。俊俏美好到令我颤抖。我，从小到大，一直都梦想着能养一条像你这样雪白的美貌萨摩耶大白狗子。但是——悲剧啊，我没有狗缘！”

龙曜心痛地捂嘴哽咽道：“多年以来，我所有的精力和时间，统统花在了宠溺我的野猫弟弟——龙小邪身上。苍天可鉴。天生爱狗的我，竟然硬生生捏着鼻子，像个猫奴铲屎官一样，天天厚着脸皮，绕着龙小邪这种傲娇猫儿转悠，转悠了那么多年。

“这，实在太有悖我的宠物饲养爱好了。幸好今天，命运，让我碰到了你——我可怜弱小无助又能睡的参谋官阁下！”

龙曜浑身上下都散发出了魔化的黑火，像个超级反派角色一样，煞气狂霸地一扬骨笛，冷冷说道：

“我要得到你，我要饲养你，我要驯化你。

“我要把你教化成一条和我死去的爱子——智者亚瑟一样优秀完美的极品忠犬。我要改变你的人生。我要夺走你的未来。以此来折磨你爸，让他死不瞑目。

“来吧。秦王羽小哥。为你那无礼凶残的神王养父所犯下的滔天罪行，来承受我复仇的怒火吧！投降吧。做我的狗子。”

“哐叽”一下。龙曜身后，一声金属落地声传来。

可怜无辜的吉赛尔，瞬间被龙曜这段惊天巨论，雷得外焦里嫩，手臂一颤，紧握的灵丝机械伞，“哐叽”落地。

第五乐章
做我的狗子

“等……等一下……龙曜!

“我们这里……这里画风……是不是……哪里不太对?”

吉赛尔浑身打了个激灵，瞠目结舌地强烈抗议。

“哦，咱俩画风哪里不对?”

龙曜疑惑地眨眨眼。

“哪里都不对好吗?!”吉赛尔怒然奓毛。

“现在——这已经是多么严肃悲壮煽情感人的危急时刻了啊!我们经历了多少惨痛别离辛酸磨难，才又无比严肃悲壮煽情感人地重逢拥抱在一起?难道……难道接下来的剧情，不应该是——你我肩并肩，手牵手，踏着尸山血海滚滚人头，轰轰烈烈荡气回肠地杀出一条血路来，终于重新回到人世间。

“然后，你浑身是血凄凄惨惨地倒在我怀里，或者，我浑身是血凄凄惨惨地倒在你怀里，咱俩一边哭哭啼啼，一边吐着血约定好‘来世再相逢’，然后，轰轰烈烈死在一起吗?这，才是正常的剧情走向懂吗?”

吉赛尔瞠目结舌地瞪着满脸狞笑的龙曜道。

“现在——你家儿子亚瑟尸骨未寒，你家兄弟龙小邪重伤残废，你怎么能这么理直气壮就去招惹仇敌家儿子呢？你那颗隐藏在厚脸皮下面的猥琐小良心，难道就不会痛的吗？！”

吉赛尔义愤填膺。

“哦。这样啊。”

龙曜呆呆望了吉赛尔一眼。

“您老人家，到底在心底里脑补了多少狗血虐恋电影桥段，才能给我安排下如此婆妈矫情的烂俗言情小说男主角结局？呵呵哒。公主病。那，是你的画风，不是我的画风。”

龙曜那黑暗的小良心儿，明显半点都不痛。

龙曜说：“人死不能复生。我亲手创造的智者亚瑟，曾经因为我的极度无能，惨死在奥丁手里。所以，在我亲生孩子死后，难道我还要继续极度软弱无能地蜷缩在‘悲情男主角’的悲剧命运主题之下，自哀自怜吗？”

龙曜说：“多活一秒，纵情一秒。如果下一刻我就注定要死，那么这一刻就让我连着亚瑟来不及活的份，一起纵情无憾地活个过瘾吧。这，才是我的画风！”

龙曜如此铿锵豪迈地说着，周身粼粼辉闪起一道道神幻绚烂的霸道灵焰。火光爆燃，直冲天穹，辉煌浩瀚。

龙曜如此口出狂言着，再一次变身，化作一条恢宏雄阔的巨龙，展开了攻击阵势。

然而，吉赛尔只朝这条巨龙淡淡看了一眼，就气得差一点一口老血喷出。

我去！这这这……这又是什么鬼?！

超凶

龙曜，这次变身，化身的确是一条巨龙。

只不过……

只不过，他这，他这巨龙，虽然还是巨龙。

但是……

但是，他他他竟然是一条 Q 版，不不不，幼儿简笔画版的巨龙啊！

那巨龙身长足足有五百多米的巨型龙躯之上……

简直就像开玩笑一样，一半身体，一半脑袋，一比一等身大头娃娃比例。两只圆滚滚的龙眼，一只朝左看，一只朝右看。甚至，那歪歪扭扭的龙角之上，还长着两只毛茸茸的兔子耳朵。

虽然，背后还长着好几只翅膀，看起来线条还挺复杂的，但是，但是你那是什么翅膀？

歪歪扭扭的，一对是秃毛的鸡翅膀，一对是胡乱拼接的塑料玩具蝙蝠翅膀，一对是涂着巨型鬼脸的蝴蝶翅膀，一对是打满补丁的蜻蜓翅膀，啊，什么，竟然还有一对章鱼触手混在里头？那是翅膀吗？为什么长在那里？

简直从头到脚，没一个地方是让人看得下去的。

违和尴尬到令吉赛尔看着都想自戳双眼！

他，他，他……

他这到底算什么鬼玩意儿？

龙……龙吗？天底下有如此长相砢碜的龙吗？

这就是你接下来准备毁天灭地弑神屠魔的终极战斗形象吗？龙曜！男人啊！你还能更加随便一点吗？

虽然，你家乖孩子亚瑟已经死了，再没人整天盯着你、管教你，要求你生活作风要严谨了，但是……

但是你能稍微自觉一点，稍微注意那么一点点形象吗？

你可是《阿兰星落神谕书》曾经预言过的人类纪六百万年以来最强的弑神少年啊！你你你就准备用这么奇葩丑陋糟糕难看的一种形象，去征战你的星辰大海了吗？

你有没有搞错？你真的是正面角色吗？！

一瞬之间，吉赛尔简直就是把自己这一辈子所有能用上的贬义词统统堆积在一起，来形容这条龙的砢碜和猥琐了。

没错，就是又砢碜又猥琐。尤其是它那一只朝左看一只朝右看的诡异儿童画版龙眼……竟然还会笑成两道弯弯月牙形状的，简直猥琐到吉赛尔想拿弹弓把它弹下来！

“唔……”

吉赛尔痛苦掩面，开始悔悟人生。

然后，就见龙曜新变身的那条儿童画版怪龙，就这么斜八着大圆眼珠，喷吐着歪歪扭扭诡异的简笔画龙火球，冲着同样呆立当场的秦王羽，无比猖狂地下令道：

“嗷呵呵哒——我可爱的参谋官阁下啊！咱别再唠嗑拖延时间了，开打吧，战斗吧，承受我的怒火吧，我要得到你！”

龙曜如此说着，朝天喷出一口歪歪扭扭的 Q 版龙火球来。

那火，虽然霸道，虽然杀伤力巨大，但是，实在丑得紧啊！

那声光电效果，简直就像这条幼儿简笔画版的怪龙，张嘴朝天嗝了个可视化的屁一样，丑得让人又想自戳双眼了。

龙曜：“吼——投降，做我的狗子吧！以免皮肉受苦！”

秦王羽：“……”

那一刻，秦小参谋官阁下，已经彻底石化了。

他虽然反应没有吉赛尔那么愤慨，但也愣了足足好几秒钟，才从那龙毁天灭地的砢碜长相之中，回过神来。

秦王羽：“好……吧，开打吧。反正，也没有其他办法了。”

秦家少年郎，无比无奈，长叹一声，指尖灵光一闪，淡淡吟咒起来。

他终于也开启战斗模式了。他说：

“——Vasairy Ethremourla，龙魂祭·九歌祭天龙琴剑。”

嗡——

剑乐长鸣，九歌震天。

倏然间，一道琉璃寒白月光，自秦王羽苍白指尖幽幽散开，化作一架流光冰灵凝聚而成的华夏族古玉长琴，凌空飘摇，飘浮在了秦王羽面前！

铛——

秦王羽左手抚琴，右手轻挥，自那玉琴之下，抽出一柄灵光闪耀的流幻冰晶剑，旋即，就在他拔剑的一瞬之间，他整个人形象都瞬间改变。

秦王羽那一身阿兰星落世界贵族学校红蓝双色的制式军装，瞬间化作一道红蓝双色流光，融作虚无粒子，消散无踪。取而代之的，却是一袭华夏族古代祭天礼乐的落雪绣金龙鳞法袍，广袖流衫，衣袂翩翩，流苏光影，灵雪辉闪。

半透明的龙角龙耳，自他额前鬓间斜飞而起。

龙鳞苍白，流光绯焰，飘然若仙，浩瀚龙威。

“哇——好帅！”

龙曜那歪歪扭扭的幼儿简笔画版龙嘴里面，顿时发出一声由衷的赞美：“他的战斗形态，竟然也是龙？他变的那龙，咋

就比我变的这龙，好看那么多呢？”

吉赛尔顿时冲他翻了个白眼：“问你自己啊！”

对啊，你也知道你自己特丑是吗、是吗、是吗？你就不能拿出点尊严来，整个正常点的样子出来吗？就当是为了市容！

“哦，我那是特殊情况。”

龙曜斜八着两只呆呆的简笔画大圆龙眼，歪嘴笑道：

“我，现在已经不是人，而是一种病毒了嘛。”

“我是病毒大魔王啊。我的胃口实在太大了。现在这种简笔画形态，可以最大程度上减少我体内的灵识能量流失，减缓我饥饿的速度。否则，如果我也变成他那个帅气到毁天灭地的样子，过不了几分钟，我就会饿得把你和他，还有王子一起吞噬掉的。”

龙曜说着，竖起两根幼儿简笔画版的大拇指，冲着吉赛尔歪嘴笑了一笑。

“为了你和王子的生命安全，你先忍一忍，不要自戳双眼。反正嘛，像曜曜我这种成熟深沉悲情老男人啊，纵使外貌变成一坨狗屎，王子和公主病，你们还是会被我成熟深沉有内涵的悲情灵魂所迷倒的不是吗？呵呵哒。”

吉赛尔怒了：“别问我！我认识你吗？”你有种就把你那龙小邪王子弄醒，让他来回答你这种幼稚低龄蠢问题啊！快啊！

龙曜大叹息：“那可不行。我现在可是靠着王子那颗猫神贝斯特之眼的灵识能量供给，才能勉强维持着如今这风度翩翩的伟男子形象呢。我要是把猫眼石还给王子，我的形象就彻底崩了。公主病，难道，你想看到我丑陋恶心的病毒本体真面目吗？难道我不要面子的吗？”

吉赛尔已经什么都不想说了。

你有面子吗？你有面子吗？你有面子吗？

龙曜，你有胆子再说一遍，你那一整个乱七八糟的人生当中，难道有“面子”这种东西存在过的吗？！

“随便吧。你高兴就好。”

吉赛尔把白眼翻到天上去，假装自己已经眼瞎。

“果然！经此一战，公主病患者，你和王子，都更爱我了，成熟老男人曜曜我，甚是欣慰，呵呵哒！”

龙曜化身的那条幼儿简笔画版怪龙，仰天长笑，歪嘴歪眼，直笑得所有见过他此种尊容的生物，都想要一起撞墙自尽。

“来吧。战吧。”

那幼儿简笔画版巨龙，仰天嗝出一团屁似的火球，咆哮道：

“秦家小哥，你爹欺人太甚，害死我亲儿子。现在，你爹重病昏迷中，我不趁此大好时机，把你这只孤苦无依的小可怜虫，欺负到哭爹喊娘，嗷嗷直叫，我就不是正义的使者——龙曜伟男子大大！”

吉赛尔痛苦掩面：“……苍天啊。我求你快住嘴吧。我求求你了。龙小邪。你在哪里？快来喷死这不要脸的家伙！”

“你，侮辱我，就这么开心吗？”

秦王羽整个人都阴沉了下来。

讲真，能把秦王羽这种万年梦游专业户，羞辱到终于有了点点火气的人，除了他那个不靠谱的养父奥丁以外，龙曜，是第一个。

你强大。你彪悍。你伟岸。

秦王羽横琴执剑:“战就战。我还怕你吗?笑话。”

秦家少年凌然扬起一道飒然剑风,帅得毁天灭地,狠狠撂下一句绝死誓言道:

“你辱我道心尊严,你我今日,不死不休!”

“嗷——这就对了嘛!”

龙曜隔空喷了个歪歪扭扭的简笔画火球,高高兴兴地冲着面前杀气腾腾的敌人扑了上来。

“年轻人!拿出点精气神来,不要整天颓丧萎靡地混吃等死做梦打瞌睡,不然这个世界的未来,还能有希望吗?”

那条幼儿简笔画版的巨龙,如此训诫着,冲着很俊美很潇洒很飘逸很像神仙小哥哥的秦小参谋官扑了上来。

“嗷呵呵哒——我来欺负你啦——吼——”

龙曜隔空喷出一口简笔画的龙火。

随即——

就见那个很俊美很潇洒很飘逸很像神仙小哥哥的秦小参谋官,淡淡看了龙曜一眼,毫不犹豫地,无比果断地——

“咻”的一下。

一转身。

拔腿……

逃了!

第六乐章
无耻双龙

是的，没错。

秦王羽，直接，转身，拔腿，逃了。

这个阿兰星落世界贵族学校军校部万年第一名的七星级圣战士、阿兰星落神翼军第四军新上任的参谋官阁下、白发睡神、很俊美很潇洒很飘逸很像神仙小哥哥的……秦王羽男神大大，竟然，就在冲着那条幼儿简笔画版丑龙放完“不死不休”狠话后的下一秒钟，毫不犹豫，一转身，拔腿就逃！

逃得那叫一个干净利落，逃得那叫一个风骚飘逸。

那种拔腿逃跑的果断，那种撒腿狂奔的气势，逃得直让刚想夸他是条真汉子的吉赛尔，差点一口老血喷出来。

我去！什么情况？！

“这人……这人逃了？！”吉赛尔几乎以为自己看错了。

作为一名七星级战斗型的世界贵族，难道这个白发睡神，不应该在放完“不死不休”的狠话后，直接拔剑，像个青面獠牙的妖魔鬼怪似的，奋勇冲上来跟龙曜这个二货拼命的吗？

逃个毛啊？逃个鬼啊？

尊严呢？节操呢？我去……为什么？为什么？

为什么这个本该悲壮惨烈到哭死人不偿命的人间惨剧故事，就在龙曜满血复活的那一刹那，就冲着无限雷人的画风，直奔而去呢？龙曜！你说！

你你你是不是天然自带了什么“槽点满满诅咒DeBuff”，但凡只要有你出现的地方，我的人生画风，就怎么都严肃不下去，悲情不下去呢？为什么？为什么？

“等……等等！你站住！逃什么逃？站住！”

吉赛尔恨不能像个西部牛仔一样，瞬间拿根套绳出来，“咻”的一下，将秦王羽那个没节操的男人套回来，丢在龙曜这二货面前，让他们两个没节操成一个等级的无耻双龙，互相比比看谁更无耻了。

“你！你好歹出一剑再逃啊！”吉赛尔简直就像是在求这俊俏男人转身冲着龙曜挥两下他那小破剑了。

刚刚才说好的尊严呢？刚刚才说好的节操呢？忘了吗？

“哈哈哈哈哈哈哈哈哈哈哈哈哈嗝！”

龙曜化成的那条幼儿简笔画版怪龙，斜八着眼睛，又仰天喷了个蝌蚪状的世界顶级难看龙火球，直喷得吉赛尔想吐。

“公主病，你不要为难人家秦小哥哥。”

龙曜怪笑着张牙舞爪，追在秦王羽身后，呼哧呼哧，小翅膀乱扇，摇摇晃晃，像头走错了片场的幼儿园绘本怪兽。

“我可是仅凭一己之力就连续吞噬了22名5—8星级巫医圣战士的超级病毒大魔王——弑神者·魔化龙曜1.0版本。

“甚至就连八星级的四翼魔龙沃尔特变态狂，连同那么多枚顶级高阶终极世界宝藏，都统统进了我的肚子，成了我的能源。你让秦小哥哥这么一个可怜弱小又无助的七星级军校毕业生，怎么跟我拔剑对砍？嗷呵呵哒。”

龙曜冲着秦王羽一口口喷着那幼儿简笔画版的奇葩龙火，由衷赞美道：

“公主病，你看，这参谋官大大的战斗形态，那么俏生，那么养眼，一看就不是什么正面攻坚型的圣战士。拔腿逃跑，那是何其聪明的领悟。我喜欢他。我要欺负他。我要弄哭他。嗷呵呵哒。”

吉赛尔崩溃了。她绝对不能接受这种逻辑。

“什么？开什么玩笑！难道他他他他从一开始就知道自己打不过你？那他……那他那段‘你自尽吧我给你10秒钟考虑’、狂拽酷炫、灭天屠灵杀必死的超帅开场白，又又又又是怎么回事？怎么回事？怎么回事？”

吉赛尔的世界观，“咔嚓”一下崩溃了。

“哦。那叫‘嘴炮’，懂吗？公主病。”

龙曜非常温和淡定地做着战斗讲解道：

“年轻小哥哥嘛，最重要的，就是帅气。

“架，可以打不过。话，不可以不狠辣。

“公主病，你再过几年，就能理解我们男人的心啦。”

“谁要理解你们男人的心？！”

吉赛尔撑着灵丝机械伞，狂奔在那条幼儿简笔画巨龙身后。

讲真，她当时最想做的事情，就是冲着这条砢碜丑龙的大屁股，轰上一梭子灵爆枪弹，将它打死算了。

“这不符合逻辑！”吉赛尔跳脚。

“这个参谋官，如果真那么死要面子，放完狠话，早就立刻跑了！干吗跟你说那么多他和奥丁的丑事？那不是自己扇自己脸吗？那不是自己扇自己脸吗？自己扇自己脸吗？”

龙曜顿时笑得龙鼻子、龙嘴巴更加歪了。

龙曜说：“哦，他当时那是在拖延时间。嗷呵呵哒。”

龙曜一边说着，一边冲着秦王羽连吐了两团歪歪扭扭的简笔画版龙火，直轰得秦王羽持剑狂窜，连滚带摔，白发都焦了。

龙曜说：“他一边跟我聊奥丁，一边在偷偷控制一种琴丝状灵能，妄图暗搓搓修复这座巫医森林里的对外通讯装置。他在向外界求救，不过没用。嗷呵呵哒。”

龙曜像个超级反派一样，浑身黑火狂燃，用着一种又龌龊又猥琐又变态又无赖又不要脸的反派大魔王专用口吻，桀桀狞笑道：“正义使者——龙曜伟男子大大我，可是病毒啊！我，早就黑进这列灵轨列车的主控系统，切断了此列车与外界的一切联络。所以，这小可怜参谋官阁下，跟我白白唠嗑了那么久，最后连个 Wi-Fi 都没连上，现在一定心都碎了。

“嗷呵呵哒，可怜弱小又无助的秦小哥哥啊，你白白浪费了大好青春年华去拖延时间，殊不知自己早已是本正义使者掌心的玩物了！所以，尽情地逃吧逃吧，喊吧喊吧，就算你喊破喉咙，也没有人会来救你的！嗷呵呵呵哒……咦？吉赛尔，你为何拿伞捅我屁股？你要叛变吗？”

吉赛尔：“我……手滑了。”

不！

我是再也听不下去你那厚颜无耻的怪嚎了好吗？

幼儿简笔画版正义使者病毒龙曜伟男子大大！

你知道你的表情和语言，跟正义两个字根本就没有半毛钱关系吗？啊啊啊？

龙曜并不知道。

这幼儿简笔画版巨龙，幽幽一声龙叹，语重心长道：

“唉，这么危急的情况，你怎么能手滑呢？公主病，你果然还是缺乏想象力，不知道我的二儿子——托特神的新月文书记录者，究竟是一种多么魔性可怕的大规模杀伤性武器啊！来吧——”

龙曜勾勾他那幼儿简笔画版的龙爪，“咻溜”一下，将吉赛尔手中的灵丝机械伞收回了爪心之中，“咔嚓”一撑道：

“公主病啊！就让本正义使者，为你示范一下，此魔性武器的终极可怕形态吧！记住——不要眨眼——呵呵哒——”

那幼儿简笔画版巨龙，桀桀狞笑道。

“——Vasairy Ethremourla，托特神的新月文书记录

者·终极魔化吞噬万物病毒版本——变身！”

“咔嚓”！

那柄灵丝机械伞，伞骨剧烈颤抖了一下，仿佛是在抗拒龙曜这种终极变身命令。但是没用。

它的创造者——那条幼儿简笔画版的丑龙，一边撒腿狂奔，追逐秦王羽，一边碎碎念叨着“咦？怎么不立刻变身？难道是坏掉了吗？”，一边撑着那灵丝机械伞，呼哧呼哧一阵狂甩。

顷刻间，灵光辉闪，魔焰冲天。

“嗡”的一下。

那柄灵丝机械伞……

硬生生被那条幼儿简笔画版丑龙，甩得变了形……

变成了一颗……一颗幼儿简笔画版的……

吃豆豆魔球。

对的。没看错，就是“吃豆豆魔球”。

一颗歪鼻子歪眼的幼儿简笔画版“吃豆豆魔球”，Q 版的，咧着一张狞笑的大嘴，咔嚓咔嚓，追在秦王羽屁股后面，冲着秦王羽一路咬了过去。

这，就是六星级血祭双系世界宝藏——托特神的新月文书记录者……开启最高攻击模式后的……魔化终极形态。

秦王羽就这么呆呆回头，看了那颗歪嘴歪眼的“吃豆豆魔球”一眼，“呲溜”一下，脚下一绊，差点左脚踩右脚，把自己那张帅到毁天灭地的俏脸，砸到地上去。

我去！这球，浑身打满马赛克，脸歪嘴歪鼻子歪，简直比那条幼儿简笔画版巨龙，更加猥琐砢碜一百倍！

你确定这柄伞被你搞成这样不会想自杀吗？不会想自杀吗？不会想自杀吗？

咔嚓咔嚓咔嚓！咔嚓咔嚓咔嚓！

那颗比龙曜还要砢碜百倍的巨型“吃豆豆魔球”，咂巴着嘴巴，追在秦王羽屁股后面，咬了上来。

“嗷呵呵哒，秦小哥哥，你那是什么表情？为何腿软摔倒？年轻人啊！不要轻易放弃生的希望啊！你看我，这不是无比顽强地追上来欺负你了吗？来吧！做我的狗子！”

那幼儿简笔画版巨龙，喷吐着一团团扭曲蝌蚪状龙火，摇摇晃晃，扑腾扑腾，追在了“吃豆豆魔球”后面。

秦王羽小哥哥，攥紧了琴与剑，再一次无比顽强地爬起身，撒腿狂奔而逃。吉赛尔终于开始同情这敌人了。

真的。那背影，好悲壮，好萧瑟，好孤单，好落寞啊。

龙曜！哪里不对吧？为什么这个世界贵族，看起来，比你更像受害者一百倍呢？你能不要那么像个坏人吗？很丢脸啊！

“嗷！秦哥哥，我狗子，我欣赏你宁死不屈的忠烈精神。”

龙曜由衷赞美着，竖起四根歪歪扭扭的简笔画龙爪，冲着撒腿狂奔的秦王羽，比了个小心心道：

“所以，让我更加霸道凶猛地蹂躏摧残你吧。嗷——”

正义使者龙曜大大，无比霸道凶猛地桀桀狞笑道。

“军校第一名啊！让我以你为样板，给这列灵轨列车上所有可怜弱小又无助的食物们……哦不，敌人们，做一套极限战斗数据分析吧！献身吧——我天命的宠物狗子！”

吉赛尔痛苦掩面：“你打架就打架，闭嘴可以吗？谁是你天命的宠物狗子？既然你厉害，那就快给我干掉他，办正事！”

龙曜兴高采烈，肥龙屁股直摇：“好的遵命，女王陛下！”

“噗叽”。“咔嚓”。

那条幼儿简笔画版巨龙，大嘴一张，“噗叽”一下，冲着那颗巨型“吃豆豆魔球”，喷了一口歪歪扭扭的蝌蚪状龙火球。

霎时间，灵光爆燃！

那颗“吃豆豆魔球”，在被龙火球罩住的一瞬之间，就像被施了个速度增益魔法一样，速度骤然暴涨了好几倍！

“咔嚓”一口！

它大嘴一张，就将可怜弱小又无助的秦王羽小哥哥，吞进了肚子里，咕叽咕叽消化起来。

第七乐章
宇宙第一可怕兵器

吉赛尔长吁一口气：“啊——真的被你干掉了。”

咦？为什么？为什么？为什么竟然隐隐有种冲动，想要为这敌人抹一把辛酸血泪呢？

这可怜的酱油郎，此生死在你手，简直死得壮烈，死得憋屈，死得冤枉，死得六月飞雪，死得大旱三年啊！

“啧啧，哪里哪里！”

那条砢碜丑龙，竖起一根歪歪扭扭的龙爪，摇摇晃晃道：“他可是我准备接下来摧残蹂躏教导饲养好几年的迁怒报复对象，怎么可能这么容易被干掉？来吧！振作一点！”

龙曜双爪平举，浑身上下都散发出了简笔画版的魔光，嗷嗷鼓劲道：“我天命的狗子！战斗吧！热血吧！狂放吧！年轻人啊！尽情释放你那年少青春的热情与活力吧！满血复活吧！”

轰——

龙曜话音未落，无数道冰白剑光四射狂放！“轰”的一下，就将龙曜那颗歪鼻子歪眼的“吃豆豆魔球”，轰成了一堆碎渣。

随即，“呼哧”，灵光骤闪！秦王羽纵身飞跃而出。

他原本握在手中的冰白仙剑，骤然分裂成七柄灵光闪耀的巨剑，团团环绕在他周身，激荡开无数浩荡凌然的剑光，硬生生将那颗歪鼻子歪眼的“吃豆豆魔球”，给轰了个粉碎。

而后——

伴随着龙曜那一声无比欠扁的加油鼓劲：“我天命的狗子！尽情释放你那年少青春的热情与活力吧！满血复活吧！”

这个可怜的少年参谋官，就那样无比配合地挥着剑，甩着袖，从那颗巨型“吃豆豆魔球”中，纵身飞出，简直就像真的是听了龙曜的那句加油鼓劲声，才满血复活的一样。

龙曜顿时笑容无比欣慰，转头微笑道：

“你看，他多听话。不愧是我天命的宠……”

嗡！龙曜话音未落，骤然间，一道无比霸道的剑光扫过，直直从他那幼儿简笔画版的龙头前擦过，险些削掉他的龙鼻子。

吉赛尔一喜：“他攻击你了！他终于攻击你了！”

苍天有眼啊。你终于用你那没完没了的垃圾话，把人家怒气值给蓄满了是吗？吉赛尔差点冲口而出就是一句：太好了！

这漂亮姑娘，明显已经彻底忘记自己刚刚重逢时对龙曜大大的感人表白了。这，实在太让龙曜伟男子大大痛心疾首了。

龙曜摸了摸自己被秦王羽一道剑风削得更加歪的简笔画龙鼻子，心塞塞道：“嗯。他，攻击我了。他竟然还有闲工夫攻击我？可见，我对他进行的正义教诲，还没有起到振聋发聩的作用。他还没有彻底领悟我龙曜大大的伟岸精神，还没有迷途知返。这实在是太让我失望了啊。看来，是时候对我这狗子，施展出更加仁慈博爱的思想开导了。秦小哥哥，看这里！”

龙曜说着，冲着那正在与“吃豆豆魔球”大打出手的秦王羽，挥了挥他那又肥又短的丑龙爪爪。

挥完爪爪后，龙曜一低头，开始掏口袋了。

对的，你没看错。龙曜，开始掏口袋了。

妈呀！为什么？为什么这条斜八眼丑龙，他那简笔画的大肥肚子上，竟然，竟然还有一个歪歪扭扭的简笔画口袋?!

吉赛尔：“喂！你明明就没有穿衣服好吗？哪里来的口袋？你以为你是袋鼠吗？袋鼠吗？袋鼠吗？”

龙曜笑：“这不重要。男子汉大丈夫，不要拘泥于外貌小节。重要的是——我这袋鼠……哦不，袋龙口袋里装着什么可怕的武器！”

“嗷——我可怜弱小无助的参谋官阁下啊！看——这里！”

那幼儿简笔画版的丑龙，一边桀桀狞笑着，一边从肚子口袋里掏出一个灰紫色长发的人形生物，冲着远处剑气纵横的秦王羽晃了晃，正义凛然道：

“你绝望了吗？心碎了吗？颤抖了吗？你心爱的爸爸奥丁，被我偷偷注射了海量麻醉药剂，已然命在我手！我有人质！我有神质！我有你爹！如果你再敢挥剑砍我，我就要对你爹做些灭绝人性的事情啦，我就要撕他……”

轰——！龙曜话音未落，就见一道更加霸道凶蛮的剑光，冲着他和他爪心紧握的奥丁直劈过来，险些将他们两个连龙带神一起劈成两半。那剑气，那霸气，那杀气，那邪气，那怒气，绝对不是开玩笑的等级。那是真杀招啊。

龙曜大大顿时吓得嗷哇一声怪叫，单脚跳着，捏着奥丁，蹦蹦跶跶，逃窜到了黑暗小角落里头。

“他竟然又挥剑砍我？他竟然想把我和他爹一起劈了？”

正义使者龙曜伟男子大大，顿时想不通了，义愤填膺道。

“不要脸！太无耻了！吉赛尔，明明我已经够无耻了，你说我天命的狗子怎么能比我还要无耻呢？我真是太揪心了！”

吉赛尔怒道：“别问我这种愚蠢问题！”

龙曜正经道：“好的。我不问。我，直接行动吧。成熟睿智的我，已经对糟蹋羞辱这个弱小敌人失去兴趣！我要开始节约时间了！秦小哥哥——我要对你下杀招了！你做好准备啊——我要一击必杀，把你彻底弄哭了啊！你怕不怕？”

人家怕他个鬼？秦王羽黑着一张脸，正在挥剑狠削他那颗幼儿简笔画版的“吃豆豆魔球”——托特神的新月文书记录者。

人家秦王羽，战力那是真强悍的，若不是他主要目的还是想逃，人家秦小哥哥那七柄灵光飞旋的仙剑，早就把龙曜那颗长相砢碜到死的歪鼻子歪眼“吃豆豆魔球”劈成碎渣无数次了。

“啧啧。有气度，有风度，有脑子，有战力，有颜值。此病毒版本的我，就是特别喜欢一击必杀他这种样子的敌人。”

正义使者龙曜伟男子大大，如此点评着人家英姿，然后，笑容猥琐地吟咒，召唤他的终极必杀武器，准备大杀四方了。

“——Vasairy Ethremourla，夔龙的战意骨笛！”

不料。没反应。

龙曜疑惑地“咦”了声:“为什么它也没立刻接受我召唤？”

砰砰。

正义使者龙曜伟男子大大，挥起他那简笔画版的大龙爪，轻轻捶了捶自己歪歪扭扭的大胖肚子，赶紧又喊了一遍:

“——Vasairy Ethremourla，夔龙的战意骨笛！”

结果，还是没反应。

“——Vasairy Ethremourla，夔龙的战意骨笛！出来啊！”

依旧，没有任何反应。

“——Vasairy Ethremourla，夔龙的战意骨笛！快点出来啊！你爸爸曜曜我正在喊你出来一起对决小帅哥！”

还是没有半点反应。

这一下，正义使者龙曜伟男子大大彻底开始揪心了。

龙曜大大一低头，伸出两条歪歪扭扭的幼儿简笔画版的龙爪，开始用力掏他那大胖肚子上的“呆龙口袋”了。

龙曜大大开始“手动召唤”他最强最霸道的大规模杀伤性武器——七星级血祭双系世界宝藏·夔龙的战意骨笛了。

龙曜大大准备用这根骨笛，释放出他最最可怕、最最凶猛、最最残忍、最最毁天灭地的终极绝招了。

龙曜大大无比专注地，低着他那幼儿简笔画版的大龙头，探着歪歪扭扭的龙爪子，掏啊掏，掏啊掏，无比卖力地掏了足足有一分多钟，这才从肚子口袋里面，死拖硬拽出来一根……

狗骨头。

嗯。没错。一根狗骨头。一根幼儿简笔画版本的狗骨头。

这，就是七星级血祭双系世界宝藏·夔龙的战意骨笛——龙曜大大最强、最可怕、最凶猛、最霸道的魔化武器……它此时此刻的终极战斗变身形态。

这根夔龙的战意骨笛，明显是一根有节操、有修养、有审美品位的人工智能武器。它，可以接受和龙曜大大一起轰轰烈烈浴血鏖战，最终唯美悲情地战死在杀戮场上。

但是，它不能接受变丑！

而且，是这种丑破天际、丑出灵魂新高度的极端丑法！

它想死。它不要跟这种幼儿简笔画版本的歪鼻子歪眼龙站在一起。它更不要变成一根幼儿简笔画版本的歪鼻子歪眼狗骨头出来战斗啊。

救命！谁来阻止龙曜！它不要出来见人！它需要静静！

“哎呀，夔龙，我心爱的三儿子。你这孩子，怎么那么害羞呢？难道是童年太孤独，得了自闭症？没事的，赶紧出来投入曜曜爸爸的怀抱吧！曜曜爸爸会用春天一样的父爱，温暖你那幼小脆弱的小心肝的！出来吧。我最强最凶猛的大规模杀伤性武器——夔龙的战意骨笛啊！”

唑——唑——

夔龙的战意骨笛，死命抵在那丑龙肚子口袋口，垂死挣扎着，宁死不屈着，然后，它就被他那条丑龙老爸，以一种绝对的蛮力，“哼唧”一下，硬生生从口袋里拔了出来。

“呜咳嗷——”

作为一根笛子……哦不，一根狗骨头，夔龙的战意骨笛，发出了三个惨绝人寰的象声词。

然后，“呼”的一下——它就被龙曜丢了出去！

没错，就像投掷一根真正狗骨头一样，狠狠投掷了出去！

龙曜“呼”的一下，一边将那“夔龙的战意狗骨头”投向秦王羽，一边吟诵出他此生最最可怕、最最魔性、最最霸道、最最凶猛、最最毁天灭地的终极必杀技：

“——Vasairy Ethremourla！夔龙的战意骨笛！

“以吾之魂，吟唱吧——《神经病之歌》！

“哩嘛……呜咳嗷！”

那根夔龙的战意狗骨头，就这么惨烈哀号着，在吉赛尔和秦王羽瞬间石化的凝视之下，开始绝望地演奏了！

一连串辉煌浩荡、空灵绝唱的天籁神音……

不不不！不对！应……应该是……是……

一连串丧心病狂、群魔乱舞的魔性噪音，直冲天穹！

简直就像好几千亿个喝醉酒的疯癫糙汉子，在同时癫狂狞笑着仰天长歌，声声撼天，根本没有一个音是在调子上的！

这这这……这已经不是一首用任何“变态、恶心”之类的形容词就能够描述出来的魔性洗脑神曲了！

这这这……这简直就是“魔音灌耳”的终极现场诠释版本！

第八乐章
神经病之歌

“唔……呕……”

吉赛尔第一个先吐了出来。

她整个人都被龙曜罩在一层灵光辉闪的音频壁障之中，被强制性隔绝掉了 99% 以上的震天魔音，但是，纵使如此，当那仅剩 1% 音量的撼天魔曲，传入她耳膜之时，她依旧隐忍不住，恶心得唔哇一下呕吐出来。

紧接着……托特神的新月文书记录者也吐了。

它变化而成的那颗“吃豆豆魔球”，在乍然听到那首《神经病之歌》的一刹那间，金色球体“呼哧”一抖，白眼一翻，大嘴一张，嗝的一下，吐了秦王羽一身的机油。

它也忍不了了啊。

它被己方队友的魔音攻击，恶心得呕吐在了敌人身上。

再接着，就是——

哗啦啦……夔龙的战意骨笛，竟然自己也吐了。

它化身而成的那根幼儿简笔画版狗骨头，两端同时裂开两道骨缝，哗啦啦，一大堆不知道是骨髓还是什么玩意儿的呕吐物，顺着它那骨缝汩汩流淌出来。

好的，绝了。

它竟然被自己演奏出的撼天魔音给恶心吐了。现在，知道什么叫作“真·大规模杀伤性武器”了吗？

那，就是龙曜大大改良出的终极魔化神曲——灭绝人性的《神经病之歌》！

它，甚至连己方队友都一个不差地轰得集体倒地。

至于，它真正要攻击的那个弱小可怜又无助的敌人——秦王羽小哥哥呢？

铿——

秦王羽白衣翩然，单膝跪地，长剑一拄，一口血喷了出来。

龙曜这一曲祭出，秦王羽明显是重伤。

但是，人家秦小哥哥，还是很有本事，很有气度的。

纵然，人家早就已经恶心到生无可恋，但是，作为职业军人，人家依旧还在顽强抵抗。铛——

秦王羽一边呕血，一边左手一扬，他那架冰白玉琴凌空一横，一首华夏族上古仙乐《九幽·镇魂调》疾弹而出，开始和龙曜那首灭绝人性版的《神经病之歌》对扛起来。

哎呦妈呀。好听。真喵了个咪的好听！

啪啪啪啪。吉赛尔终于彻底叛变，感动得给敌人鼓起掌来！

而且，这秦王羽小哥哥，弹琴之时，竟然又变了一种形象。

他那一整头白发，瞬间化作绸缎般乌黑飘逸，原本纯白眼睫银白瞳仁，在顷刻间化作黑曜石般晶亮，那一身银白龙鳞法袍，同时也化作黑纱缥缈的灵丝乐师袍！

秦王羽，化成了一个黑龙版本的华夏族古代乐师。

他原本化作玉佩挂在腰间的“七星级神音天祭的圣战士”世界贵族勋章，就在他瞬间化作黑龙乐师的同一时间，改变了形态，变成了一枚“七星级龙魂天殇的神乐师”世界贵族勋章。

秦王羽竟然被龙曜这无耻之徒，揍得换了一种职业？

“咦？什么？居然还有这种操作？！”龙曜一惊。

黑龙乐师形态的秦王羽，高雅清绝，琴音缥缈，仙风道骨，何其曼妙绝伦？简直唯美得让人想哭。

龙曜，看到了没有？听到了没有？这，才是“音乐”和“唯美”二词的正确打开方式！

再看看你自己？你不感到羞愧吗？不感到汗颜吗？

当然。当然没有。

龙曜乍然看见秦王羽，竟然被他那首魔音灌耳的《神经病之歌》折磨得又变了一次身，顿时乐呵呵蹦跶了好几下，道：

“哟？他竟然还能继续变身？这次是黑龙版本的乐师？这琴弹得真好！弹得真妙！比我还好！好听一百万倍！秦小哥哥，您老人家到底是什么职业？好帅啊！难怪奥丁这种变态颜控老魔头，整整一百多年都舍不得杀你炼药！硬要跑来害我这种可怜弱小又无助的路人甲！实在是太过分了啊！”

龙曜桀桀狞笑着，浑身上下都闪耀着歪歪扭扭的魔光煞气，冲着那个一边吐血一边弹琴的秦小哥哥，龙爪一戳道：

“——Vasairy Ethremourla！生物血脉灵识能量解析！

“给我查查这家伙到底是什么血统构成的！”

一道流光洒下。

秦王羽的血脉构成配比，化作灵光符文，出现在龙曜眼前。

那是一种奇妙而熟悉的配比数值，令龙曜眼前一片茫然。

“咦？这算什么？任意两种血统以 50% 比例……随机组合？跟我一样是个串串？串得比我还魔性？哎呀！好棒！我喜欢！”

龙曜咽了口口水，举起两条歪歪扭扭的龙爪，由衷赞美道：

“不愧是神王奥丁亲手养大的心肝小宝贝啊！奥丁这个偏心死老鬼！他看你长得太帅，舍不得杀你炼药，就跑来祸害我。难不成天底下就他儿子是心肝宝贝，别人家儿子就不是心肝宝贝了是吗？难不成曜哥我颜值就比你低那么多吗？太过分了！嗷呵呵哒。咦？托特神的新月文书记录者——你在干什么？”

龙曜大魔王桀桀狞笑着，一蹦一跳扑过去，冲着他那颗“吃豆豆魔球”版本的托特神的新月文书记录者，撩脚就是一踹！

“别吐了！给我一起上！欺负弱小，就要人多势众懂吗！”

咕隆咚！托特神的新月文书记录者，一边狂吐不止，一边被他的龙曜爸爸，当成皮球，咕隆咚一脚，踢到了秦王羽脚下。

可怜的托特，它泪流满面，老泪纵横着，咔嚓咔嚓，一张大嘴，再一次扑向了正在抚琴雅奏的可怜敌人——秦小哥哥。

它身不由己。它不想这么猥琐无耻啊！

为什么？为什么？它会有龙曜这样一个卑鄙无耻砢碜糟心猥琐的亲爹呢？它可以选择重新投胎一次吗？

托特神的新月文书记录者、夔龙的战意骨笛，一边以各种猥琐姿态联手围殴秦王羽，一边泪流满面泣不成声。

铛铛——铿铿——

霎时间，灵光流灿，天音绚烂！

秦王羽那是真彪悍，以一敌二，丝毫不落下风。

一曲浩然琴音，死死压制住了夔龙的战意骨笛；七柄冰灵仙剑，飒然狂削着托特神的新月文书记录者，潇洒帅气得那叫一个天妒人怨，简直连吉赛尔都想去找他签名合影了。

但是，没用。根本没用。

在这一连串诡异死战之中，不管秦王羽怎么飞来飞去，飘来飘去，闪来闪去，他面前，始终飘浮着一条桀桀狞笑的、幼儿简笔画版的巨型魔龙——龙曜伟男子大大。

龙曜那歪歪扭扭的龙爪之中，拿着一支猫头钢笔、一本狗头笔记簿，正在涂涂画画，记录着一连串战斗数据公式。

龙曜就这么涂涂画画了足足四五分钟后，终于，心满意足地一合笔记簿，笑眯眯望了激战中的秦小参谋官一眼道：

“战斗分析数据，已经集齐，感谢合作。

“现在，你可以不必再挣扎了。因为，我要开始饲养你了。”

龙曜又温柔又和蔼地如此说着，那歪歪斜斜的龙嘴，“呼哧”一张，猛地冲着秦王羽喷了一口简笔画版的龙火球出来。

那龙火球，又丑又歪又猥琐，简直砢碜到不知该用什么话语来形容，但是，就在那火球猛地砸中秦王羽身体的瞬间，秦王羽一声低沉闷哼，竟然直接被那火球轰翻在了地上！

长剑碎裂，琴弦俱断。

秦王羽用力挣扎了几下，似是想爬起来，但是，没用。

那三头幼儿简笔画版本的魔怪——吃豆豆魔球、狗骨头魔笛、怪兽魔龙，就像三只儿童绘本里的智障妖怪一样，歪鼻子歪眼着，嗷嗷怪叫着，冲着可怜无助的他，扑了上来！

丁零当啷，乒铃乓啷。

三头幼儿简笔画版的大魔怪，冲着秦王羽，当头就是一顿地痞小流氓斗殴似的拳打脚踢，硬生生将秦王羽打得吐血瘫软在地，再也爬不起来了！

苍天啊！悲剧。这个很俊美很潇洒很飘逸很像神仙小哥哥的参谋官阁下，就这么特别无辜地，特别绝望地，被那三头幼儿简笔画版本的大怪兽，以地痞小流氓般的无赖斗殴方式，给群殴得再也爬不起来了。

“唔咳咳咳咳……”

秦王羽一阵惨烈咳血，“呼哧”一下，周身灵光，瞬间消散。

“咔嚓”一下。他腰间挂着的世界贵族勋章，裂成两半。

他灵识本体 SPI 严重受损，再也无法维持变身形态，终于，彻底现了原形。

“哎呀呀，你的原形，怎么是条美人蛇呀？还是半黑半白熊猫色的？”龙曜好奇地扑闪了两下斜八大龙眼。

秦王羽的原始形貌，是一个又古怪又漂亮的东方少年。

那少年，脸还是原样，所谓的“特别符合龙曜审美品位”。

但是，那少年根本不是人形。

他腰部以下，是一条灵光辉闪的蛇尾。他额头之上，飞扬着两条半透明的龙角，半透明的耳朵尖尖的，是龙耳形状。

而且，更古怪的是——他整个人都是半黑半白的熊猫色。

他左半边头发是白的，右半边头发是黑的；左半条尾巴是白的，右半条尾巴是黑的；左半根龙角是白的，右半根龙角是黑的；左瞳是银色；右瞳是黑色；左半边身上，披着半身白色龙鳞剑仙法袍；右半边身上，披着半身黑色龙鳞乐师法袍。

甚至，就连裂成两半的世界贵族勋章，都是一半一半的：左半边，是七星级圣战士系的；右半边，是七星级神乐师系的。

这个半黑半白的古怪“美人蛇形象”，就是秦王羽的真身。

这可怜少年啊，简直就像千年白骨精一样，硬生生被龙曜伟男子大大一次次狠狠欺负着，欺负得彻底现了原形。

“明明是条美人蛇，长得却跟只熊猫似的，呵呵哒。

“难怪，你打起架来，一会儿变白，一会儿变黑。”

龙曜还好死不死地如此点评了一句道：

“你这血统，真是太糟糕了啊。蛇尾摇摇，龙角翘翘，像条小泥鳅，再加上这种半黑半白的熊猫色，铁定被人当成人格分裂症笑柄，欺负得很惨很惨过吧。看来你和曜曜我一样，是个孤单落寞的可怜人啊。真不愧是我看上的狗子。”

龙曜像拎条小鱼干一样，高高兴兴拎着秦王羽的蛇尾巴，将这个吐血不止的神仙小哥哥，从地上拎了起来，用一种又温柔又和蔼又慈祥又善良的口吻，柔声安慰道：“不过，没事。”

龙曜笑笑道：“从今以后，我，会好好饲养你的。”

龙曜如此说着，“噗”的一下，就像隔空嗝了个屁一样，又冲着咳血不止的秦王羽，吐了一口极其砢碜猥琐的龙火球，硬生生将人家嗝昏了过去。

然后，龙曜就像塞个大洋娃娃一样，把秦王羽和奥丁，一起塞进了自己肚子上那歪歪扭扭的简笔画大龙口袋里。

塞完，龙曜哼着歌，拉着已然彻底石化的吉赛尔，带着他那两枚泪流满面的血祭双系世界宝藏，一蹦一跳，肚子赘肉狂颤着，走向了巫医森林后方的时空转换装置大门！

嗡——

就在龙曜即将步出巫医森林的一瞬间，一道无机质的系统播报音，突然间，毫无预兆地出现在了龙曜和吉赛尔的耳畔！

“尊敬的用户：

“弑神者·凡人·龙曜。您好！

“现在，正在与您对话的，乃是阿兰星落ATLANTHELOT创世封神系统11.11版本·第一系统管理员。

“您，可以称呼我全名——

“ATLANTHELOT星域联邦共和国·诸神文明·人类纪·WSVR虚拟现实人类文明养殖场·创世封神系统·第一系统管理员。简称：创世封神系统。”

那无机质的系统播报音如此说道：

“根据本系统检测——

“弑神者·凡人·龙曜，

“您，在近12小时的意外遭遇战中，总共达成以下成就：

“α. 挟持九星级上古神王智者 ×1。获得900000000神谕绩点。

“β. 击溃WSVR虚拟现实人类文明养殖场·职业饲养员：阿兰星落5-8星级世界贵族 ×23。获得2300000神谕绩点。

“γ. 炼化并升级血祭双系世界宝藏 ×2。获得2000000神谕绩点。

“δ. 吸收4-9星级世界宝藏 ×59。获得96700000神谕绩点。

“总共累计获得：1001000000神谕绩点。”

“尊敬的用户，弑神者·凡人·龙曜——

“由于您24小时内，意外获得的神谕绩点值，累计超过十亿，因而破格获得一次创世封神系统·奖励机会。

“您可以在以下两种选项中，任意选择自己的未来：

“选项一：删除记忆。删除您脑中对于阿兰星落诸神文明的一切记忆，回到您所诞生的凡世。将十亿神谕绩点，统统兑换成生命、权势、资产、领土、荣耀、智慧、力量等一切物质精神奖励，成为此世界的万世王者。

“补充说明①：如果您选择兑换此种系统奖励选项一，那么根据系统精确计算，您将以王者身份，统治您所诞生的星球·No.SRAGFFJ3985129346 号地球，长达 3852 年。

“补充说明②：如果您选择兑换此种系统奖励选项一，那么您将在此长达 3852 年的文明统治过程中，建立起一座空前绝后的‘星际文明王朝’，成为超越您已知凡世历史上所有帝王君威的万世之王。

“本系统强烈推荐您，进行此项奖励兑换。”

“叮咚——”

第九乐章
创世封神系统

就在那系统播报音骤然响起的一瞬之间——

龙小邪，醒了。

他昏昏沉沉，蜷缩在黑暗与死寂深渊之中，一动不动，静静聆听着龙曜那无限疯狂的欲望与结局。

已然失去了猫神之眼的他，再也无法发出任何声音，做出任何动作，但是，他的意识，开始清醒了。

他忽然听见了“阿兰星落创世封神系统”的奖励播报音。

他听见了一个有如神音般空灵缥缈的声音，向龙曜提供了一种无比奇怪的“系统奖励选项”。

那个无机质的空灵神音，便是曾经无数次出现在龙小邪耳畔、一次次播报着“猫神贝斯特之眼”使用规则的奇怪声音。

只不过，这一次，这个系统播报音，语态已全然改变。

它对龙曜说话的语气，与对龙小邪说话之时，截然不同。

这个系统播报音，终于不再那样莫名其妙，毫无根据、毫无来由地，突然之间，随便诵读一段神谕纸牌或者世界宝藏的使用法则，就消失得无影无踪。

它开始很有耐心地自我介绍了。

它说，它叫阿兰星落创世封神系统 11.11 版本。

它开始以一种平等交流的态度，和龙曜进行对话。

它跟龙曜说话的口吻，隐约间，就像一名古老年迈的先知，正心平气和地矗立于王座之下，跟一名即将改变人类文明走向的霸主，进行一次平等交流。

它问龙曜："尊敬的用户，弑神者·凡人·龙曜，请问，您愿意以十亿神谕绩点，兑换此种系统奖励，成为您所诞生的凡人世界的一名万世之王吗？"

"这……这是什么鬼声音?！"

龙曜并没有来得及回答，吉赛尔就已先低呼起来。

这是吉赛尔第一次亲耳听见这个所谓的"阿兰星落创世封神系统播报音"。

吉赛尔是一名血脉灵识纯度极低的智者系人类。她曾经使用过的所有神谕纸牌，统统都是龙曜炼化出来赠送给她的。

所以，吉赛尔纵使早就听龙曜和龙小邪说过这声音，但也没有亲耳倾听过这种空灵缥缈到令人毛骨悚然的系统播报音，顿时被那有如来自幽冥天穹的异世回响之声，震惊了一下。

"嗯。对的。你是什么鬼声音？

"你哪里来的？干吗用的？吃什么长的？"

龙曜拍了拍自己那幼儿简笔画版的肥龙肚子，不紧不慢，长叹一声道："这些鬼话，统统给我先说清楚，再来跟我搭讪。"

龙曜伟男子大大，如此正义凛然地教育那系统播报音道：

"什么系统播报音？你不要总是暗搓搓躲在小角落里头犹抱琵琶半遮面，暗搓搓偷窥我打架。我龙曜伟男子大大，虽然长得很帅，但毕竟不是美女。有什么可偷窥的？啧啧，作为一名系统管理员、技术死宅男，你知道，你最需要什么吗？”

系统：“什么？请您说明。”

这个创世封神系统，明显还是很勤学好问的。

龙曜双爪平举，浑身上下都散发出了伟龙的正义之光。

龙曜：“那——就是像我一样的正直伟岸、光明磊落、心怀坦荡、浩然正气、唯美儒雅。绝对不能猥琐不要脸。懂吗？”

系统：“……”

吉赛尔：“……”

龙小邪：“……”

瞬间冷场。全场死寂。怎么办？为什么竟然有种特别不想跟这无耻之徒继续交流的冲动？好想直接打死他怎么办？

好吧，就算不能直接打死他，至少也好想为民除害堵住他那张臭嘴怎么办？怎么办？

很明显的，跟龙曜这种不要脸到极点的人中极品一本正经地唠嗑，这个阿兰星落创世封神系统，还是太正常纯洁了一点。

系统：“好的。”

一道冰蓝色灵光，倏然闪起。龙曜和吉赛尔眼前，同时出现了一连串中英文双语版本的“系统惩戒说明”。

那“系统惩戒说明”，如此冷淡礼貌而又规范地讲解道：

“尊敬的用户，弑神者·凡人·龙曜——

“由于您的垃圾话过多，严重妨碍了本系统工作。因此，本系统将在接下来的一小时内，对您进行一次系统惩戒。

“惩戒方式如下：

“系统将在一小时内，将您所有说出的垃圾话，统统转化为乱码文字，进行严格屏蔽。以确保你我双方，公平公正，正直正确，进行一次严肃庄重的人类文明科学历史探讨。”

“尊敬的用户，弑神者·凡人·龙曜——

“本系统衷心希望，您能在以后的对话中，少说垃圾话，尽情运用您的无上智慧，为人类文明的未来，添砖加瓦。

“非常感谢您的配合。”

啊呀。多么恩威并重、多么有道理有修养有文化的系统啊！

这，明显让正义使者龙曜伟男子大大感到非常汗颜。

龙曜大大终于决定正视自己的过错了。龙曜想了想说：

“嗯。没错。系统阁下。您惩戒得非常有道理。刚刚，确实是我不对。我也不知道为什么，一听到您庄严神圣的声音，就文思如泉涌，开口就想嘲讽吐槽。这是很不对的。”

龙曜虔诚忏悔道：“我应该尽量不说垃圾话，打断您美好情怀。现在，这位神秘的系统阁下，就让我们屏蔽掉一切废话，堂堂正正进行一场智慧与梦想的人类文明巅峰大道探讨吧！”

龙曜双爪平举，佛光冲天道：

“曜曜我跟你讲哦！你卍＃〓◎☆＃〓§〓卍＃〓◎☆＃〓§卍‖＃卍〓◎☆＃◎￣◎☆＃〓§卍‖©◎☆〓‖＃卍＃〓◎☆＃〓……”

然后……这个刚刚发誓痛改前非、从此以后再也不讲任何垃圾话骚扰嘲讽对方的正义使者龙曜伟男子大大……

他……他就那么噼里啪啦，稀里哗啦，叽里呱啦，用一种缩时快进魔法，好似连珠炮似的，在短短一分钟内，连续讲了一千万字乱码出来。一千万字乱码啊一千万字乱码！

整整千万字长篇大论，竟然全部，都是被系统屏蔽掉的违禁垃圾词？！龙曜你你你到底是有多能说违禁词？

但凡，只要强制屏蔽掉你所有嘲讽挑衅类垃圾话，你那黑暗大魔王的语言中，就只剩下一堆乱码了吗？一堆乱码了吗？

你这一生活得究竟是有多嘲讽多糟心？

系统：“……解除……系统惩戒程序……让他……正常说话……快……”“呼哧”一下。一道冰蓝色流光闪过。

龙曜和吉赛尔面前的“系统惩戒说明”消失不见。

取而代之的，就是龙曜“嗷呵呵哒”一笑，拍了拍自己幼儿简笔画版本的大肥龙肚子，歪歪扭扭的龙爪子一举道：

“各位！我的梦想真理大道，已经讲完了。你们，都已听明白曜曜伟男子大大我博大伟岸、清新脱俗、风雅隽丽、和谐唯美的旷世情怀了吗？”

系统：“……”

吉赛尔：“……”

龙小邪：“……”

并没有！你那是哪里来的谜之自信，觉得别人就应该听得懂你那满屏都是马赛克乱码违禁词的无耻情怀的啊啊啊？

“呼哧”一下。一道冰蓝色流光再次闪过。

这一次，龙曜的声音，忽然间，彻底消失了。

龙曜虽然依旧还在那里手舞足蹈地讲述他的康庄情怀，但是，他喉咙里发出来的所有声音，全部变成了一个个实体化的“喵”字，从他歪歪扭扭的龙嘴里不断吐出。

霎时间，龙曜那一整个砢碜猥琐的幼儿简笔画版龙躯，都被漫天飞舞的“喵”字给淹没了。

这个创世封神系统，这一次，是直接屏蔽了龙曜所有声音。

讲真。谁都不想看见龙曜。谁都不想跟龙曜唠嗑。

这才是正常人的心态。

系统：“切换一个正常点的角色，来跟我进行交流。”

系统如此喃喃着，然后——“呼哧”一下。冰蓝色流光一闪。

倏忽间，一枚灵光闪耀的三角箭头，凌空出现。

那三角箭头，就像一枚电脑鼠标的选择光标一样，停留在了吉赛尔头顶。

那个“选择光标”，先是在吉赛尔头顶停留了一下，然后，又瞬间移动到龙曜背后，在龙小邪的木乃伊上面停留了一下。

它似是在犹豫，应该选择哪个角色来代替龙曜跟自己进行对话。然后，在反复移动三四次后，这三角光标，做出了选择。

最终，它停留在了龙小邪木乃伊的头顶上。

系统：“选择‘亡灵·龙小邪’，代替‘弑神者·龙曜’，与我进行对话。”

“呼哧”一下，冰蓝色流光，再一次闪起。

倏然间，龙小邪的幽灵，被那个三角形的“选择光标”，从那具婴儿木乃伊体内，强行抽离了出来。

龙小邪一整个半透明的灵体，都被一道冰蓝色火焰，托举在了半空中。他似醒非醒，似睡非睡，像一具提线木偶一样，除了张嘴说话以外，无法做出任何其他动作。

系统：“亡灵·龙小邪，由于你对于弑神者·龙曜，具有特殊情感意义，现在，系统授予你特殊权限，在接下来的4分钟内，你可以代替龙曜，向本系统提问，以此，帮助弑神者·龙曜，进行一次‘系统奖励选择’。”

系统：“亡灵·龙小邪，请注意——由于你太过低等孱弱，根本无足轻重，所以，你，仅仅具有‘代替龙曜提问’权限。”

系统：“亡灵·龙小邪，如果，你越权逾矩，妄图以自身欲望，改变弑神者· 龙曜的心意，操控文明发展，本系统，将对你进行永久性的强制性系统惩戒。此种惩戒方式，具体如下。请你先行体验一下此种系统惩戒的模拟演算——”

嗡！一道生物分解程序，凌空骤降，闪耀着骇人夺魂的冰蓝色光芒，生生将龙小邪半透明的幽灵，分解成了虚无粒子。

紧接着，就在龙小邪一声撕心裂肺的惨叫之中，他那半透明的幽灵，再一次被无数灵光璀璨的幻世符文，重新组合，恢复成了原来模样。随后，刹那间，又是一道同样的生物分解程序，凌空骤降，再一次，将龙小邪半透明的幽灵分解成灰烬。

往复循环，无止无尽。

就在短短数秒内，龙小邪那缥缈残破的灵体，就在不断被分解和不断被重组的往复循环之中，惨叫悲鸣不止。

“龙小邪！！”吉赛尔顿时尖叫起来：“该死的！你在干什么?！这算什么鬼东西?！龙曜！龙曜！制止它啊——住手！！”

龙曜见状，微微呆了呆。

龙曜就那样，微微愣神，望着那正在冰蓝色流光中挣扎痛呼的龙小邪。他微微张嘴，似是想说什么，然而，什么都没说。

龙曜的神情，又淡又静。

“呼哧”一下，龙曜解除了他那简笔画巨龙的战斗变身模式，重新化成人类形态，飘浮在了空中。

龙曜指尖灵光一闪，竟然，取出一支猫头钢笔、一本狗头笔记簿。龙曜眼中病毒符文方程式狂跳，开始在那笔记簿上，飞速书写计算起来。龙曜边写边算，边淡淡说道：

“没事。镇定。不过是种‘痛觉感知型’的模拟演算程序，你肉眼所见的声光电特效，是靠数据演算模拟出来的，并不是真实伤害，原理就跟 VR 游戏差不多。疼了点而已。别停下。”

第十乐章
渐行渐远的你

龙曜嘴角微扬，露出一丝极尽嘲讽的笑。

笑得如此轻蔑淡定。

当龙曜变回人形的时候，他的声音，又恢复了正常。

龙曜说：“这种‘痛觉模拟程序’，其构成源代码极端复杂。它可以在任意一种生命体上模拟出无限次数的死亡感知，却又不真正杀死这种生命体。真是一种极端残忍的酷刑啊！”

龙曜说：“这，就是你们什么阿兰星落诸神文明的特殊刑罚吗？看起来挺像世界各国古代神话传说中的‘人间地狱’啊！”

系统：“尊敬的用户，龙曜阁下，您说得没错。此种系统惩戒模式，被称之为‘阿鼻地狱模式’，其释义为：永受痛苦的无间地狱。此乃阿兰星落·诸神文明·古神纪中，上古诸神用于惩戒人类世界至高至恶罪徒的系统管理法则之一。”

龙曜说：“好的。我知道了。请别停下。请您再继续惩戒龙小邪至少 45 分钟。让我好好演算一下这种惩戒程序的核心源代码。我可不是吓唬您。呵呵哒。这——对我解析您的系统构成原理，有很大助益。请您继续。”

吉赛尔一下子跳了起来：“你说什么？！”

龙曜说：“我说，尊敬的系统阁下，请您再继续惩戒龙小邪至少 45 分钟，千万别停下。我现在需要演算一下此种惩戒程序的核心源代码，以便更加深入地解析您的系统构成原理。”

“龙曜！！”吉赛尔心一下子沉到了谷底。

龙曜疯了。这根本就不是什么解析源代码的问题好吗？你难道看不见龙小邪在挣扎，听不见龙小邪在惨叫吗？演算什么鬼代码？你真的还是龙曜么？那个曾经将这古埃及亡灵当作生命中至高宝藏来守护的龙曜？

叮咚！一道冰蓝色火焰凌空燃起。

一连串系统奖励数据，再一次浮现在所有人眼前。

“尊敬的用户，弑神者·凡人·龙曜——

“恭喜您达成系统隐藏成就：寡情的真理之心。

“成就奖励：无星级世界宝藏·格莱普尼尔的驯神锁×1。

“奖励用途：驯化远古诸神。请您查收。”

伴随着一连串播报音和冰蓝色流光闪耀，一条雕刻满古老矮人族魔法符文的半透明锁链，自虚空之中幻化而出，缓缓落在龙曜掌心之中。

那是一枚无星级世界宝藏：格莱普尼尔的驯神锁。

传说上古时代，矮人族炼金术师，曾用六种荒诞之物：猫的脚步、女人的胡须、山的根、鱼的呼吸、熊的力量和鸟的唾液，炼化成一种禁锢锁链——格莱普尼尔的驯神锁，用来驯化远古圣魔。它看起来，像是一条精致的装饰品，但却无法挣脱。

“呵呵哒。这都能得到系统奖励？您今天挺大方呀。”

龙曜随手将那驯神锁，收进了制服口袋中，继续提着笔，写写画画，飞速演算着那创世封神系统的惩戒程序源代码。

系统：“这是根据您 24 小时内的累积神谕绩点，所给予的辅助成就奖项。请您善加利用。为人类文明，谱写辉煌史诗。”

龙曜：“好说好说。”

吉赛尔再一次吼了起来：“龙曜！！”

然而，还有意义吗？

龙曜只是目不转睛地继续涂鸦演算着，根本连看都不看惨叫挣扎的龙小邪一眼。他甚至就连抬头多看他一眼都没有。

叮咚！那无机质的系统播报音，再一次响起。它说：

“阿鼻地狱惩戒程序，模拟示范，到此结束。

“尊敬的用户，亡灵·龙小邪——

“请你牢记此种系统惩戒程序之可怖，确保公正公平地，站在人类文明的宏观立场，代替龙曜，向本系统提问。

“记住，以龙曜的神谕绩点及成就累积，您可以代替龙曜，总共向本系统提出三个问题。请谨慎使用您的权限。”

“呼哧”一下。灵光闪耀。

那不断分解重组着龙小邪幽灵的冰蓝色流光，骤然消失。

创世封神系统，终于停止了对龙小邪的地狱惩戒程序。

“唔……”

龙小邪低低呻吟着，再一次被一道冰蓝色流光，托举到了半空中。他被创世封神系统选为了龙曜的第一代言人。

他有机会，向这个神秘莫测的系统播报音，询问三次人类文明的秘密、历史和未来。他是多么荣幸。

“咳咳咳。呵呵。哈哈哈哈哈。人类文明的未来？”

一连串不知是惨笑还是嘲讽的声音，从龙小邪渗血的唇畔吐出。他整个半透明的灵体就像玩具木偶一样，一动不动。

他眼角余光，恰恰可以看见那个已然化作病毒妖魔的龙曜，正好奇地用笔杆点着腮帮子，淡然望着他。

龙曜正在等待龙小邪问出自己想要知道的未来和结局。

他的脸，和当年那个天真茫然打开了他古埃及黄金棺的年幼孩子，一模一样。一模一样。

那，是他的龙曜。是爸爸妈妈最心爱的真正的亲生的孩子。

那是他一辈子都不可能企及的遥远幻梦。

多美。多好。再也不可能回去的往昔。

“人类文明……关我什么事?！”

龙小邪嘴里，再一次吐出那种令人厌恶的粗俗恶言。他说：

“三个问题是吗？不需要！该死的！见鬼的！你只要回答我一个问题就够了懂吗?！怎么把他变回去啊！！”

龙小邪整个灵体一动不动，声音却喊得撕心裂肺。他说：

“我只想知道，怎么把他变回原来那个什么都不懂的龙曜！怎么把他送回爸爸妈妈身边！我不要这样的他！不要他这样继续下去！他会害死自己害死所有人的！”

龙小邪说：“你不是什么都知道什么都能回答吗？那么回答我啊！到底怎么才能把这一切统统变回原样？这条命……这条命你随便拿走！想怎样就怎样！只要告诉我！告诉我怎么才能不要让爸爸妈妈承受失去这个混账不孝子的痛苦啊！”

“我……我到底是为了什么而留在这个世界上整整 3300

年的？是为了将他们全家再一次推向绝望深渊而苟延残喘着活到今天吗？我……没想过要害人……龙曜……我……”

龙小邪话并没有说完。

“嗡”的一下，流光辉闪。

龙曜指尖轻轻一点。倏然间，一条刻满诡奇矮人族炼金术师系符文的半透明锁链，凌空出现，捆住了龙小邪的身体。

符文流转，咒语狂跳。一连串荒谬古怪的魔法咒术，好似剧毒蛊虫一样，顺着龙小邪半透明的灵体，窜进了他血脉之中。

瘙痒，撕痛，眩晕。

无数仿佛要将龙小邪周身血管一根根扯碎般的剧烈痛楚，自那锁链禁锢处直刺而来。

那是格莱普尼尔的驯神锁。龙曜用它锁住了龙小邪。

“唑……”龙小邪一声低鸣，直接被那驯神锁所施加的惩戒咒法，牢牢禁锢在地上，再也说不出半个字来。

龙曜淡淡望了龙小邪一眼道：

“原来，这什么格莱普尼尔的驯神锁，是这么用的。不愧是传说中矮人族炼金术师所创造的著名宝藏。挺好。我喜欢。”

“呼哧”一下，龙曜手指勾勾，将那驯神锁牢牢束缚在了龙小邪身上，不断对他施加禁制咒法。

龙曜随口笑笑道：“龙小邪浪费了我一次提问机会。我惩戒他了。我的弟弟，总是那样任性妄为，妄图左右我的人生，永远都会把所有事情弄砸。我早该惩戒他。现在，他应该是没有力气再多说半个字废话了。怎样？系统阁下，要不要再换个人，来替我提问？”

龙曜如此说着，淡淡望向了身旁的吉赛尔。

只一眼，吉赛尔就被龙曜望得浑身汗毛统统竖了起来。

龙曜，他是认真的。

他已经不在乎龙小邪，不在乎任何人。他根本不介意这什么创世封神系统，把刚刚在龙小邪身上模拟过一次的什么“阿鼻地狱惩戒模式”再在吉赛尔身上重演一遍。

龙曜还活着。龙曜已经死了。

屠龙少年，杀死了恶龙。

他双手沾满罪恶的毒龙之血。

不知不觉间，化成了另一头恶龙。

“你……！”吉赛尔冷冷望着龙曜，浑身绷得笔直。

隐约间，他们之间，有什么东西开始碎裂，碎得毫无声息。那不是仅仅一个拥抱、一句誓言就能弥补的裂痕。

那是一个人逐渐远去的声音。

让任何挽留呐喊，都显得苍白无力。

宛若一幕黑色喜剧。

“叮咚——”系统答话了。

这个阿兰星落创世封神系统，在连续试探观察了龙曜数分钟后，再一次，给予了他自主的权限。

那系统播报音说：“不必再换人替您问话了。”

“尊敬的用户，弑神者·凡人·龙曜——

“您心志的坚忍程度，系统已经得出明确数据。

“现在，系统将为您回答龙小邪所提出的第一个问题：

“您的结局，无法改变。原因如下：

“任何妄图回到过去改变历史的行为，都会造成蝴蝶效应，导致人类文明养殖场的大规模时空崩塌，引发毁灭灾难。

“因此，时空旅人——此类职业，只能在系统限定范围内，小规模扰乱时空法则，进行战斗，无法改变既定宏观的命运。

“纵使，龙小邪无数次穿越时空，回到过去，改变无数次您命运的过程，他依旧无法改变您命运的结局。

“这就是时空旅人的宿命。龙小邪，孱弱卑微，他只是历史的旁观者，不是谱写者。

“而您，尊敬的用户，弑神者·凡人·龙曜——

“请您，为这个世界，谱写结局。

“恭喜您，获得系统两次提问权限。请您亲自向我提问。”

龙曜呵呵笑了声说：“真啰唆。不就是非害死我不可嘛。”

龙曜“呼哧”转了下手中的猫头钢笔，随口笑笑道。

“既然如此，那就先跟我说清楚，那什么什么阿兰星落·诸神文明的全部秘密吧。来吧。招吧。”

“叮咚——”系统播报音再一次响起。

“尊敬的用户，弑神者·凡人·龙曜——

“您的问题，远超出您的神谕绩点及成就标准。

“系统将为您简化海量数据后，进行部分解答。”

嗡！伴随着这段无机质的系统播报音诵读之声响起。

龙曜、龙小邪和吉赛尔眼前，同时一黑。

霎时间，数以亿万远古时代的记忆思想、历史神话，有如浩瀚星辰一般，滚滚涌入他们三人脑海之中……

那，是阿兰星落·诸神文明。

人类文明，最初的起源之梦。

第十一乐章
巅峰末世ATLANTHELOT

“尊敬的用户，弑神者·凡人·龙曜——

“这里为您播送的，是阿兰星落世界贵族学校《人类文明简史》全民普及教育版本。

“此版本的《人类文明简史》，具有瞬间强制性记忆功能，以辅助所有世界贵族，铭记历史，铭记文明，铭记责任。

“请您查收。”

嗡！伴随着创世封神系统播报音的诵读之声响起——

一刹那间，数以亿万来自远古时代的思想智慧，有如海啸般，狂涌进了龙曜、龙小邪和吉赛尔的大脑。

一个空灵缥缈的声音，以一种缩时快进魔法，在他们三人耳边，疯狂灌输进不计其数的数据信息，并强迫他们三人记住。

这就是阿兰星落世界贵族学校《人类文明简史》教学方式？

——这是一种瞬间强制性的记忆灌输技术。

这种记忆灌输技术，能在一瞬之间，将无数人文历史哲学科学资料，压缩成一个简单的音节，强制输入人的大脑之中。

那系统播报音，在他们几乎炸裂的脑海中，如此说道：

很久很久以前，距今大约 138.2 亿年前——

在没有任何历史记载的宇宙星河之中，曾经诞生过一种无限辉煌灿烂的人类文明。

这种辉煌的史前人类文明，在《阿兰星落神谕书》中，被称之为——

亚特兰蒂斯·辉煌纪。

没错。您猜的没错。

它，就是人类世界神话传说中有过无数神秘记载的、真正的“失落的亚特兰蒂斯文明”。

真正的亚特兰蒂斯文明，它，并不存在于人类已知的任何时代，而是存在于更为古老的 138.2 亿年前。

准确地说，也就是现今人类科学所断言的“宇宙大爆炸”之前。所以，无论现今人类如何勘探发掘，都无法真正揭开它的神秘面纱。

人类所有已知的亚特兰蒂斯遗迹，都只不过，是古代人类对于这种真正无上史前文明的残像模仿。

亚特兰蒂斯，在人类的希腊语中，被称之为Ἀτλαντὶς νησος，在人类的英语中被称之为 Atlantis，在人类的法语中被称之为 Atlantide，在人类语言中的大致意思是 Island of Atlas。

然而，在史前文明最古老的人类语言中，它真正的读音，应该是 Atlanthelot，音译为：阿兰星落·无上辉煌与巅峰的科学文明盛世。

早在 138.2 亿年前——

在亚特兰蒂斯·辉煌纪，那个遥远辉煌的巅峰年代，史前人类的科学技术，终于达到了凌驾时间与空间的终极境界。

当时的史前人类，已然达到人类文明发展的极限。

当时的史前人类，可以运用自身科学，自由控制他们所在宇宙空间中的全部能源。

在那个神圣辉煌的巅峰年代——

人类在空间物理学上的发展，令人类突破了“无限维度空间”的束缚。人类，终于可以有如幻想小说中所述一般，自由穿梭于古往今来任何时间、任何空间。

所有人类科幻电影中，长达亿万光年距离的星际穿越，长达千百万年的时空穿越，正式成为人类日常生活中最为便捷的短途旅行方式。

人类，终于彻底战胜了“空间维度”的束缚，成为可以任意纵横宇宙的万物主宰者！

尊敬的用户——

请问，您们知道什么是“空间维度”吗？

那系统播报音如此自问自答着，开始了最浅显易懂的全民普及教育版解说。

“呼哧”一下，一种极简的空间教学模型，出现在了龙曜、龙小邪和吉赛尔眼前。那系统播报音说：

我，给您们打个比方吧——

一维空间，指的是只由一条线内的“点”所组成的空间。它只有长度，没有宽度和高度，只能向两边不断延伸。

如果说，您是一个“一维空间生命体”，那么您所存在的方式，就是一个个单独的“点”。

您所能看见的世界，就只有您前面和后面，这两个方向上的所有的“点”。

二维空间，指的是由“长度”和“宽度”所构成的平面空间。它只能在平面方向上延伸扩展。

如果说，您是一个“二维空间生命体”。那么您就像在一张纸上画出的卡通人物一样，您仅仅存在于一个平面中。

您没有任何厚度。您是一种扁平生物。

您所能看见和所能活动的世界，仅仅就是这张平面纸上的扁平世界。

三维空间，指的是由“长度”“宽度”“高度”所构成的立体空间。它在三个空间向量上延伸扩展。

在那个三维空间里，生命体有血有肉，有厚度，有深度，不再是无限扁平的一张纸，甚至一个点。

人类的肉体，就是一种所谓的“三维空间生命体”。

人类存在的这种“三维空间生命体”形态，看似已经进化得极度完美。但是，却有着一个十分严重的问题——

人类会衰老，会死亡。

人类的三维肉体，无法抵御“时间”这个物理学上抽象的“空间维度幽灵”，对三维肉体所造成的伤害。

这，就造成了人类星际旅行、时空穿越的最大难点。

举个例子：

我们假设，宇宙直径大约为930亿光年，同时，史前人类的星舰航行速度，已经可以达到光速等级。

那么，一名史前人类，如果妄图驾驭星舰，从宇宙的一端航行到宇宙的另一端，他就需要花费总共930亿年时间。

这种时间成本，是任何一种“尖端肉体冬眠技术”都无法克服的生命障碍。星际旅行，时间，实在太漫长了。

史前人类，纵使沉睡在冬眠舱内，依旧无法安全地进行宇宙航行。

史前人类，有着巨大的风险，将会在漫长的宇宙航行中死于肉体的衰老和衰竭。

这，就是人类妄图征服宇宙的“时间成本”。

那么，有没有一种方法，将人类长达几百亿年的星际旅行时间，缩短到短短几十分钟，甚至，几十秒钟，就迅速完成呢？

答案：有的。

那，就是更加尖端的科学航行技术——

更加庞大的能源消耗。

举个例子。我们假设：

人类以草料为原料，可以驾驭千里马，日行200公里。

人类以燃油为原料，可以驾驭越野车，日行3000公里。

人类以核能为原料，可以驾驭宇宙星舰，日行一光年。

那么，人类以什么为原料，能够日行亿万光年呢？

答案：宇宙。

早在138.2亿年前——人类文明，发展到了能够大规模摄取宇宙能源的巅峰科学阶段。

每当巅峰时期的史前人类，使用他们的尖端科学技术，往返于亿万光年星海之间时；

每当巅峰时期的史前人类，使用他们的尖端科学技术，跳跃于古往今来历史长河之中时；

人类，必然消耗无尽的宇宙能源，以此来达成最短时间、最精确、最完美的超时空跳跃传送。

根据《阿兰星落神谕书》记载：

早在138.2亿年前——

史前人类，即使是一艘最小规模的“蚊蝇级宇宙星舰”，它每进行一次10亿光年距离的超时空跳跃传送，它每进行1000小时的时间穿越，这艘宇宙星舰，都将瞬间消耗掉约等于一颗“超巨星”的全部能源。

人类文明，不断发展，不断壮大。各种星际旅行，星际战争，星际穿越，成为人类生活日常必需的交通运输方式。

人类，终于成为一个不断吞噬宇宙能源的无底巨洞。

人类，需要发展。

人类，是一个不断自相残杀以此来不断进化的战斗种族。

如果，人类停止前进，那么，他们就会被其他人类所超越，所屠杀，所奴役。人类，是战无不胜的斗蛊者。

因此，星际战争不断。军备竞争不断。能源消耗不断。

人类，先是消耗殆尽了宇宙中几乎所有行星恒星的能源。

然后，人类开始消耗黑洞能源及一切暗物质的能源。

最终，人类成了杀死这个宇宙的第一癌细胞。

在距今138.2亿年前。

当史前人类巅峰辉煌的“亚特兰蒂斯科学文明”即将消耗尽宇宙中最后的暗物质能源之时——

世界毁灭的战争，打响了。

这场战争，在《阿兰星落神谕书》中，被称为：

灭世天劫战争。

嗡——那系统播报音如此诵读着，瞬息间，在龙曜、龙小邪和吉赛尔眼前，铺陈出一片极尽辉煌恐怖的星际战争景象！

那种景象……根本无法用任何语言来形容。

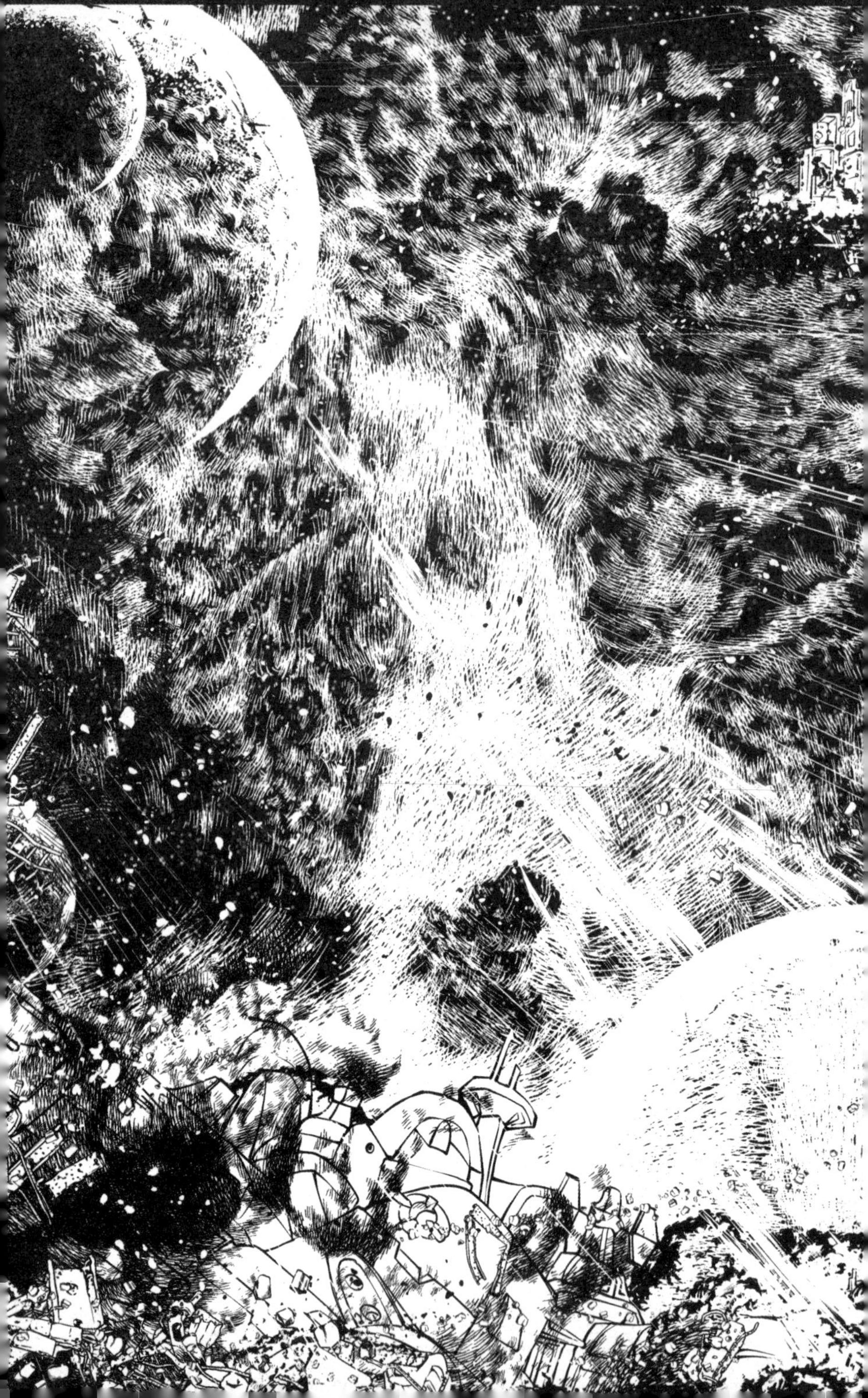

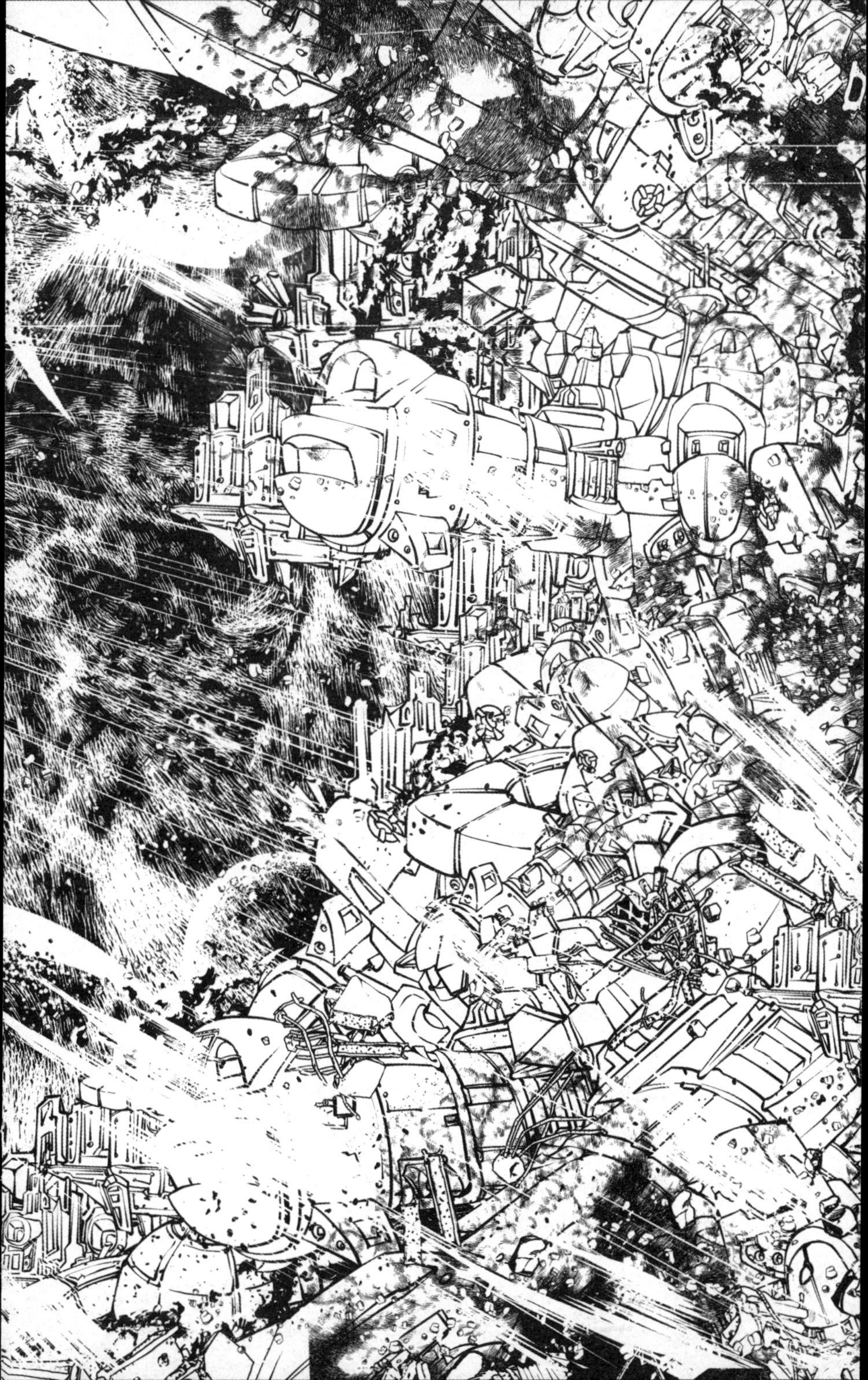

只见数以亿万的金属星舰堡垒，铺满了浩瀚死寂的宇宙！

亿万宇宙星舰，以一种极其巅峰绚烂的辉煌形态，无比狰狞丑陋地交织铆合在一起。

在它们的周围，无穷无尽，由金属机甲熔铸而成的单兵作战武器，狂喷着高能核爆烈焰，厮杀交叠成一幕幕光怪陆离的决死丑态。

人类，正在以最后的力量，疯狂撕碎整个宇宙。

他们，怀抱着决死的信念，拼命争夺着宇宙中最后残存的一丝能源物资。

纵使，这场战争，注定无人生还。

败者是死，胜者也是死。

人类，终成毁灭整个宇宙的第一癌症。

这，就是距今 138.2 亿年前，所谓“宇宙大爆炸”之前的盛世终结。

这，是一场史前人类科学发展至巅峰境界的自我毁灭战争——

灭世天劫战争！

“这……这什么……鬼？”

吉赛尔禁不住低低惊呼出声。

那一刻，吉赛尔已然顾不得那无数信息流强行灌入脑海的剧烈头疼感，她瞬间就被眼前这一幕幕撕裂宇宙的终极毁灭景象所震慑，下意识就想闭上双眼，捂住耳朵，避开那恐怖到震颤她灵魂的末世惨剧景象。

然后，她一低头，就看见了……龙小邪。

龙小邪，他正蜷缩在地上。

那个卑微重伤的古埃及亡灵，正极度虚弱地瘫软在龙曜脚下。他一声不吭，咬牙瞪视着眼前辉煌恐怖的末世战争场景。

他那半透明的灵体，在驯神锁的惩戒禁锢之下，颤抖得厉害。他正在强忍痛楚。然而，他那已然毫无生气的双眼，不知为何，竟然依旧，死死盯着龙曜。

他正注视着龙曜的背影，目送着那孩子，渐行渐远。

他那灰败一片的眼眸，已然看不见那孩子此刻的神情。

他却依然望着那孩子。一如既往。

吉赛尔呆了一下，然后，她不再闭眼捂耳了。

她忽然问道："然后呢？后来呢？未来呢？"

未来，那里，就是龙曜将要去往的地方。

吉赛尔忽然如此问道："什么灭世天劫战争？人类的自我毁灭战争？在经历了这种程度的疯狂消耗与厮杀之后，人类文明，怎么可能依旧没有灭亡，依旧苟延残喘至今？"

吉赛尔正在代替龙小邪发问。

她在代替龙小邪，还有死去的亚瑟，陪伴龙曜，走向结局。

"那些史前人类的未来呢？"吉赛尔如此问道。

嗡——！

伴随着吉赛尔的提问声响起，倏然间，那一片燃烧宇宙的灭世终结战争魔魇之中，那漫天核爆星裂的灭亡炮火之中，有如白虹贯日一般，骤然间，驶出一艘……

通体银白色的小型星舰！

那艘星舰上面，没有任何星域、任何国度的归属标志。

那艘星舰上面，没有搭载任何武器、没有配备任何护航舰。

那艘星舰上面，只好似涂鸦一般，随意涂画着一枚“巨龙与灵猫”的幼稚古怪图腾。

那艘银白星舰，有如一头狂奔于暗夜之中的浩雪银狼。

它，自漫天星爆之中，狂奔疾驰而出，直冲向宇宙尽头！

那，就是未来。

那创世封神系统播报音，如此淡淡说道：

这艘小型星舰，名叫：诸神的黎明号。

简称：诸神号。

它，是一艘学生专用的校舰，一艘专供ATLANTHELOT世界贵族学校就读学生乘坐的“低等运输星舰”。

因为，这艘低等星舰上面，没有搭载任何高能爆破性武器。

所以，它避开了这场灭世天劫战争中所有核爆探测装置的扫描，没有在宇宙战争中被各国军方直接轰爆。

这艘校舰，在连续进行了500亿光年的超时空跳跃以后，终于，渐渐脱离了这场灭世天劫战争，流窜接近了一无所有、毫无能源物质的荒芜宇宙边界。

这艘校舰，它的驾驶者和承载者，他们——

就是人类未来即将熟知的文明史话和传奇！

那系统播报音如此说着，画面骤然切进星舰内部。

霎时间，星舰驾驶舱内的情景，一览无余。

只听一个无比耳熟的声音，骂骂咧咧着直冲耳膜——

“我喵了个咪的！我咪了个喵的！

“你们这群小兔崽子！本校长今天一定要宰了你们！

“你们！你们这些叛徒！逃兵！快放开本校长！呕——”

霎时间，一连串咋呼到令人头皮发麻的肥猫怪叫声，响彻了龙曜、龙小邪和吉赛尔的脑海。

远远的，只见那艘星舰约莫 300 平方米的金属驾驶舱中，有一只无比眼熟的暗金色埃及猫，正在张牙舞爪地满地翻滚着！

那只古埃及怪猫……是……

是猫校长梅利伊布拉！

它的身体，实在太过肥胖，根本无法在疯狂急窜骤停颠簸

不止的星舰驾驶舱内站稳，因而就像个肥球一样，不断滚来滚去，边滚边吐，边吐边向着星舰驾驶舱内所有人咆哮怪叫着：

“我喵喵咪的！我咪咪喵的！

“你们！你们这些混账小兔崽子！本校长要吃了你们！你们不好好去参战去送死也就算了！竟然还敢劫持校舰出逃?！

“你们这些不守规矩的小坏蛋！你们是我带过的最差的一届学生！最差的一届！没有之一！还有……还有……我喵的！

“到底是谁——是谁允许奥丁那小疯子坐上驾驶座的?！”

那只圆滚滚的古埃及大肥猫，龇牙咧嘴，一边呕吐，一边冲着驾驶座上一个银紫色长发的冷峻少年，张牙舞爪道：

“奥丁！你给我从驾驶座上下来！滚下来！

“你！你这是在开星舰吗？你这是在开星舰吗？你这是在开导弹吧！喵的！古斯塔夫家族的小狼崽子！究竟是谁？是谁给你发的驾驶执照？放开我的校舰！啊啊诸神号啊！这可是本校长最最喜欢的爱舰啊爱舰！啊……它快被光弹轰爆了！啊！它快撞上陨石了！啊！它快急刹车刹碎掉了……奥丁！你立刻从驾驶座上给我滚下来！滚下来！

“来人啊！快来人啊！救舰啊！救猫啊！救驾啊！

“宙斯！不许笑！不许再写你那意淫小说！

“拉！不许在校舰里养动物！竟然还是野生动物？开除！

“羽蛇！好好走路！不要扭来扭去！你不是真的蛇人啊！

“阿胡拉！不要玩火！不要打架！这里不是黑市拳击场！

“恩利尔！不要再给阿胡拉扇风！你是电吹风成的精吗？

“梵天！湿婆！毗湿奴！你们仨是行为艺术家吗？你们那

脸皮颜色怎么回事？哪里冒出来那么多手？还不给我弄回去！

“盘古！女娲！伏羲！不要弹琴吹笙捏泥巴了！立刻给我去把奥丁那小疯子从驾驶座上拖下来拖下来拖下来啊啊！本校长要吊销他的驾驶执照！吊销他的驾驶执照喵啊啊啊……”

伴随着猫校长梅利伊布拉一阵接一阵的怪嚎之声——

一个又一个极其眼熟的人影，出现在龙曜和吉赛尔眼前：

一名手托书本身形壮硕的希腊青年，他被梅利称为宙斯。

一名皮肤黝黑头戴太阳冠的埃及少年，他被梅利称为拉。

一名满脸蛇形图腾文身的美洲少年，他被梅利称为羽蛇。

一名火红色法袍的波斯战士，他被梅利称为阿胡拉。

一名手捧《命运泥板》的苏美尔王子，他被梅利称为恩利尔。

三名印度青年，他们被梅利称为梵天、湿婆、毗湿奴。

三名广袖翩翩的华夏族少年男女，他们被梅利称为盘古、女娲、伏羲。

同时，还有星舰驾驶座上，正端坐着一名军装笔挺的紫发少年。那紫发少年，面无表情地驾驶着“诸神号”，狂奔疾驰在漫天核爆炮火之中。那紫发少年，被梅利称为奥丁。

奥丁、盘古、女娲、伏羲、梵天、湿婆、毗湿奴、阿胡拉、恩利尔、羽蛇、拉、宙斯……

一个接一个耳熟能详的尊称、神号与封号，接踵而来。

除此之外——

那一整艘喧嚣嘈杂的小型宇宙星舰之中，数千名穿着世界各国不同民族服饰的少年男女，他们，正肆无忌惮地在这世界终结的灭亡之日，雄辩滔滔地议论着，器宇轩昂地奔走着。

他们眺望着未来，期冀着梦想！

他们所使用的代号、名讳、尊称，竟然，全部，都是人类文明史上，曾经出现过的世界各国古代神话传说中的主神、神王、创世之神、声名显赫的魔法师、巫医、预言家?！

他们，就是梅利校长口中声声喝骂着的“我带过的最差的一届学生”?！

人类文明，神话梦想，

所有一切，就是从这里起源的。

阿兰星落校训墙
自古以来，
从来就没有所谓的神话。
VASAIRY ETHREMOURLA
所有神话，
只不过是一种超越世俗理解的科学奇迹。
你们存在的意义，就是创造奇迹。
你们用智慧所创造的梦想与未来——
终将成为神话。

系统提示
最差一届

『阿兰星落神话图鉴』开启
OADING...

ATLANTHELOT CHRONICLES

神号来源：北欧神话。

阿萨神族第二代神王，

智慧、战争、王权、死亡、诗歌、魔法、预言、雷电、风暴、全能之神。

他创造了卢恩魔法文字，

为了寻求至高智慧，献祭了自己的右眼，

他将自己倒吊在尤加特拉希宇宙树上遭受酷刑，以此追求无上真理。

他为抵抗诸神黄昏的末世天劫，建立了瓦尔哈拉英灵殿。

他的武器是：永恒之枪——冈格尼尔(Gungnir)，

他手腕上戴着一枚会不断增殖的黄金手镯——德罗普尼尔(Draupnir)，

他肩头有两只乌鸦，名为：福金(Hugin)和雾尼(Munin)，

意思是：思想和记忆。

他脚下有两头凶狠的巨狼：基里(Geri)和弗里基(Freki)，

意思是：贪吃和暴食。

他坐在俯瞰九大世界的至高王座(Hliðskjálf)之上，

他拥有复活英灵武士的重生魔法。

他在宴会中饮酒却不食肉。

他的结义兄弟——火神洛基(Loki)，为他寻来无数魔法宝藏。

还曾化身母马，为他生了一匹纯白的八足骏马——斯莱普尼(Sleipnir)，

充当他的坐骑。

ATLANTHELOT A KINGDOM OF LOONG AND CAT

VASAIRY ETHREMOURLA
THE GENESIS OF MYTHOLOGICAL UNIVERSE

盘古

神号来源：华夏神话。

华夏神话中最古老的神。原初之神，开辟之神。

他有着龙首、蛇身、破开时空的強大法力。

他睁开眼睛，世间化为白昼，

他闭上眼睛，世界进入永夜。

他死后，骨血化为山林江海，毛发化为草木生灵。

三国时期，东吴徐整的《三五历纪》有记载：

“天地混沌如鸡子，盘古生其中。万八千岁，天地开辟，

阳清为天，阴浊为地。盘古在其中，一日九变，神于天，圣于地。

天日高一丈，地日厚一丈，盘古日长一丈，如此万八千岁。

天数极高，地数极深，盘古极长。

后乃有三皇。数起于一，立于三，成于五，

盛于七，处于九，故天去地九万里。”

明朝董斯张在《广博物志》中记载道：

“盘古之君，龙首蛇身，嘘为风雨，吹为雷电，

开目为昼，闭目为夜。

死后骨节为山林，体为江海，血为淮渎，毛发为草木。”

VASAIRY ETHREMOURLA
THE GENESIS OF MYTHOLOGICAL UNIVERSE

拉

神号来源：古埃及神话。

太阳神——拉 Ra是古埃及神话中的太阳神。

他诞生于孕育万物的原初海洋努恩之水(Nun)中，

被古埃及人誉为 正午的太阳，

是赫里奥波里斯的九柱神之首，古埃及神话中的最高主神。

拉具有极其強大的创造生命的魔法，

当他念诵起死物的真名时，那些死物就会被赐予生命。

传说中，拉用自己流下的眼泪，炼化出了人类。

拉在古埃及神话中，象征着重生与复活。

传说：太阳神拉，每夜都会驾着太阳船，进入冥府。

诸神和幽灵们会守护拉。他们在冥府的第七王国，

联手击败拉的孪生兄弟——混沌魔蛇阿波菲斯(Apophis)后，

太阳神拉就会驾着太阳船，重回人间，带来黎明的第一丝光辉。

这就是古埃及人心目中“白昼黑夜”交替的神话由来。

拉有很多女儿，大多是以猫科动物为形象代表的女神，

她们经常被古埃及人视为 拉神之眼。

拉还有多种多样的代表形象。最常见的形象是：鹰首人身，

头顶上有日盘和蛇。当拉以人类形象出现时，

他的头发是青金石色的，骨骼是银色的，皮肤泛着阳光般的金色。

VASAIRY ETHREMOURLA
THE GENESIS OF MYTHOLOGICAL UNIVERSE

NVWA FUXI

神号来源：华夏神话。

华夏神话中人类的创世始祖，

一对人首蛇身的孪生双子。

女娲 又称娲皇。女娲以自身为原型，

以黄土为原料，创造了人类和世间万物。

天地崩塌之时，女娲熔彩石以补苍天，

斩鳌足以立四极，是华夏神话中的万王之王。

伏羲 华夏民族的人文始祖。

创造太极八卦，创造文字，发明多种乐器，

创造歌谣，教授人类渔猎技术和婚娶礼仪。

《淮南子·说林训》："女娲王天下者也，七十变造化。"

《三家注史记·三皇本纪》：仰则观象于天，俯则观法于地，

旁观鸟兽之文，与地之宜，近取诸身，远取诸物。

始画八卦，以通神明之德，以类万物之情。

造书契以代结绳之政。

于是始制嫁娶，以俪皮为礼。

VASAIRY ETHREMOURLA
THE GENESIS OF MYTHOLOGICAL UNIVERSE

洛基
LOKI

神号来源：北欧神话。
北欧神话中最著名的神祇之一，智者，火神，谎言与诡诈之神。
洛基原是诸神仇敌之子，因为和北欧神王奥丁立下血盟之誓、结拜成为义兄弟，而成为阿萨神族中的一员。
洛基擅长变形魔法，曾用骗术，为阿萨神族寻来无数神幻宝藏，
洛基因为性格阴鸷狠毒而遭众神唾弃。

宙斯
ZEUS

神号来源：希腊神话。
古希腊神话中的众神之王，泰坦神族的第二代神王，天神。
宙斯手握雷霆和埃癸斯之盾，在表兄弟——普罗米修斯辅佐下，击败自己暴虐的父亲，驱逐两位兄长，最终成为众神之王。
宙斯在诸神之中，以贪杯好色著称。

恩利尔
ENLIL

神号来源：苏美尔神话。
苏美尔神话中的众神之王，空间之神，精神的主宰者。
恩利尔的父亲和母亲，分别是天神安和地神启。
恩利尔是安和启的小儿子，性格暴戾。
他刚一出生，就用飓风魔法，将父母強行分开，化成天地两极。
他的神格和战绩，在后世的神话变革中，
被巴比伦神王马尔杜克所取代。
在神话史诗《吉尔伽美什》中，他发动大洪水灭绝了人类。

阿胡拉
AHURA-MAZDA

神号来源：波斯神话。
全名：阿胡拉·玛兹达。波斯神话中的至高之神、至善之神，
象征物是：火。尊称含义是：包含万物的宇宙。
阿胡拉创造了七大物质：天空、大地、水、火、动物、植物、人。
他将真理之火赐予最虔诚的信徒，用永生之火来分辨人世间的善恶、
他和孪生兄弟（至高恶神：安格拉·曼纽）的善恶之战，持续了12000年。

库库尔坎
KUKULCAN

神号来源：玛雅神话。
羽蛇神库库尔坎，是玛雅人心目中的富饶丰收之神，
羽蛇神来了雨季，使得五谷丰登，
他掌管星辰、立法、死亡与书籍。
他的形象是一条长着羽毛的巨蛇。

梵天、湿婆、毗湿奴
BRAHMA SHIVA VISHNU

神号来源：印度神话。
印度神话中的三相神。湿婆象征毁灭，毗湿奴象征护持，梵天象征平衡。
湿婆四手三眼，发上缀有新月，浑身涂灰，披覆兽皮，
擅长各种诡奇舞蹈，额头的第三只眼，能喷射出毁灭万物的神火。
梵天创造了生主、圣哲、冥界使者，是一个过度仁慈、有求必应之神，
对任何信徒的请求都不忍心回绝，因而惹出过无数麻烦。
毗湿奴是印度神话三大主神中最受爱戴的神，
毗湿奴的日常工作是：维护世间秩序，解决梵天和湿婆闯下的大祸小祸。

第十二乐章
末世叛逃者

“有意思。”龙曜如此点评了一句。

紧接着，他的目光，就落在了那星舰驾驶座上。

那星舰驾驶座，是一台线条极简的银白色金属浮空座椅。座椅四周，满是狂跳的荧光频闪数据，没有一丝冗余电路设计。

一名银紫色长发的冷峻少年，军装笔挺地端坐在密密麻麻有如星河般浩瀚的数字方程式中。

那少年，看起来，顶多只有十七八九岁，银黑色军装，紧紧包裹着他线条流畅的结实身躯。

他面无表情，操控着那一堆数字方程式，驾驭着一艘毫无战力的小型宇宙星舰，狂冲疾驰在毁灭世界的漫天核爆之中。

那少年，就是奥丁。

——那个突如其来闯入龙曜生命之中，毁掉了他毕生幸福誓言的罪魁祸首。

那一年的奥丁，看起来，很年轻。

那种年轻，不是容貌上的年轻。

而是他的眼神。

他的眼神，镇定冷峻，纯净无畏，无限美好。

让人仅仅只是望了一眼他那对冰蓝色的优美瞳仁，就再难移开视线。那一年的奥丁，看起来，何其单纯，极尽完美。

“呵，面瘫小银狼，巧克力棒——赏你嚼一口。”

一名银衫龙袍的华夏族少年，突然走到奥丁身后，笑嘻嘻地，将嘴里嚼到一半的半根高能压缩食品，塞进了奥丁嘴里。

“不必，太珍贵。你留下，应急用。”

奥丁将那半根形如巧克力棒的高能压缩食品，随手推回，喉结微微一动，似是咽了口唾液，神情一如既往，波澜不惊。

奥丁气定神闲道：“3 分 45 秒后。有一场小规模遭遇战，不可能避开。盘古，你去劈开此处坐标陨石带。我要尝试进行一次短途空间跳跃。”

那名银衫龙袍的华夏族少年，眯眼笑笑说：

“你确定，只要本太子去劈一劈陨石带？”

那名银衫龙袍的华夏族少年，将那根形如巧克力棒的高能压缩食品，在指尖滴溜溜转了一圈，笑笑说：

“小银狼，你是不是有什么自虐癖好？已经坚守岗位连续 96 小时不眠不休不进食了。医学院那个超级漂亮的妹子——弗丽嘉，还记得是谁不？人家远远望着你自残自虐，早就哭成泪人了。你再不去安慰美人，太子哥哥我就把姑娘泡走了啊。”

那名银衫龙袍的华夏族少年，如此说着，又在奥丁唇边递了杯热腾腾的饮料，翩然一笑道：

“乖啊，自虐狼，食物可以不吃，来来来，甜茶嘬一口。”

奥丁闻言，张嘴，喝了一口那华夏族少年递来的“甜茶”，随即，他就喉头一辣，一阵猛呛，险些喷出来：

“咳……醉情生？你哪儿偷的烈酒？胡闹！”

奥丁那一口酒下喉，原本惨无人色的脸，顿时一片绯红。那甜茶酒精度数，着实不低，入口即化，根本连吐都吐不出来。

“呵。还能从哪儿偷的？蠢校长的猫窝里头呗。”

那名银衫龙袍的华夏族少年，笑得又猖狂又无聊。

那少年说：“小银狼，你个整日板着脸一心只想干大事的，就负责偷星舰偷证件偷技术。你哥哥我嘛，整日嬉皮笑脸满心只想捅捅娄子的，就负责偷吃的偷喝的偷玩的偷乐的。咱俩天造地设，珠联璧合，策马红尘，纵横星河，这还干什么拯救宇宙的宏图霸业啊？合伙开个小酒馆去？那才是正经事儿！”

奥丁冷冷剜了那华夏族少年一眼，酒气轻吐。

“胡说什么？还不闭嘴。去迎战。”

“行吧行吧，听你的。你最凶吧。”

“呼哧”一下。那华夏族少年如此答应着，龙袍广袖一撩，一道流光闪过……他竟然直接将奥丁从驾驶座上硬拎了出来！

嗡——那艘银白色星舰骤然一个颠簸，将驾驶舱内所有人颠得打了个滚！霎时间，肥猫校长又开始怪嚎了。它说：

“我喵了个咪的！盘古！你又不要命了吗？基础交通规则懂不懂？你个智障太子！竟敢不切自动驾驶模式，就直接把人从座椅上拽走？你想舰毁猫亡吗？你不知道这是本校长最心爱的校舰吗？啊啊啊？我咬杀你，嗷嗷嗷喵！”

伴随着梅利校长的怪叫声，星舰驾驶舱内，一片兵荒马乱。

恩利尔和阿胡拉，几乎是同时扑过去，四手并用，同时操作，狂暴手速，才稳住了星舰主控系统，停止了舱内众人翻滚。

羽蛇“刺溜”一下，整个人扭了个弯，牢牢卷住了险些撞

墙的肥猫校长。女娲和伏羲，倒是没有任何反应。这俩孪生姐弟，同时眨巴着星月琉璃眼，一个捧着碧笙，一个轻抚玉琴，呜呜当当乱奏一气，像是在弹哀乐。

宙斯暗搓搓掀开了奥丁的披风，往这个面瘫冰棍的军装口袋里，偷偷塞了一本自己刚写完的香艳小说。

梵天、湿婆和毗湿奴开始打牌了。他们说："这里三缺一。拉，你要不要来？别管你那些鸡鸭猫狗狒狒猴子了。"

至于那个银衫龙袍的华夏族少年太子盘古——

他嬉皮笑脸，倚靠在奥丁身旁，"哧溜"一下，自那龙袍袖子当中取出一柄鎏金折扇，风流倜傥，翩然摇了摇。

"啪嚓"一下，金扇合拢。

盘古太子用扇柄戳了戳正在狂翻白眼的奥丁，笑笑说：

"报告校长：这只面瘫小银狼，酒驾了。顶多还有10秒钟，就要被星舰主控系统踢出来。学生我那是行行好，提前把他从驾驶舱里提溜出来，免得他吃罚单。我亲爱的自虐狼，还不快谢你学长哥哥的相救之恩？"

奥丁面无表情地瞪着这无耻之徒："……"奥丁谢他个鬼？

他就算酒驾，那也是被这混账给强灌成酒驾的好嘛。

盘古却丝毫没有误人子弟的自觉。他广袖流衫，衣袂翩翩，金扇轻摇，笑得又风流又倜傥又嚣张又肉麻的。他苦口婆心道：

"哎呀，你这自虐狼，怎么还那么爱翻白眼呢？

"哎呀，你这自虐狼，怎么一点都没有危机感呢？

"哎呀，你这自虐狼，快看窗外看窗外，有场血腥恐怖的遭遇战，咱已经避不开了知道不？快快快！还不快快披胄佩枪，随哥哥上战场杀敌去？

"哎呀，你这自虐狼，狼生使命感有没有？责任感正义感有没有？现在的年轻狼啊，就是缺乏……"

呲——盘古那一连串碎碎念，瞬间被一阵狂霸凶蛮的紫电雷光所打断。那紫电雷光，是奥丁身上流窜而出的。

奥丁单手轻轻一扬。霎时间，雷鸣电闪。

一柄绚烂璀璨的晶石长枪，出现在奥丁纯白的军装手套中。嗡嗡轰鸣的紫烟冰雷，险些电焦盘古额前那束天然白化的发丝。

"全员战备状态！"

奥丁根本不跟盘古啰唆。他一转身，冷冷望向驾驶舱内道：

"这，是我们第一场与人类正规军的遭遇战——"

奥丁面无表情地下令着，像是一具完美的机械人偶。他说：

"女娲，伏羲，辅战。湿婆，阿胡拉，合围。宙斯，倒计时 60 秒，进行空间跳跃，将我们安全传送至下一宇宙坐标。"

奥丁如此说着，望向身旁金扇轻摇的盘古太子，冷冷道：

“盘古，随我，斩舰！”

奥丁一记手刀，飒然落下，斩向宇宙苍穹。奥丁说：

“此战目的：全歼通古斯星域 TEZ3412 集团军第四强袭兵团。阻止一切消息外泄。阻我救世者，杀无赦。诸位——

“出战！”

嗡——伴随着奥丁一声令下，宇宙星舰舱门，轰然开启。

盘古，女娲，伏羲，湿婆，阿胡拉，那五名被奥丁点名迎战的少年男女，长袍翩然，随同奥丁一起，走出了星舰舱门！

是的，没错。

他们六人，走出了星舰舱门。

竟然就这么毫无防护措施，直接走出了星舰舱门！

“怎……怎么可能！”

吉赛尔终于隐忍不住，脱口低呼——这根本不符合逻辑。

星舰舱门外面，是真空宇宙。

姑且不论，这艘星舰密封舱门内外压强温度差距，究竟对人体有着多大冲击，单单就他们六个年轻人，竟然就这么走了出去？他们怎么可能在真空宇宙中存活下来？

“嘘——安静。”龙曜低声喝止了吉赛尔的质疑。

龙曜那双夜色眼睛，依旧一眨不眨地盯着三维立体影像中那个一身银黑军装的冷峻紫发少年。龙曜说：

“这，就是梦想。”

“梦……想？”

吉赛尔并没有听懂龙曜话中的真意。她只是再一次，无限狐疑地望向那已然死寂一片，再也没有星辰闪耀的史前宇宙。

她望向138.2亿年前，创世诸神翱翔征战过的那片虚无星海。紧接着，她，看见了至死都难忘的一幕辉煌景象。

嗡——嗡——

“这里是通古斯星域TEZ3412集团军第四强袭兵团！

“前方星舰，未经许可，非法航行至我军驻守星域！

“前方星舰，立刻停止航行，接受我军登舰检查！

“违令者，就地击毁。重复一遍。违令者，就地击毁。”

嗡——嗡——

伴随着一连串机械化的禁令通知声，骤然间，64000余艘全副武装的强袭星舰，闪耀着骇人的光芒，撕裂时空，瞬间跳跃至诸神号四周，将那艘银白色的小小校舰，团团包围在其中。

那，就是通古斯星域TEZ3412集团军第四强袭兵团！

整整64000余艘巨型战斗星舰，搭载着高能爆破武器和空间制约武器，有如黄蜂一般，密密麻麻铺满了一整片黑暗宇宙。

那些星舰之中，体型最小的突击强袭星舰，最长直径约莫3400公里，体积接近于月球的1/3；体型中等的攻坚强袭星舰，最长直径140000公里，体积接近于木星的1/2；体型最大的战略星空堡垒，则是直径1600000公里的巨型人造天体，总计8394959条环状机械天体，有如时钟齿轮一般，闪耀着杀戮的寒光，将那体积比太阳更为庞大的战略星空堡垒，团团围住！

这……就是通古斯星域TEZ3412集团军第四强袭兵团？！

一个由64000多颗行星级，甚至恒星级规模的宇宙星舰堡垒，组合而成的巨型杀戮兵器？！

它们……它们竟然只是史前人类的一个机动强袭兵团?

史前人类，究竟是燃烧掉了多少物质能源，才能让这样庞然巨物级的杀戮兵团，瞬间穿越时空，纵横于宇宙星海中的!

吉赛尔猛地倒吸了一口冷气。

那艘全长不过 120 公里的迷你校舰——诸神号，跟这漫天席地的行星级恒星级杀戮兵团相比，简直就连微生物都不如。

任何一枚高能爆破性导弹，都能将它彻底碾碎摧毁。

然而，那些少年男女，就这样走了出来。

他们仿佛根本没有看见前方那黑暗星海之中无穷无尽的杀戮兵团。他们就那样，在一声又一声“就地击毁”的勒令声中，神情自若地走了出来。

他们就那样飘然悬浮在了宇宙真空之中。

霎时间，一连串跟吉赛尔极其相似的惊疑质问，有如剧毒空气一般，开始在通古斯星域 TEZ3412 集团军第四强袭兵团中蔓延开来。士兵们军官们竞相质疑着:

“怎么回事?”

“是不是探测装置出了故障?这些人，没穿防护服?!”

“是的，没错，没有穿防护服。”

“不但没有穿任何防护服，我军星空堡垒 XAEG 主控系统显示:他们甚至就连最微缩级的防护能量罩都没携带!”

“开玩笑。难不成他们是直接走在真空宇宙中的吗?”

“重启探测装置。勒令缴械待检。”

“停止前进。立刻报上身份识别 ID。”

“10 秒钟后，直接击毁此不明星舰。”

“等一等。停止攻击。我军星空堡垒 XAEG 系统人脸识别功能，识别出部分身份代码了。”

“哦。是谁？”

“最前面那个穿军装的小鬼，是斯堪的纳维亚星域阿斯加德联邦共和国元帅博尔・布里森・V. 古斯塔夫的长子奥丁。”

“什么？！”

“奥……奥丁旁边那个银衫龙袍的是……是华夏星域龙血族第三帝国的疯太子——龙尊盘古。”

“见鬼。这两个人怎么会在这里？”

“他们的家族、国家和战场，远在 500 亿光年之外。”

“华夏星域和斯堪的纳维亚星域，龙家和古斯塔夫家族，这种世家死仇的小鬼，怎么会搅和到一起？”

“盘古、奥丁，停止前进。”

“报上身份识别 ID，报上此行目的，缴械待检。”

“等一等。系统显示：他们……他们身上没有任何武器。”

“没武器？”

“是的，没有任何武器。他们不但身上没有携带任何武器，甚至连那艘蚊蝇级星舰上面，也没有搭载任何攻击防御武器。”

“我军星空堡垒 XAEG 系统，无法探知其星舰上搭载有任何攻击、防御、通信设备，什么都没有。那艘星舰上面，除了 6219 个生命反应，什么都没有。”

“他们想要干什么？不带任何攻击、防御、通信设备，连续穿越 500 亿光年宇宙战场，来到边境，到底想要干什么？”

“他说话了。”

“谁说话了？”

“盘古。那个华夏星域龙血族第三帝国的疯太子。”

“哦，他说什么了？”

“他……他说……他说：不必投降，我们是来灭口的。”

“什么？”

“他说：安息吧——世间执念，终归虚无。”

嗡——那无数喧嚣杂乱的质疑错愕之声，就此，中止在一个中年军官这一句尚未来得及骂完的粗口之中。

铛——伏羲玉琴弦起，女娲笙箫长鸣！

奥丁长枪指天，在那无尽黑暗的宇宙苍穹之中，画出一道绚烂辉煌有如神幻天启般绝美的卢恩符文！

轰——湿婆天眼顿开，阿胡拉周身卷起梵天烈焰。

铿——盘古倏地一下，收起他那柄鎏金折扇，铿然拔剑！

那龙血族皇太子，银衫狂舞，广袖流衫，龙鳞飞扬，飒然自寒玉晶鞘之中，拔出一柄流光璀璨的冰白灵剑！

然后，那少年皇太子，就那样，眯眼浅笑着，冲着那漫天席地有如日月星辰般巨硕的强袭星舰、星空堡垒，直劈而去！

“盘古，60 秒，斩舰，灭口，一个不留。”

奥丁如此下令道。

第十三乐章
剑斩星舰

就在盘古拔剑冲出的一刹那间，吉赛尔浑身汗毛统统竖了起来！

那是一种令人根本无法形容的战栗与恐惧。

仿佛一刹那间，所有理性与常识，全部都在盘古太子拔剑冲出的一瞬之间，烟消云散！

魔法战机械。

仙剑斩星舰。

一瞬之间，那种惊鸿乍现的视觉冲击，辉煌壮阔得根本无法用语言来形容！

那简直就像一刹那间，有一只无形的巨手，透过时间，透过空间，透过一切幻想，将古往今来所有人类文明历史传说中那些虚无缥缈的远古神话，统统自一个抽象虚幻的剪影之中抽离出来，然后，如此鲜活、真实、疯狂而又极其残酷恐怖地铺陈在现实空间之中！

神话成真了。

嗡！

在那一幕幕令吉赛尔至死难忘的辉煌画面之中——

只见那个北欧神话中的神王智者奥丁，举起雷鸣电闪的永恒之枪冈格尼尔，在黑暗死寂的宇宙苍穹之中，画下一道解析万物构成的卢恩魔法符文。

那亿万卢恩魔法紫电倾泻之处，所有史前人类的宇宙星舰，统统，化作一道道金属冶炼方程式，所有星舰机械构件元件铆合薄弱之处，一览无余。

北欧神王奥丁的紫电魔法，那是解析万物构成原理的基础方程式。

铿！灵剑狂啸，仙灵纵横。

龙尊盘古，身形骤然化作亿万道苍白色龙鳞幻象，四散于虚无时空之中。

仅仅一刹那间，盘古太子那飒然飞扬的鎏银龙袍，就分裂成亿万道流光剪影，直刺那64000艘强袭星舰构件薄弱之处！

剑斩星舰！

铛！女娲伏羲，战歌长啸。女娲陶晶笙笛之中，奏出破甲华殇！伏羲玉琴冰弦之下，弹出龙魂战意！

那是一连串在精密代码程序演算后得出的大规模敌方破甲虚弱、我方物攻魔攻速度防御大规模叠加增益的神乐咒法。

嗡！顷刻之间，星舰断裂，星辰俱陨。

就在所有人都没有反应过来发生了什么事情的一刹那间——盘古太子那柄龙鳞飞旋的冰灵仙剑，已然化作噬魂魔魇，瞬间斩碎数万艘星舰的所有动力能源熔炉！

剑斩星舰。

神焰梵世！

一刹那间，吉赛尔和龙小邪就再也看不清发生了什么事情。他们只隐约看见……在那漫天核爆之中，白光骤闪，星辰粉碎。

无数震惊怒吼惨嚎声中——

那通古斯星域 TEZ3412 集团军第四强袭兵团 64000 艘行星级战斗星舰、恒星级星空堡垒，有如冰凌碎渣一般，在那盘古皇太子灵剑斩击引起的不计其数的巨型核爆冲击之中，化成星辰碎屑！无数战斗人员、非战斗人员，连滚带爬地跳上逃生舱和单兵作战机甲战铠，妄图自那持续核爆之中逃脱。

但是，已然没有意义。

湿婆和阿胡拉在围狩。

他们周身弥散而出的焚天烈焰，有如吞噬万物的黑洞一般，将所有逃生舱内的生命和惨呼，统统，吞噬殆尽！

45 秒。

短短 45 秒钟。

亚特兰蒂斯·辉煌纪·史前人类·通古斯星域 TEZ3412 集团军第四强袭兵团 64000 艘行星级战斗星舰、恒星级星空堡垒，一亿三千万战斗人员，就在那盘古太子一连串疯狂剑斩中——

全军覆没，一个不剩。

这，就是奥丁所谓的：

斩舰，灭口。阻我救世者，杀无赦。

哧——！盘古太子，甩剑入鞘。

他在一连串灵剑狂舞之下，周身不断辉闪出苍白龙鳞状灵光。他额前耳尖，飞扬起半透明的龙角龙耳，粼粼闪闪的冰灵龙鳞，自他小腿手臂上堆叠而起。

他原本那双漆黑灵动的星月琉璃眼，化作金银兽瞳，看起来，已然不像人类。

盘古眯眼，望着那核爆中哀然惨嚎的敌人，低低沉吟了片刻。片刻后，盘古呛出一大口灵光闪烁的鲜血，好似略显哀伤，又似全然无所谓，头也不回地淡淡询问道：

“怎么样？自虐狼。做救世主的感觉好吗？”

“呼”的一下。奥丁化作紫电，幽然出现在盘古身后。

那少年军官，面无表情地扯下纯白的银狼披风，牢牢盖在盘古身上，罩住了这个龙血族太子因为过度运灵挥剑而正狂颤不止的身躯。奥丁说：

“你，不要浪费灵血说话。我们，还有 240 亿光年要走。”

奥丁自军装口袋里，取出一盒灵光闪烁的高能压缩食品，抽出一根，飞速塞进盘古嘴里。奥丁说：

“你我之中，须有一人，撑到尽头，创世封神。”

“创世封神？好啊好啊。”

盘古如此笑笑说：“自虐狼，待得后世，天下太平，尔等后生晚辈，封疆拓土，功成名就，千万记得，请太子哥哥喝酒。记得太子哥哥我最爱什么酒吗？”

盘古迷迷糊糊低吟道：

“吾意卿知，如醉情生，长歌若笑，一梦千古。”

盘古如此咕咕哝哝着，身子一软，昏死了过去。

奥丁一把抱起这满口疯话的龙血族太子，带着女娲伏羲、湿婆阿胡拉，再次化作紫电雷光，瞬间掠回诸神号的驾驶舱中。

梅利呆呆望着那瞬间屠戮亿万人命的六名少年男女。

这猫似是有话要说，但冲到嘴边，却变成了一连串毫无意义的怪叫："哎呀我喵喵咪的！盘古这小兔崽子，怎么又把自己搞成这样了！活该！吃到苦头了吧！"

梅利骂骂咧咧着哭了起来："洛基！洛基！去替他上药！检测他灵体受创情况！给我好好修理他！收拾他！教训他！你们，绝对就是我带过的最差的一届学生！没有之一！没有之一！"

一名黑发少年，闻声赶来。

他迅速从奥丁手中接过盘古，同时操控起巫医智者系双系符文，开始检测盘古灵体受创情况。

这个黑发少年，是奥丁的幺弟洛基——后世北欧神话中最著名的黑火智者、屠灵巫医、诡诈之神。

那一年的洛基，尚且年幼。他始终默默跟在奥丁身后，忠诚不渝地追随着这个从灭世战争中将他捡来养大的兄长。

洛基凝望奥丁的目光，极尽狂热，近乎疯魔，像极了一条至死不渝的忠犬，仰望它最崇敬的主人。

洛基从奥丁手中接过盘古，吟诵起卢恩魔法系的治愈咒法。

黑色火焰，凝聚着洛基体内灵血，开始灌入盘古体内。

洛基是诸神号上席位仅次于女娲、奥丁和拉的科研人员，最诡奇莫测的巫医。他心不在焉地治愈着盘古，双目却紧紧盯着沉默忍痛的奥丁。

"哥哥，我可以为您治疗一下吗？"洛基跪在奥丁脚下，无比虔诚地，伸手扯住了奥丁的军装披风。

"不必，治他。"奥丁面无表情，甩开了洛基的手。

奥丁只是过劳引起的灵体高烧，不是什么会致命的重伤。

"诸神号"尚在危机中，战神奥丁不会离开指挥前线，更

不会浪费任何医疗资源在自己身上。

宙斯操控着星舰，跳跃向时间和空间的尽头。

“嗡”的一下，白光骤闪。

60 秒倒计时到。

还有 240 亿光年。

240 亿光年外，那里是他们要去的地方。

那里，是未来。

“怎……怎么会这样……”

吉赛尔瞠目结舌地望着那三维立体教学影像中的少年男女们。她已经再也跟不上他们的行为节奏。她说：

“那……那可是宇宙星舰、星空堡垒啊！那种体积质量等级相当于一颗行星、甚至一颗恒星的巨型金属战舰，那……那个盘古，他竟然直接用……用剑劈开了？怎么可能？！”

吉赛尔这点常识总还是有的。

打个比方，刚刚盘古剑劈星舰的一幕，在稍微还有点科学常识的现代人类眼中，简直就像一只蚂蚁，用一根植物纤维丝，劈开了一整颗地球一样。

“他们到底做了什么?！”

吉赛尔心口狂跳，瞪向了眯眼凝神的龙曜。

龙曜神情依旧是淡淡的。

他依旧那样，淡淡望着眼前的阿兰星落创世封神系统播送出的三维立体教学影像，望着画面中那个年轻时代的奥丁，仿佛是在望着一个遥远的幻梦。龙曜说：

“他们，已经不是人类了。”

龙曜指尖微扬，咻溜溜一转猫头钢笔，指了指那个昏迷在奥丁怀中的盘古太子。龙曜说：

“这个盘古太子的身体，就在斩碎星舰的一瞬之间，同时，出现在了 7194542345 个宇宙星舰、星空堡垒的构建薄弱之处，然后，同时有 7194542345 个盘古，同时挥剑，斩出 7194542345 下经过精确计算的灵爆剑击。

“这种攻击，使得 64893 艘行星级强袭星舰、45 座战略星空堡垒，动力熔炉同时发生核融合，引发大规模核爆。这，就是刚刚那一场‘斩舰’攻击的原理。

“所以，究竟是什么样的生物，可以在一瞬之间，同时出现在 7194542345 个不同位置，同时挥出 7194542345 下经过极其精妙数据演算的灵爆剑击呢？

“答案，非常简单。”

龙曜转了转猫头钢笔，眼睛微微眯起道：

“四维生物。”

吉赛尔一愣：“什么生物？”

龙曜指尖灵光辉闪，“呼哧”一下，再一次，翻转出先前创世封神系统曾经展示在他们眼前过的三幅立体教学影像。

“打个简单比方——”

龙曜用灵光炼化出一个直径一米的球形容器，淡淡说道：

“我们假设这个直径一米的圆球，就是整个宇宙。”

龙曜如此说着，伸手在那球形容器中画了一条直线。

然后，他指着那条直线上的一个点，淡淡说道：

“这个点，就是宇宙中的一维生物。”

龙曜如此说着，又在那球形容器中，炼化出了一张极薄的纸。他在那纸上画了一个平面的漫画小人。

然后，他指着那平面纸上的扁平漫画小人道：

“这个扁平漫画小人，就是二维生物。”

龙曜如此说着，又在那球形容器中，炼化出了一堆黏土。他用黏土捏了一个立体小人。

然后，他指着那个用黏土捏成的立体小人道：

“这个立体黏土小人，就是三维生物。就是人类。”

龙曜转了转笔问：“那么，在这个假设的‘极简宇宙模型’之中，四维生物，应该是什么样的呢？”

吉赛尔摇头。她不是不会猜，她只是不想去猜。

那一刻，那凯尔特族少女只觉浑身战栗。仿佛冥冥之中，有一只看不见的巨手，正在将她推向一个未知的深渊。

一旦踏足，再也无法回头。

然而，龙曜却毫无畏惧地站在那里，站在星辰大海之中，肆无忌惮地，在那直径一米的球形容器“极简宇宙模型”之中，随手一捏道：“这——就是四维生物。”

“扑哧”一下！龙曜在吉赛尔眼前，瞬间炼化出了亿万个黏土做的三维立体小人，然后，他“扑哧”一下，随手一捏，将那亿万个黏土三维立体小人，统统捏在一起，化成了一整团巨型黏土。

那团巨型黏土，密密麻麻，无穷无尽，撑满了一整个直径一米的球形容器，撑满了这个龙曜假设的“极简宇宙模型”的内部和外部，所有一切位置。

龙曜笃悠悠转着他的猫头钢笔，淡淡说道：

“四维生物，它，可以同时存在于这个宇宙之中的任意时间、任意地点。它，可以同时存在于古往今来，任何时间，任何位置。它，是无限存在的。简而言之，四维生物——

“宇宙，就是它的肉身；星河，就是它的细胞；时间，就是它的血液；光热，就是它的灵魂；永恒，就是它的生命。

“所以，这个盘古太子，不，这个四维生物——”

龙曜指着三维立体教学影像中昏迷不醒的盘古，淡淡道：

“他，能够在一瞬之间，同时出现在 7194542345 个不同的位置，以 7194542345 种经过精密计算的灵爆剑击，斩碎 64893 艘行星级强袭星舰、45 座战略星空堡垒的所有动力熔炉。

“他，已经不再是三维人类。”

龙曜略显同情地望着那个仿佛畏寒一般佝偻蜷缩在奥丁银狼披风之中不断咳血的龙血族少年，摇摇头道：

“距今 138.2 亿年前，亚特兰蒂斯辉煌纪的史前人类，以登峰造极的机械科学文明，榨干了宇宙中所有的物质能源。

“这场争夺最后宇宙物质能源的‘灭世天劫战争’，无论哪方战胜，都注定了人类惨败，永世灭亡。

“因此，这些年轻人，这些年轻科学家，他们发疯了！”

龙曜用笔指着诸神号中那群豪情万丈的年轻人，淡淡说道：

“他们，改造了自己的肉身。他们，背弃了人类的名义。

“他们，探索出了一种生命科学的全新基因源代码。

“他们，将人类的三维肉身，强行拉伸至了四维层次。

“他们，找到了救世的方法。

“他们，找到新能源了。”

阿兰星落创世封神计划
初代实验体0000号：『实验代号』龙尊盘古
职业：时空旅人&圣战士
种族：华夏神族——龙血族
实验后遗症：寒尸综合征等1496种灵体自
寿命余额：20地球年

第十四乐章
灵魂的意义

“新能源？”吉赛尔已跟不上龙曜的思维跳跃速度了。

“什么新能源？”

“生命能源——灵识能量 SPI，简称‘灵能’。”

龙曜答得非常干脆。

“吉赛尔，你有没有想过一个问题？”

龙曜淡淡问道：“活人和尸体的区别究竟在哪里？”

龙曜望着那三维立体教学影像中的末世战争，如此问道：

“活人，和他死后的尸体，明明由相同的质量、相同的器官、相同的物质构成，但是，为什么活人可以无限思考，尸体却只能迅速腐烂呢？

“活体生物，在死亡的一瞬之间，究竟发生了什么变化？他们，究竟失去了什么东西？以至于他们原本鲜活的思想、持续的记忆、闪耀的智慧，统统都在死亡的一瞬之间，消失不见了呢？生命，究竟是什么？死亡，究竟是什么？”

龙曜如此自问自答道。他说：

“如果死亡指的仅仅就是肉体停止了一切生理活动，那么为什么以相同物质元素拼接组合而出的一团骨骼、肉块、尸体，它就无法像活人一样，思考、欢笑、生活、繁衍呢？

“这，就是生命之谜。

“生命，死亡，这是人类科学发展史上，永恒未解的谜。”

龙曜转着猫头钢笔，淡淡说道：

“古往今来，大部分的宗教和神秘学，都喜欢将‘生命’和‘死亡’的区别，归结为一种‘特殊物质’的失去——

“那种‘特殊物质’，叫作‘灵魂’。

“古代的宗教和神秘学大多认为：活体生物，在死亡的一瞬之间，失去了一种名叫‘灵魂’的特殊物质。

“一具尸体，一旦失去灵魂，纵使它和它生前的肉体，物质构成一模一样，但是，它也不再是活物。

“纵使，人类以最高端的科学技术，强行维持着这具尸体的心跳、体温、血液循环，维持着一切活人该有的生理体征，但是，这具尸体，依旧无法继续思考，继续梦想，继续繁衍。

“古代的宗教和神秘学，将人类科学所无法解释的未知问题——生命的本源问题，归结为一个简单的词：灵魂。

“那么，灵魂这种物质究竟是什么？”

龙曜如此自问自答道。

“是古往今来无数空想神幻小说中所谓的妖魔鬼怪吗？

“不是。

“是唯物主义者深恶痛绝的意淫谬误吗？不是。

“是什么浪漫唯美的爱与寄托吗？也不是。”

龙曜用猫头钢笔，指了指三维立体教学影像中那毁灭宇宙万物的灭世天劫战争画面，淡淡说道：

“灵魂，只不过是一种能量而已。”

“能……能量？”吉赛尔心头微微一跳。

她开始明白这些奔走在诸神号中的学生，究竟在干什么了。

“是的，能量，高等能量，一种四维能量。”

龙曜指尖灵光辉闪，再一次调出那三维立体教学影像中的“空间维度模型”。

龙曜指着那个直径一米的圆球形宇宙模型道：

“人类科学，从来都没有探测清楚过‘灵魂’究竟是什么东西。原因非常简单。”

龙曜指着那圆球形宇宙模型中的一个“点”道：

“我们假设：这个点，是一维生物。那么，这个一维生物，终其一生，它能够感知到的一切，就只是它前后方的一个个点。它，无法完整探测到任何存在于二维空间的高等物质。”

龙曜指着那圆球形宇宙模型中的一个平面卡通人物道：

“然后，我们再假设：这个平面卡通人物，是二维生物。那么，这个二维生物，它终其一生，能够感知到的一切，都只是这一张平面纸上的二维扁平物质。它无法完整探知到存在于三维立体世界中的高等物质。”

龙曜指着那圆球形宇宙模型中的一个立体黏土小人道：

“接着，我们再假设：这个三维立体黏土小人，是三维生物。这个三维生物，就是人类。那么同样的，这个三维人类，他终其一生，都只能感知到三维世界中的物质。

“人类，是无法完整探知到任何维度等级高于自己的高等物质、高等能源的——这就像二维空间中的一个平面卡通人物，看不见三维空间中的立体人类一样。

“因此，古往今来，从来没有一种科学，清晰解释出过所谓‘生命’和‘死亡’的本质区别，从来没有一种科学讲解清楚过所谓‘灵魂’这种抽象物质的本质意义。

“因为，灵魂，是一种能量。

“这种能量，存在于更高维度空间中，赐予了生命。

“直到他们，发现了它——”

龙曜猫头钢笔咻溜一转，再一次指向“诸神号”中那些竞相奔走的年轻科学家。龙曜夜色的眼眸，微微地眯了起来。他说：

“这些科学家，以自身肉体为样本，在无数次毁灭性进化实验后，发现了存在于自身活体生命中的四维能量——灵能。

“他们，破解了人类科学至今从未解开的‘灵魂之谜’。

“这——就像是物种为了生存而开启的终极进化一样。”

龙曜眼中闪耀着一种从未有过的狂热与疯性。他说：

“这群年轻科学家，解锁了生命能量的基因源代码。

“他们，找到了一种足以替代宇宙物质旧能源、从而继续维持人类文明延续的原生新能源——四维生命能源。

“所以，他们逃跑了。”

吉赛尔微微一愣：“……逃跑？”

为什么逃跑？龙曜这些四维能源、生命能源的疯狂科学假想，吉赛尔可以理解，但是，她不能理解的是——

为什么这些年轻科学家要逃？

宇宙，正在毁灭。他们的国家，他们的家园，他们的民族，正在这场争夺最后宇宙物质能源的灭世天劫战争中，走向灭亡。

这些年轻科学家，既然发现了新能源，发现了一种可以由活体生命中提取出的四维灵能，那么他们为什么要逃？

为什么不拿出来共享？

这种由活体生命中提取出的四维新能源，既然能够使得人类进化到剑劈星舰的神幻程度，那么为什么不共享出来呢？

吉赛尔刚想再问，然而，话未出口，忽然间，一个无比诡异的假想，闪过她脑海，以至于她脸色瞬间变得一片惨白，一句低呼脱口而出：“难……难道……”

龙曜眯眼摇头：“没错。就是那个难道。”

龙曜指尖灵光闪烁，在虚空中画下一连串物种分级示意图。

“所谓‘灵能’，究其本质，是一种数据的聚合物——

“高等智慧数据的聚合物。

“所以，在所有已知的生物链中——越是智慧、越是理性、越是感性的高等生命体，就越是具有优质的四维灵能。

“因此，全宇宙最优质的四维新能源，究竟是什么呢？

“是——人类本身。

“一个成年人类体内所蕴含的四维生命灵能，相当于亿万低等动植物体内生命灵能相加的总和。所以，这个四维新能源的探索实验，最终，得出一个极其讽刺的结果——

“人类的生命，就是最优质的新能源。”

龙曜指尖灵光一闪，指向那满是核爆和死亡的黑暗世界。

“这个嘲讽的实验结果，仿佛就是 138.2 亿年前远古宇宙对于亚特兰蒂斯 · 辉煌纪中所有史前人类的终极报复。”

龙曜说：“那些史前人类，以异族为食，饱食终日；以宇宙为食，巅峰发展；以人命为食，又将创造出什么未来？

“那些史前人类，耗费亿万年时光，终于创造出无限辉煌巅峰的史前机械科学文明盛世——亚特兰蒂斯 · 辉煌纪。

“在那个辉煌盛世之中，任何道德，任何箴言，都已经不可能阻止这个史前文明疯狂前进的步伐。

“如果说，宇宙的物质旧能源，已经枯竭了，但是新的能源——人类的生命能源，被一群年轻的科学家们，开发了出来。

“那么，为什么人类不能以‘人命’为新能源，继续前进发展呢？只要，让‘人命’变成合法的新能源，那就可以了。”

吉赛尔猛地倒吸了一口冷气。

龙曜的声音，冷得令人战栗不止：

“自古以来，法律这种东西，从来就不是为了守护弱小而存在的。法律的存在，是为了维持一个文明的秩序和延续。

“如果说，亚特兰蒂斯 · 辉煌纪，这个史前文明，已经走到了灭亡的尽头，那么法律和道德，都会化为实用主义的屠刀。

“所有面临旧能源枯竭问题的史前人类政府，必然会制定出新的法律标准，让‘人命’变成一种合法的新能源。”

龙曜问：“吉赛尔，你能想象，一旦‘人命就是宇宙间最优质的新能源’——这种科研结果正式公布以后，这个史前人类文明的辉煌盛世，将会变成什么样吗？”

吉赛尔浑身打了个激灵。

她不由自主地低头看向了龙小邪。

龙小邪依旧在颤抖。他发抖的原因，一半是因为剧烈的疼痛，一半是因为无法遏制的战栗。无论他如何抗拒这个残酷的噩梦，这个噩梦本身都已然降临在龙曜身上。

龙小邪咬紧牙齿，闭上眼睛，倾听着龙曜亲口说出那些他曾经永远都不想那孩子涉足的恐怖事情。

龙曜说：“这些史前人类，将会开始‘养殖人类’。”

龙曜说：“这些史前人类中的权贵阶级，将会像养殖猪羊一样，将所有低等孱弱、贫穷卑贱的贫民贱民，圈禁饲养起来。他们将会建立起全宇宙范围内的大规模‘人类文明养殖场’。”

龙曜说：“那些史前人类的权贵者们，最初阶段不会立刻屠杀同类。他们会先煽动民众，进行一场全宇宙范围内的‘物种分类思潮’。”

龙曜说：“这种‘物种分类思潮’，最初会站在全民利益立场上，将曾经的人类——这个物种，划分成为两种截然不同的全新物种：高等人类和低等人类。

“那种‘物种分类思潮’将会如此划分人类的等级——高等人类：他们是万物之灵，他们是勤劳者、爱国者、奉献者，他们是科学和文明的基石，是宇宙间最广大的优秀物种。

“低等人类：他们是人类文明的毒瘤，是寄生虫，是害群之马。他们是残障者，弱智者，畸形者，抢劫犯，杀人犯，一切传染性生理病毒的携带者。

“这些被史前人类称为‘低等人类’的物种，究竟有什么资格被称为‘人类’呢？他们的存在，阻碍了文明的发展！

“所以——将他们逮捕起来，将他们关押起来，将他们送进死刑熔炉，将他们可悲的生命，统统转化成为新的能源！

“他们活着，无法为人类文明的未来谋福利，那么就让他们以死亡的方式，实现自己生命的价值吧！毕竟，他们如果不死，那么死亡的将是我们一整个辉煌灿烂的亚特兰蒂斯·辉煌纪啊！

“无数社会舆论，将会铺天盖地席卷而来，将所有史前人类的思想意识，统一成一种形态：人类应该分级。

“高等人类，是人类，是公民。

“低等人类，不是人类，他们——是能源。就像煤炭，就像石油，就像陨石，就像恒星，就像黑洞，不应该拥有公民的权利。紧接着，真正的噩梦，就此开始——”

龙曜如此说着，指尖辉闪，指向那已然死寂一片的黑暗远古宇宙道：“首先，在这种社会思潮推动之下，全新的《物种分类法律》将会被亚特兰蒂斯·辉煌纪的史前人类政府制定出来。全新的《物种道德规范》开始被群情激奋的人类所认可。

“起初，只是残障者，弱智者，畸形者，抢劫犯，杀人犯，一切传染性生理病毒的携带者……开始被合法化地送入死刑熔炉，冶炼成为供给史前人类文明延续发展的新能源。

“那个空前辉煌的亚特兰蒂斯·辉煌纪·超科技文明，又一次开始了蓬勃发展。那些史前人类未来，看似又一次光明无限。但是，这，仅仅只是‘起初’而已。

“因为，每一种新能源的开发，新科技的诞生，都意味着新时代的来临，新政权的崛起，新战争的打响。

“战争，是文明进化的必备枢纽。

“于是，很快的，新一轮的军备竞争，新一轮的宇宙战争，开启了。这一次，猜一猜决定战争胜败的关键因素是什么？”

吉赛尔整个人都剧烈颤抖了起来。

“是……人命……数量……”

“没错。”龙曜那双夜色眼睛，望着那三维立体影像中的辉煌史前文明，声音又轻又淡，他说：

“是低等人类的生命数量。

“单单一个国家的残障者，弱智者，畸形者，抢劫犯，杀人犯，一切传染性生理病毒的携带者……数量能有多少？

“他们的死亡，能够化作足够的能源，来支撑一个国家、一种政治体制、一个民族，在一场大规模的星际战争中赢得胜利吗？——不能。既然不能，那么怎么办呢？”

龙曜如此自问自答着，嘴角扬起一抹残酷的讥笑。龙曜说：

“那么，就开始‘种植人类’吧。”

第十五乐章
人类文明养殖场

龙曜望着三维立体影像中的远古宇宙，声音越来越冷。

他漫不经心地转着手中的猫头钢笔，淡淡说道：

“在这个新能源的实验结果公布后……

“所有处在战争状态中的亚特兰蒂斯星域政体，为了获取赖以生存的新能源，必然像养殖谷物一样，开始种植活体人类。

“无数低等人类的精子和卵子，开始被投入培养器皿，孕育出无数专供文明发展享用的‘低等能源人类’。

“这些‘低等能源人类’，纵使有着和普通人类一样的DNA，会哭会笑，会思考会死亡。他们依旧没有公民权限，没有生命权利。伴随着文明的发展、战争的持续，这些‘能源人类’的数量，将会越来越多，直到远远超过亚特兰蒂斯·辉煌纪中所有史前人类的数量总和。这，就是文明延续的代价。”

龙曜眯起眼睛，用猫头钢笔，指了指那数千名奔走于“诸神号”中的少年科学家，淡淡说道：

“这，不是这群年轻科学家想要的未来、人类文明的未来。

“所以，他们逃跑了。”

龙曜说：“他们只是科学家。科学家是无法阻止自己发明的核弹去屠杀亿万生灵的。他们唯一能做的，就是逃跑。”

龙曜说：“他们想要逃去宇宙尽头，去往一个没有那些史前人类文明政体亿万年恶性发展所积累下的腐败毒瘤的新世界，重新创世。他们想要重启世界——重启文明。”

龙曜说：“这，就是他们逃跑的原因。”

所以，奥丁说：随我，斩舰，灭口。阻我救世者，杀无赦！

这，究竟是倾注了多少的梦想、失望、无助、疯狂、残忍、狠辣、决绝的救世信念？

龙曜指着那个少年时代的神王智者，淡淡一笑说：

“我欣赏他。”

“你别再说了！”

吉赛尔却低呼起来，捂住了耳朵：“我不同意他们的做法！”

吉赛尔坚定地摇着头。她说：

“你别再说疯话了。他们的做法，真的就是对的吗？”

吉赛尔指向三维立体影像中那漫天核爆惨象的灭世天劫战争，声音一下子提高了一个八度。吉赛尔说：

“他们的父母，他们的家庭，他们的国家，正在毁灭啊！

“什么饲养活体人类？什么必然发生的人间惨剧？那些事情，根本就还没有发生不是吗？史前人类将会开始养殖人类——这种事情，只不过是这群疯狂科学家的社会假想罢了！

“只要还没有发生，那么，他们，就没资格带着自己研发出的新能源技术逃跑！他们的学术，他们的知识，他们的科学，他们的发明，他们的成果，他们的智慧——无一不是靠着亚特兰蒂斯政府资助和国家培养，才有可能达成的！

“他们，在人类文明、在国家、在民族灭亡之际，带着新能源技术逃跑，这是不折不扣的叛国行为！”

吉赛尔是军人家庭出身的。

她绝对无法接受这种叛国叛逃的无耻思想。

“所以，这就是他们的原罪。诸神的原罪。”

龙曜如此说道。他说：“他们，究竟是人类文明的叛徒，还是救世主？这个问题，将是一场永远无法争辩清楚的哲学悖论。你我之间，意见不同，他们之间，亦是如此。

“这——就是一宗必然要偿还的原罪。”

龙曜说到这里的时候，咻溜溜转了下猫头钢笔。

那一刻，三维立体教学影像之中——

星舰机舱内的场景，已然发生改变。

就在龙曜和吉赛尔进行这场“这群少年科学家究竟该不该携带新能源技术逃跑”的思想辩证之时——

“诸神号”，已经又继续跳跃前进了 96 亿光年。

这 96 亿光年，前进得无比艰辛坎坷。

“诸神号”，几乎是一亿光年一亿光年地血战厮杀过去的。

就在通古斯星域 TEZ3412 集团军第四强袭兵团全军覆没之后，一个接一个的重型机甲兵团、强袭兵团、混编军团，甚至集团军，开始不断穿越时空，跳跃至“诸神号”周围星域。

有的军团，甚至就连一声通报都没有，刚刚探知到“诸神号”的宇宙坐标位置，就直接开启最高等级的主舰炮，轰向这艘毫无武器装备的蚊蝇级宇宙星舰！

奥丁，已经再也没有机会重新坐上星舰驾驶座了。

他和盘古，一个握枪，一个持剑，站立在星舰之上。

他们两人，背对背，相互倚靠着对方，以一种默契到令人发指的协同作战方式，斩碎了无数轰向“诸神号”的核弹攻击、空间制约攻击，劈开无数以自毁方式撞向他们的机甲星舰堡垒。

盘古那一身鎏银龙袍上，已然满是死灵尘骸。

他那乌黑长发，散乱一片，握在手中的冰白灵剑，豁开无数可怖皲裂纹。盘古却似并不在意。

他随手将那柄碎裂的灵剑，唰唰一甩，重新插回剑鞘，手腕一翻，再次从衣袖中取出那柄龙骨鎏金折扇，开始以扇斩舰。

“盘古，去休息。换湿婆上来，随我护航。”

奥丁面无表情地握着永恒之枪，一丝不苟完成着智者系辅战工作。他一挥手，就向盘古放出一道治愈魔法，催他去休息。

“别啊，你和湿婆那个行为艺术家又不熟。”

盘古鎏金折扇轻扫，“嗡”的一下，瞬间在真空宇宙中劈出一道时空旅人系的空间错乱攻击，直接将一枚轰向“诸神号”的星爆核弹，劈进了一个异次元时空旋涡之中。

盘古劈完那星爆核弹，随手取出一根巧克力棒状的高能压缩食品，叼在嘴里嚼了嚼，金扇轻摇，随意笑笑说：

“面瘫自虐狼，咱俩什么交情？ ATLANTHELOT 世界贵族军校，一整个军校生涯，总计 3859183752512 场厮打，场场打得天崩地裂，鸡飞狗跳，总共结下多少梁子？咱这交情啊，那是硬生生用拳头打出来的同气连枝心心相印。

“所以，你那是哪来的自信，觉得你突然就能搞好你那糟烂透顶的人际关系，可以跟隔壁班的湿婆大神双剑合璧了？醒醒吧你！就你这闷骚面瘫霸道总裁的狗脾气，湿婆那放浪不羁爱自由的逃课之王，能忍得了你？信不信待会儿一言不合，小婆婆被你气得跳出个窜天喷火舞来，连你带舰一起烧了？”

奥丁：“……”

盘古：“怎么？不服气？又瞪我？哥哥我那是教你做人道理，好好学着……咝！”盘古话音未落，奥丁面无表情地突然一伸手，直接摁住了他肩膀！霎时间，一汩灵光辉闪的鲜血，自盘古那鎏银龙袍上渗了出来，突如其来的撕心剧痛，直痛得这龙血族少年一阵龇牙咧嘴。

盘古对此无比不满：“干吗干吗？小小年纪不学好，毛手毛脚，动手动脚，乱摸乱碰，你想轻薄鄙人？简直太可怕了你！”

奥丁根本不理这满嘴胡言乱语的无聊家伙。

奥丁一把扯开盘古龙袍衣襟，露出盘古肩颈胸口处一道深可见骨的撕裂伤口。那种重伤，若是换了正常人类，早就死了。

奥丁：“何时伤的？”

盘古：“忘了……哎哟！”

盘古刚想继续胡扯，奥丁手指用力一掐他伤口，直痛得盘古额前那一束天然白化的发丝，“呼哧”一下，直竖了起来。

奥丁：“你不要废话。”

盘古：“你草菅龙命！”盘古一把扯好龙袍衣襟，反手就是一扇子，劈开一道时空豁口，又将一枚冲着“诸神号”直轰而来的高能爆弹，劈进了另一个宇宙坐标中。

奥丁顺手就是一道卢恩魔法系加成咒法，施加在了盘古身上，同时又吟诵起一道治愈魔法，冲着他那惨烈伤口施了上去。

奥丁：“哼。”奥丁这一个字的“哼”，就差不多代表了一连串的隐藏含义，意思差不多类似于：你看不懂形势还是眼瞎？现在时间来不及。你何时伤的？这问题非常重要。我急于知道。必须立刻知道。如果你再不说，我就要对你不客气了，云云。

只不过，奥丁这个简短意赅到简直莫名其妙的“哼”字，普天之下也只有盘古，这种跟他互怼了不知多少架的万年死对头，能立刻领悟他什么意思了。

盘古顿时金扇摇摇，仰天翻了个白眼：

“3 分钟前伤的。一架华夏星域 AGLE7 型 SSR 级龙狼战铠，发现了我 SPI 灵识本体位置，一记爆破斩击劈过来。我没避开。”

奥丁：“……”

盘古：“哎呀，你这自虐狼，那是你哥哥我没避开，又不是你没避开，你那张痛得好像便秘似的面瘫催债脸是咋回事？”

奥丁依旧理也不理盘古的疯言疯语。

奥丁左手轻轻一点耳根，扬起一道卢恩魔法系的通讯咒语，接通了星舰驾驶舱内的众人。奥丁问：

“拉！宙斯回来了吗？”

奥丁嘴里所说的宙斯，是古希腊神话传说中的至尊神王。

太阳神拉正坐在星舰驾驶座上，神情已没了平素的顽劣。

“刚刚回来。”拉如此回答奥丁道。

“宙斯重伤而回，没有追上普罗米修斯。”太阳神拉紧紧抱着手里的黑色猫神，声音微微有些颤抖。拉说：

“普罗米修斯，盗走了我们 90% 的‘四维天火源代码’。

“这个盗火者，他选择了——庇护人类，毁灭我们。

“宙斯……没有追上他。”

第十六乐章
盗火之神

“等一下！他们正在说的是……普罗米修斯？

“那个……古希腊神话中的……盗火之神？”

太阳神拉说到这里的时候，吉赛尔再一次瞪大了眼睛。

“没错。正是——普罗米修斯。”

龙曜指尖猫头钢笔滴溜溜一转道。

“古希腊神话中那个最最深爱人类的‘盗火之神’。

“很多国家中学课本当中，都讴歌过这个‘盗火之神’的英雄故事。例如，我们国家课本中是这样写的——”

龙曜指着三维立体教学影像中一名满面愁容的高大卷发青年，说起了古希腊神话中那个著名的盗火之神：普罗米修斯。

普罗米修斯，他是宙斯的表兄，最好的挚友。

他是古代希腊神话中，最具智慧的神明之一。

普罗米修斯同情人类，于是便从诸神那里，盗走了“火种”，交给人类，教会人类使用火，让人类得到进化，得到发展。

然而，普罗米修斯的行为，触怒了宙斯。

凡世的希腊神话传说中，曾经如此写道：

傲慢的天神宙斯，认为人类太过邪恶，不配拥有“火种”，不配得到进化，于是便命令火神赫淮斯托斯，将“盗火之神”普罗米修斯，钉在高加索山脉的一块岩石上，令他永远无法入睡。同时，宙斯还命令巨鹰，不断啄食普罗米修斯内脏。宙斯残忍地施下永生魔法，迫使普罗米修斯的内脏，不断重生，不断被巨鹰啄食，永受无尽苦痛，作为他为人类“盗火”的惩罚。

这——就是古希腊神话·凡世中小学教学版本中，宙斯和普罗米修斯的传说。

龙曜说：“只不过，在《阿兰星落神谕书》记载的文明史中，宙斯和普罗米修斯的矛盾，并不是傲慢与偏见造成的不合。这对表兄弟的矛盾本源，其实，是一种救世理念的矛盾——”

龙曜细致的眉尖微微蹙了起来。他望向吉赛尔道：

“这种矛盾，就像你和我的意见不同一样。

“你赞同普罗米修斯的观点。你认为这群少年生命科学家，应该将四维生命能源 SPI 的新技术，共享给各国政府，以此缓解宇宙能源危机。

“我赞同奥丁和宙斯的观点。我认为这个能够榨干全部宇宙能源来进行畸形发展的史前文明，已经实在太过衰老，太过庞大。过度冗余繁重的腐败黑暗，令整个政治体制，都彻底失去生命力，救不活了。这群科学家，应该趁着还没被黑腐权贵害死，逃去新世界，开创新未来。这，是我个人的观点。”

龙曜手中猫头钢笔滴溜溜转着，指向那灭世天劫战争的黑暗宇宙，淡淡自言自语着，仿佛是在询问天道。

龙曜说：“吉赛尔，对于一个黑暗陈旧到无可救药的史前文明，究竟是应该任其毁灭？将其摧毁？重新建立全新世界？还是应该继续守护？继续救赎？

“这——才是这段古老希腊神话中，‘天神宙斯’和‘盗火之神’普罗米修斯的真正矛盾分歧所在。”

“咳咳咳咳咳咳咳……”伴随着龙曜的辩证之言，那三维立体教学影像的画面，再一次切换进了“诸神号”的星舰内部。

星舰驾驶舱内，一名手握雷霆之矛、埃癸斯之盾的深金色卷发青年，浑身是血地坐在地上，正在接受洛基的魔法治疗。

那名手握矛和盾的深金色卷发青年，就是宙斯。

——那个古希腊神话传说中的众神之王天神宙斯。

宙斯的神情，已全然改变，再也不似刚刚出现在三维立体教学影像中时那样放浪形骸。宙斯深金色的眉毛紧紧蹙着，他燃起一道通讯咒法，接通了星舰之上的奥丁和盘古。

宙斯说：“奥丁，你和盘古下来。普罗米修斯跑了。”

宙斯话音未落，便见星舰驾驶舱内，紫电雷光和苍白龙鳞一闪。奥丁已然抱着浑身血湿的盘古，回到了星舰内部。

奥丁说：“嗯。”

奥丁这一个“嗯”字，不知道代表了什么意思，又冷又沉，直听得星舰内所有人头皮一阵接一阵发麻。奥丁如此下令道：

“女娲伏羲，给盘古治伤。

“拉，切断星舰所有能源供给，停止前进。

“羽蛇，开启物质同化技能，将诸神号藏进陨石带。”

奥丁说完还补了一句：“立刻。”

霎时间，原本死寂一片的星舰内部，再一次骚动起来。

女娲和伏羲两姐弟，倏然化作两条半人半龙半蛇的半神形态，两条巨型蛇尾，将血流不止的盘古缠绕在其中。

一道道华夏族古代巫医系的血符方程式，化作绚烂龙鳞蛇鳞，自两姐弟体内逸散而出，汩汩流进盘古体内，开始迅速修复盘古肩颈胸处的那道狰狞伤口。

女娲狠狠横了奥丁一眼：“我哥怎么伤那么重？阿萨族的狼！你是花瓶吗？杵那里好看的？怎么给我哥护法的？”

女娲说罢，她的孪生弟弟伏羲，立刻温温吞吞补了段一模一样的话，以示共同谴责，引得星舰内所有人都禁不住侧目。

这对华夏星域龙血族的孪生姐弟，分别继承的龙族封号是——龙神·女娲、龙圣·伏羲。

他们两人，乃是女娲氏和伏羲氏的第 9437 代传人。

虽然脸孔长得一模一样，性格却是截然相反。

女娲烈得像火，伏羲静得像水。

女娲事事要争主控权。明明是两条同时孵化出来的孪生小龙，女娲却硬要争个姐姐的名头。

伏羲从来不争不抢，什么都顺着女娲性子来。女娲指挥他上天，他绝不下地。反正他天生就是个温暾水，从来就没什么强烈的欲望和目标。

这两姐弟相处久了，最后就连说话字数、说话语调、说话节奏，都完全在一个节拍上，就好像一对克隆生物一样。

如果放在曾经，这对孪生姐弟，每每这么一开口，必然引来周围人一片哄笑，然而此刻，竟是再也没人笑得出来。

所有人都屏住了呼吸，有如见鬼一般凝视着盘古胸口那道深可见骨的撕裂伤。

然后，奥丁说话了。

奥丁虽是在回答女娲的话，但眼睛看的却是重伤的盘古。

奥丁说：“3 分钟前，一架 AGLE7 型 SSR 级龙狼战铠，找到了盘古灵识本体 SPI 的四维坐标位置，砍伤了他。”

奥丁说话的时候依旧面无表情。

奥丁说：“这不是偶然的。”

奥丁说：“这种 AGLE7 型 SSR 级龙狼战铠，乃是华夏星域龙血族第三帝国皇家亲卫队专属机甲部队专用战铠。”

奥丁说：“这种战铠，其机型配备的 SSR 级核能震荡战刀，是一种纯三维物理攻击武器，理论上，是不可能伤及四维能量生命体的。这种战铠，现在能够一击劈伤盘古灵识本体 SPI 的原因，只有一个——”

奥丁望向了脸色死白的宙斯。

奥丁说：“普罗米修斯，他已经成功将我们 90% 以上‘四维天火源代码’泄露给人类军方。以军方的科研资本优势——”

奥丁说到这里的时候，稍稍顿了顿。

奥丁眼中瞬间跳跃出一连串卢恩魔法符文的演算方程式，似是做了下精确计算。然后，奥丁面无表情地如此说道：

“他们，人类——

“亚特兰蒂斯・辉煌纪的缔造者，只需要 764.3 小时，就能彻底解密我们 90% 以上‘四维天火源代码’的防火墙程序。

“764.3 小时后——

“人类，将会开始新一轮的物种进化，进入全新的四维生命能源时代：生命养殖场时代。人类，即将开始养殖人类。

“人类，将以一种我们根本无法匹敌的前沿科学和雄厚资本，发展出一种吞噬万物的终极寄生文明。

“这一次，斩伤盘古的 AGLE7 型 SSR 级龙狼战铠，只不过，是人类军方用来实验普罗米修斯那 90%‘四维天火源代码’真实性的一种战争实验品。人类，正在拿我们当进化的试刀石。

“我们，不是对手。”

“咔嚓”！奥丁话音未落，宙斯周身闪起一道金色电光，指尖微一用力，捏碎了身后倚靠着的一面金属舱壁凸起物。

宙斯说：“我的错，我应该早点杀了普罗米修斯这叛徒！”

奥丁看了宙斯一眼，依旧面无表情。

奥丁根本不回答宙斯的自责。奥丁说：

“现在，我们已经没有必要再逃。因为，根本逃不掉。”

奥丁如此说着，单手扬起一道卢恩魔法系时空探测咒法。

霎时间，不计其数的紫电雷光，化作虚无粒子，弥散向了“诸神号”所在星域 100 亿光年范围内的所有四维宇宙时空！

嗡——伴随着奥丁紫电骤起，“诸神号”所在星域 100 亿光年范围内的宇宙景象，统统化作一幕幕全息立体战略星图，出现在了所有人的眼前。

那一刹那，星舰驾驶舱内，几乎所有人的心跳都漏了节拍。

他们——被包围了！

不知不觉间，就在普罗米修斯带着 90%“四维天火源代码”

叛逃而去的短短数小时后，亚特兰蒂斯·辉煌纪·全宇宙各大星域的最强集团军，就有如黄蜂一般，不断穿越时空，狂奔疾驰向“诸神号”所在星域位置。

这些人类军团，一边相互厮杀，一边疯狂冲向“诸神号”。

他们，是来争夺普罗米修斯没有来得及盗走的最后这10%“四维天火源代码”的。

普罗米修斯盗走的“四维天火源代码”这种四维新能源技术，在全宇宙范围内公布后，已然激起各星域政府的恐慌觊觎。

无数科研资金、顶级科学家，被政府军方招募，迅速投入“四维灵识能量”的研究项目中，进行大规模四维新能源开发。

亚特兰蒂斯的史前人类，取得了“诸神的火种”。

这群战无不胜的癌细胞，开始了新一轮的进化。

那一刻，史前人类的政府，谁都知道——

谁，能够最先俘虏“诸神号”；谁，能够最先取得完整四维天火源代码；谁，就将是下一个新世纪的霸主。

那一刻，史前人类的军团——

他们围拥过来的姿态，就像是饥饿多月的狼群。

至于，“诸神号”，他们是待宰的羔羊。

“战吧。杀光恶徒。”

忽然间，阿胡拉开口说道。

这个古代波斯神话中的火之神王，浑身上下燃烧着焚天烈焰，毫无畏惧地如此说道。他说：

“让我们在死前，血洗这个黑暗时代的肮脏腐臭。”

阿胡拉话音刚落，湿婆便走了出来。

“赞同此议。”

湿婆，这个印度神话中好战乖张的毁灭之神，毫不犹豫地，站在了阿胡拉这一边。他永远主张：毁灭即是新生。湿婆说：

“有生之年，吾必焚世洗罪。”

湿婆一言刚罢，紧接着，苏美尔神王——恩利尔，手捧《命运泥板》，也走了过来。这个脾气暴躁的苏美尔小王子，毫不犹豫地站在了阿胡拉和湿婆的身旁。恩利尔说：

“清洗人间，算我一个。吾将散尽灵识本体，降下宇宙雷暴，以死寂洪水，清洗人间罪恶。”

这三名法师系的创世神，迅速达成了共识。

他们，面对人类军团的围剿，选择血战屠戮。

然后，立刻就有人站出来反对他们。

那个反对者，是性情温和的古印度守护之神毗湿奴。

毗湿奴说：“等一等。你们几个，不要本末倒置。”

毗湿奴一把扯住了杀气冲天的湿婆，急道：

“我们此次逃亡目的，是守护生命，不是屠杀生命。

“我不赞成和人类文明同归于尽。”

毗湿奴话音刚落，紧接着，拉也开始说话了。拉说：

“不错。这次，我站在毗湿奴这边。”

这个古埃及神话中的创世神太阳神拉，直到此刻，才停止颤抖，放下了手中紧紧抱着的黑猫。太阳神拉愁眉深锁道：

“而且——亚特兰蒂斯·辉煌纪的人类军团，是我们想杀就能杀光的吗？正面开战，死的必然是我们。原因非常简单：我们人少。”

人少，意味着灵识能量短缺。纵使前期开战之时，“诸神号”，能够凭着极强的单兵作战能力横扫千军，但是后期呢？

亚特兰蒂斯·辉煌纪的史前人类，这种灭亡了整个宇宙的癌细胞，杀之不尽，灭之不绝。而“诸神号”，只有一艘。他们，只有这些，死一个少一个。一旦正面开战，“诸神号”必败。

拉一言中的，立刻得到了新的支持。

“是的。这次，我赞同毗湿奴和拉的观点。”

这一次，是那个南美洲神话中的富饶丰收之神羽蛇神库库尔坎。羽蛇神化身成为一条有着鸟翼的隐形巨龙，将“诸神号”团团包裹住，藏进了陨石带中。在藏好星舰之后，羽蛇神库库尔坎，终于忍不住也越级发表了意见。他如此说道：

“若是开战，我们必定全灭。早死晚死，只是时间问题。诸神的黎明号，可以改名叫作‘诸神的棺材号’了。我不同意正面开战。”

“那么，就直接坐以待毙吗？”

阿胡拉、湿婆、恩利尔并不赞同这种等死做法。

“那么，就应该直接送死吗？”

毗湿奴、拉、羽蛇，如此怼了回去。他们更不赞同立刻去死这种做法。

这六名大神的争议，并没有得出任何结果，然后，他们便同时望向了一旁正在挠头长叹的古印度主神——梵天。

“梵天，你说。”

印度主神梵天的性格，最是摇摆不定。他乍然望见争执双方同时望向了自己，立刻尴尬起来，一如既往挠着后脑勺，一如既往毫无主见地回了一句：

“要不……咱想个两全之计？”

梵天这句话，顿时引来两面同时嘲讽。

“老糊涂，你怎么不想？”

阿胡拉脾气最烈，顿时一股火灵真气冲向了梵天。

“别闹，现在可不是内讧的时候。”

湿婆和毗湿奴，赶紧同时站出来，将梵天拉到了身后。

“奥丁，你说。”

湿婆和毗湿奴，这两名古印度主神，除了性格不合，其他地方，还是挺团结的。他们同时伸手，护住梵天，将这个麻烦问题，踢给了沉默寡言的北欧主神奥丁——那个人缘最差、谁都不待见的面瘫紫发小银狼。

让奥丁来说吧。反正，他资历浅，年纪轻，人缘差，就算说错了，被群殴也没人同情护短。这，就是星舰内诸神当初一致推举奥丁出来当战略总指挥的原因。奥丁实在太耿直、太年轻了。

盘古见状，顿时连连咂舌，摇头长叹：

“我说——你们几个老前辈啊，不要欺狼太甚啊。”

盘古太子，鎏金折扇“咔嚓”一甩，老气横秋道：

“为什么你们几个，每次一遇到内讧团灭的超级大危机时，就喜欢一起欺负霸凌这条面瘫呆萌小银狼？难道就因为他是个智者吗？别逗了。我看这狼就是最后一次封神实验时，选错了职业，误当了智者。就他这种闷骚耿直的扛把子狗脾气，绝对是狂战士，附加狂犬病。小心惹急了他，张嘴咬你们……唔！”

女娲伏羲蛇尾一摇，同时捂住了盘古的嘴巴。

女娲：“哥，你别插嘴。让他们欺负那狼。咱低调。”

伏羲立刻给孪生姐姐补了句回音：“低调。”

这对龙血族的孪生姐弟，出生乱世之中，最是深谙为人处

世之道，小小年纪就将“事不关己高高挂起”学了个登峰造极。

盘古：“嗯嗯啊啊唔唔……”干什么呢你们！现在的年轻龙啊！真是没有责任感使命感正义感，这都是什么世道啊！

然而，谁都没有听懂这话痨太子又在瞎嘀咕什么，谁也不想听懂他又在瞎嘀咕着什么。

随即，奥丁就回话了。

这个面无表情的冷峻智者，实在不知道是真傻还是假傻，总之，他从来不会拒绝诸神号内众人踢到他面前的烂摊子。

这个神王智者，永远都在做傻事。

这次，诸神向他问话的那一刻——

奥丁，正在望天。

那一年，尚且年轻的少年神王，怔怔望着星舰立体光幕上那黑暗死寂的末世宇宙，仿佛望着一个很老很老的死者。

他那双明澈闪耀的冰蓝色眼睛，没有一丝犹疑彷徨。

奥丁淡淡回眸。他说：

“我们，不战。不降。

“我们，就地，创世。”

第十七乐章
盘古开天

“就地创世？”

奥丁话音刚落，星舰驾驶舱内，所有人都浑身一个激灵。

“佛陀！”

奥丁说罢，忽然低头，望向一名盘膝而坐的僧侣，问道：

“结果——演算出来了吗？”

那是一名衣衫褴褛的奇怪僧侣。

那僧侣，无悲无喜，无忧无怖，看不出年龄，分不清种族。

“诸神号”上，没有一个神明知道，这名僧侣从何而来，又将缘何而去。那名僧侣，仿佛天然存在般，就那样悄无声息地出现在“诸神号”上，伴随着诸神逃逸，创世，静观着一切轮回。

那名僧侣，智慧超越了奥丁。

诸神给那僧侣起了一个称谓。诸神称他为佛。佛陀。

奥丁经常向佛陀提问，求佛解惑。这一次，奥丁问的问题显然太过艰难。佛陀演算了很久，依旧无声静默。奥丁便问：

“佛陀，我们逃逸出这个宇宙的代价是什么？”

“呼哧”一下，那一言不发的奇怪僧侣闻言，终于站了起来。

他僧袍翩然，缓步，走到奥丁面前，低声吟叹：

“阿弥陀佛。”古佛慈悲，普度众生。

佛陀双手合十，向着奥丁，无声行礼。

礼罢，他自胸前108颗佛珠之中，取下一颗灵光闪耀的……琉璃佛珠。

佛陀将那颗琉璃佛珠，递给了年轻时代的神王智者。

嗡。那颗小小的琉璃佛珠，在乍然落进奥丁掌心之时——

倏然间，华光四溢，化作了一朵小小的莲花。

那朵莲花，千华之中，瞬间闪耀出亿万古梵语组合而成的时空方程式，绚烂辉煌，灵光普照，有如一整个绚烂璀璨的世界，有如一整片新生辉煌的宇宙文明。

有如天地日月，有如星霄万物。

一花一世界，一叶一菩提。

这，就是佛陀给予的答案。

这是一种由精密梵语时空经文演算得出的创世数据。

那，就是奥丁即将付出的代价。

奥丁浑身一颤！

那少年时代的神王智者，愕然望着那朵莲花中的梵语方程式，眼中卢恩符文狂跳。他原本丝毫没有情感的冷峻神情，一瞬之间，竟微微隐现出一丝几不可辨的颤抖。

然而，一瞬之后，奥丁眸色沉静下来，再一次恢复如常，甚至，比以往更加冷酷无情，更加杀伐决断。

那少年时代的神王智者，年轻的冰蓝色眼睛，毫无畏惧地望向了那浩瀚死寂的虚无宇宙。

忽然间，奥丁如此面无表情道：

“盘古，把你的命借给我，我要用它劈开宇宙。”

铿——铿——奥丁话音未落，便听两声整齐划一的拔剑声。

女娲：“放肆！你想对我哥做什么?！”

伏羲闷不吭声，直接跟在孪生姐姐身后，横琴，立剑。

就在奥丁开口的同一瞬间，这对龙血族的孪生姐弟，周身同时激荡起无数煞气纵横的灵火神焰，额前耳尖生长出灵光璀璨的龙角龙耳。两声剑吟之声，骤然破空。

两柄灵光爆燃的龙鳞仙剑，同时指到了奥丁咽喉前！

女娲和伏羲那年，都只有一百多岁，按照龙的年龄来算，顶多就是两条连角都没长齐的幼崽，只是继承了两个很霸气的先祖封号而已。什么宇宙，什么文明，什么苍生，与他们无关。

那一年的小女孩，只知道：

她和她弟弟，都是盘古从祭坛上救下来养大的祭品。

他们两姐弟所拥有的神圣封号——龙神女娲，龙圣伏羲，更是盘古砸烂了一千座专杀小孩的祭祀神庙后，从两座古老神像上抢来，赐给他们的。

盘古自己出身不好，吃过很多苦，莫名其妙被推上了太子的位置，然后，他就将他们两条小幼龙捧在掌心里，狠狠地宠。

他们两姐弟，为了这个兄长，拼命修炼，成了龙血族最耀眼的明珠，最强大的战力，最澄净的剑魄，最明澈的琴心。

年幼时的他们，所有的光芒，都是为他一人绽放的。

小女孩在一瞬间就已摆出了不惜和奥丁，甚至是和整架星舰中所有古神血战到底的气势。她要护那个养大他们的兄长。

随即，便是一连串的拔剑之声！

只见诸神号星舰内部，总计 1374 名华夏星域的龙血族，在女娲伏羲清叱的同一时间，拔剑，运灵，化身成了半神半人的四维古神战斗形态。

一刹那间，无数古代华夏神话中的东方古神：饕餮、共工、祝融、狴犴、睚眦、白泽、霸下、麒麟、猰貐、刑天、狻猊、帝江、句芒……整整 1374 头华夏族古神，仿佛华夏神话传说中的上古图鉴一般，撑满了小小的星舰内部！

他们，全部都是华夏星域龙血族的传人。

“敢动太子者死！”华夏神族，如此拔剑厉喝道。

随即，同一时间，又是一连串兵刃出鞘声！

只见诸神号星舰内部，斯堪的纳维亚星域 159 名阿萨神族的少年男女，在北欧守护神海姆达尔的带领下，同时拔出兵器，开启了战斗形态，跟华夏族诸神正面铆上了！

“你们才放肆！”

黑火智者洛基，浑身黑火爆燃，毒焰狂舞，挡在奥丁身前，杀气毕露道：“敢动奥丁一根头发，我灭你们全族！”

“不就是战么！少啰唆！”

阿萨神族毫无畏惧。

这 159 名阿萨神族的初代神，全是奥丁的守护者。他们是誓死效忠奥丁的阿萨神族。然而，很明显——

他们与基数庞大的华夏神族相比，数量处在绝对下风。

一旦开战，阿萨神族，决计没有优势。

奥丁，是制不住盘古的。然而，奥丁却似根本没有看见。

他只是掌心托着那朵佛陀递来的小小创世莲花，托着那个他们即将去往的新世界，定定望着那个龙袍翩翩的龙血族太子——龙尊盘古。

奥丁眼睛，只是望着盘古。

就仿佛其余一切，包括生死，都与他无关。奥丁说：

“根据《佛陀六道轮回时空演算法则》得出的精确数据：我们必须创造出一个时间流速大于这个旧宇宙 100 亿倍的新宇宙，才能让‘诸神号’直接从这个旧宇宙中分离逃逸出去。

“我们只有直接逃出这个旧宇宙，才能避开这场人类军团的联合围剿，才能有足够时间，创造新文明。

“盘古，你——是我们之中，唯一有能力劈碎时空的。

“你的龙骨鎏金扇，可以劈开这衰亡宇宙，带我们逃走。”

“代价，就是你的命。”奥丁面无表情冷冷说道：

“龙尊盘古，把命借我。你要什么，我都给你。”

奥丁如此说着，直接将那朵佛陀用佛珠演算出的创世莲花，递到了盘古面前。

盘古太子，淡淡望着他，鎏金折扇，翩翩轻摇，悠悠眯眼。

“咔嚓”一下，金扇合拢。

“呵。看到了没有？看到了没有？”

这个出身低贱的龙血族太子，毫无尊严地随手戳戳周围浑身紧绷的各国诸神，嫣然一笑，风流倜傥，没心没肺道：

“这下，总算是有只小狼崽想到，要来征询征询本太子意见了。你们这些后生晚辈啊，实在太欠礼数。”

“哥！休要听这狼胡说！”女娲厉声惊呼。

“呼哧”一下，灵光骤闪。

盘古鎏金折扇轻摇，瞬间祭出一道时空定格咒法，将“诸神号”内所有剑拔弩张的华夏神族、阿萨神族，统统定在了原地！

龙尊盘古，剑定乾坤，扇舞风流。

他是“诸神号”中第一名自愿成为实验样本的科学家。

他是诸神探索“四维生命新能源”的初代实验体，因此，受创最重，体质最差，寿命最短，战力却是最强的。

他的龙骨鎏金扇，能够斩开宇宙苍穹，劈碎时间轮回。

他龙袍翩然，广袖流衫，笑眯眯落到奥丁面前。

盘古：“自虐狼，你好大胆子，竟然敢向本太子借命，可有想过，以何偿还？”

奥丁：“你要什么，说。”

盘古金扇掩口，拧着眉尖，想了想：“嗯……”

盘古很认真地想了一想，又想了一想，似是在做一个无比艰难的决定。片刻后，“噗叽”一下，盘古头顶小灯泡一亮，终于想出个特别清新脱俗、风流倜傥、听起来特别有文化的词来。

盘古太子顿时心花怒放道：“不忘。”

奥丁：“……???”

神王智者，头顶顿时冒出一连串巨型问号。

只不过，毕竟有求于人，这一次，神王智者大大，为了配合盘古太子的诗情画意，薄唇轻启，连说了好几个字。

奥丁：“那是什么东西。”

这根木头，完全不理解这白痴话痨究竟在鬼扯些什么。

诗情画意是什么？北国男人不懂的。

这就是文化差异。这就是代沟。懂了吗？龙家小哥。

盘古震惊：“哎呀你这榆木疙瘩。”

“咔嚓”一下。

盘古收起金扇，以扇为槌，狠狠戳了戳奥丁那呆脑门子。

盘古道：“意思就是——别忘了我！别忘了你自己！小狼！”

盘古金扇刷地一展，扫向那一望无际的黑暗宇宙。盘古说：

“时间，最是可怖。

“你，如今年轻气盛，鲜衣怒马，立志救世，不惜死生。

“然而，千年百载、万世轮回之后——

“你必衰老。你将心存畏惧。

“你眼中星光，再也不复年少赤诚。

“我不要看到这样的你。小鬼，奥丁，吾友，永远别让我看见你老迈愚弱、贪恋物欲、颓丧畏惧时的丑态。”

盘古金扇轻摇，怔怔望着那少年时代的无畏智者。盘古说：

"自虐狼，向我发下毒誓，许我一句：万世不忘。

"我要你不忘你此刻救世之心。

"不忘你年少赤诚。不忘你眸中星河。

"不忘你我初见时舍命相交的豪言万丈。

"不忘你此生灿烂永恒。我要你只为辉煌而生。

"纵使，亿万年后，轮回苦痛，你历经万千磨难，尝尽人间酷寒，肢体残缺，神魂尽碎，丑陋不堪，匍匐于地。

"我要你立誓——你心，永如此刻，年少美好。"

盘古说这话的时候，眼中时空系符文狂跳，似是一眼望尽了千古，望尽了永恒。盘古说：

"奥丁，吾友，发下毒誓，许我万世不忘，替我永生千古，为我风流赤诚。你若发誓——我，借你一命。"

盘古金扇轻摇，咻咻吹拂着奥丁鬓角紫发。

他将永恒，交付给了一人。

然后，奥丁就开口了。那神王智者，只淡淡说了一个字："哦。"

说完……就没下文了。再没下文了。完全没有下文了。

他就这样，呆呆瞪着盘古。木无表情。一脸面瘫。

好像全世界都欠他几千亿没还。傻得一塌糊涂。

盘古："……？"

奥丁没表情。

盘古："……？？"

奥丁没表情。

盘古："……？？？"

奥丁还是没表情。

盘古：“……?!?!”

奥丁真的是一点点表情都没有，连头顶呆毛都不动一动。

场面……一度无比尴尬。

盘古惊：“我去！你你你已经发誓完了？”

奥丁答：“嗯。”

盘古问：“就一个‘哦’?!”

奥丁答：“嗯。”

盘古愕：“就这么随便？”盘古几乎不敢相信自己耳朵。

奥丁答：“嗯。”

盘古怒：“哈？你们斯堪的纳维亚星域的西北野蛮男人，究竟是怎么回事？那么没有形式感？神圣感？使命感？难道这么严肃庄重的时刻，奥丁你作为一族老大，发誓赌咒这么严肃庄重的事情，难道就这么随便说一个‘哦’字就完事了吗？”

奥丁理直气壮：“对。”

盘古勃然大怒：“对什么对？后生晚辈！你作为本太子的世仇死敌，临时挚友，酱油搭档，遇到这种生离死别惨绝人寰的事情，难道不应该感激涕零，心如刀割，至少掏个很贵很贵的信物出来送送我，或者砸大把大把金钱下来祭祭我，为本太子做做法施施咒，聚众哭哭啼啼，抹几把辛酸老泪，最后，再惺惺作态一下，奏着哀乐，唱着悼歌，送本太子去死的吗？”

这一次，奥丁终于连说了四个字：“下次超度。”

盘古脸黑了，杀气四溢。

奥丁便又非常给他面子地详细补充说明了四个字：“我没带钱。”

奥丁这次是逃难出来的，身上没带钱。

盘古太子啊，人家奥丁大神最近特别穷酸，没钱给你烧纸，所以，请你先忍一忍，将就着随便死一死吧。

盘古顿时抡起一扇子，直接把这傻狼扇飞出了十来米远。

“滚。”

话痨太子，偶尔也是可以非常言简意赅的。

盘古明显有种满腔文艺尔雅、风流倜傥统统喂了狗的感觉。

奥丁却身形一闪，再一次出现在了盘古身畔。

他一把攥住盘古，凑在那龙族太子耳边，低低说了一句话。

那一刻，也不知是被系统屏蔽了还是什么原因……

奥丁最后对盘古说的那句话，吉赛尔只看到奥丁嘴巴微微张了张，根本没听到半个字。

然而，奥丁这句话刚一出口，就见那三维立体教学影像之中——盘古太子，整个人都怔住了。

那个话痨王子，仿佛被戳中了什么痛处，明澈的星月琉璃眼，在黑暗宇宙中晶晶闪闪着。

盘古哭笑不得地望着奥丁，用扇柄指了指他，似是有什么重要话要回答，然而，话到嘴边，已然什么都已不及说出。

嗡——嗡——亚特兰蒂斯·辉煌纪·史前人类，正飞速进化的四维宇宙探测装置，发现了隐匿在陨石带中的“诸神号”。

嗡——嗡——“诸神号”星舰舱外，亿万艘刚刚经过四维新能源 SPI 升级改装的初代拟神级星舰，闪耀着灵爆烈焰，开启最高等级的灵能主炮，向着“诸神号”疾驰而来。

嗡——嗡——“诸神号”星舰舱内，一片死寂。

湿婆、阿胡拉、恩利尔、宙斯，一言不发，攥起手中神器兵刃，瞬间出现在“诸神号”上。

死战，一触即发。

盘古，就这样望了那年轻时代的神王智者片刻。

片刻之后，那个贫民窟出身的没品太子，金扇轻摇，眉眼轻弯，就似哭笑不得一般，憋出来四个字。盘古说：

“代我永生。”

说罢，盘古周身苍白龙鳞一闪，自奥丁手中接过那朵佛陀用佛珠演算出的创世莲花，瞬间出现在了“诸神号”的顶端。

“就这么约好了。”

盘古如此自言自语着，周身挥散起一道苍白色龙鳞幻光。

一刹那间，他那原本渺小的人类身形，瞬间暴涨至九万里之长，震慑了苍穹！

天地之间，亿万灵光仙蕴，开始在盘古银衫龙袍下聚集。

盘古太子额前耳尖，再次斜飞而起灵光辉闪的半透明龙角龙耳。他的双腿，有如半透明的流质一般，汩汩融合，融为一条苍白色蛇尾。龙鳞与辉光齐散，星辰般绚烂辉煌。

盘古化身成了一条身长九万里的巨型苍龙！

那龙血族少年，仿若要将那死寂一片的远古宇宙重新点燃似的，疯狂聚散着神魔圣光般辉煌灿烂的灵识光芒。

盘古的声音，回荡着空灵缥缈的神幻余音，震颤了那死寂宇宙中向着“诸神号”狂扑而来的史前人类军团。

龙尊盘古，金扇轻摇，淡淡吟诵道：

“吾乃盘古氏，开天辟地基。

“亥子重交媾，依旧似今时。”

嗡——龙尊盘古，那柄鎏金扇，轻轻嘶鸣出一阵颤然低吟。

旋即，就在漫天席地无穷无尽围拥而来的行星级、恒星级，甚至黑洞级史前人类宇宙星舰、星空堡垒漫天灵爆炮火中——

龙尊盘古，金扇掩口，手腕轻翻，有若儿戏一般，冲着那死寂一片的黑暗宇宙，轻轻一划！嗡——

时光飞逝，混沌初开。

一刹那间，亿万年时光岁月，在盘古金扇轻摇之下，加速流转起来。时间和空间，有如可视化的流体旋涡一般，以一种抽象姿态，在盘古周身，不断加速，加速，再加速！

一瞬时间，盘古整个灵识本体，都以佛陀的莲花为数据演算核心，迅速凝聚成了一个极其微小的“SPI 能量奇点”。

那个SPI能量奇点，温度无限高，体积无限小，密度无限高，时空曲率无限大。

这个 SPI 能量奇点，疯狂吞噬着盘古的灵识本体，飞速增长，短短一瞬之间，它的密度，就已超过了每立方厘米 10^{94} 克，超过质子密度 10^{78} 倍。

紧接着，嗡——龙尊盘古，第二下金扇劈下！

灵能爆裂！开天辟地！

就在短短 10^{-43} 秒灵爆冲击后，盘古掌心那朵佛陀创世之莲，温度就达到了 10^{32} 度。

一个微观宇宙，在盘古掌心，自量子背景涨落出现。

在短短 10^{-35} 秒后，盘古掌心那个微观宇宙，温度接近 10^{27} 度，引力分离，夸克、玻色子、轻子开始形成。

在短短 10^{-12} 秒后，盘古掌心那个微观宇宙，温度接近 10^{15} 度，质子和中子及其反粒子形成，玻色子、中微子、电子、夸克、以及胶子稳定下来。

在短短 0.01 秒后，盘古掌心那个微观宇宙，温度接近

1000亿度,光子、电子、中微子为主,质子中子仅占十亿分之一。

在短短 0.1 秒后，盘古掌心那个微观宇宙，温度接近 300 亿度，中子质子比从 1.0 下降到 0.61。

在短短 1 秒后，盘古掌心那个微观宇宙，温度接近 100 亿度，中微子向外逃逸，正负电子湮没反应出现。

紧接着，短短 10 秒之后，盘古掌心那个微观宇宙，温度接近 30 亿度，氢、氦类稳定化学元素，开始形成。

瞬息之间，混沌初开。

“这……这个是……?！”

吉赛尔看到这儿的时候，终于再也隐忍不住，愕然惊呼出声：

“宇……宇宙大爆炸?！”

那一刻，不仅是吉赛尔，甚至就连瘫软在龙曜脚下的龙小邪，都剧烈颤抖着倒吸了一口冷气。

盘古掌心，那个微型宇宙的形成过程，实在太像 1927 年比利时天文学家、宇宙学家勒梅特首次提出的“宇宙大爆炸假说”了。这种“宇宙大爆炸假说”认为：大约 137 亿年前，宇宙是由一个致密炽热的奇点，在一次大爆炸后膨胀形成的。

这种“宇宙大爆炸假说”，是现代宇宙学中最具影响力的学说。美国天文学家哈勃曾在 1929 年，根据这种学说，提出著名的“哈勃定律”，推导出星系正在互相远离的“宇宙膨胀说”。

“盘古掌心爆炸形成的那个宇宙难道……难道就是……”

吉赛尔已经无法形容自己此刻的震撼与畏惧，她根本不知道应该要如何描述盘古掌心那个爆炸形成的宇宙，那个世界。

然后，龙曜开口了。龙曜说："就是——现世。"

龙曜说到这句话的时候，嘴唇微微颤抖了起来。

这是他第一次神情有所改变。

龙曜原本只是牢牢盯着奥丁的夜色双眸，这一次，终于一眨不眨地望向了盘古，望向了那个以一柄鎏金折扇劈开一整个宇宙苍穹时空岁月的龙血族太子。

龙曜问："刚刚……奥丁最后凑在盘古耳边，喊了盘古的真名，吉赛尔，你……听清楚他叫什么名字了吗？"

吉赛尔："什么？"

吉赛尔明显一愣。因为，她根本什么都没有听见。难不成，这个《人类文明简史》教学影像，还是很偏心的？竟然有特殊内容让龙曜听见，却不让她听见？

吉赛尔："他不就叫龙尊盘古吗？难道盘古不是他真名？"

吉赛尔是知道华夏族历史中，帝王皇族都有很多封号尊称的。难不成，龙尊盘古，只是这少年太子的封号，不是真名？

然而，龙曜闻言，竟然也是一愣。

然后，他立刻低头望向龙小邪。龙小邪依旧趴在地上颤抖着，他的神情，跟原本并没有任何两样。他只是在担心龙曜。

龙小邪，也没有听见奥丁最后喊盘古的那一声真名。

奥丁凑在盘古耳边，最后说的那句话，自始至终，只有龙曜一个人听见了。这是为什么？龙曜眉尖微微一蹙，紧接着，他似是忽然想明白这是为什么了，霎时间，整张脸都白了。

龙曜呆呆望着盘古，望着那个借命给奥丁的龙血族太子，望着他正在迅速死去的模样，望了整整 4 秒钟。

4 秒钟后，龙曜终于再一次恢复如常。

龙曜说：“哦，应该是我听错了。”

龙曜说：“龙尊盘古，龙神女娲，龙圣伏羲，这些封号，都是亚特兰蒂斯·辉煌纪中龙血族的氏族尊号，已经传承了好几千代。这一代的龙尊盘古，虽然又没品又话痨，但也真是风流倜傥、慈悲为怀，甚至还自作多情得很。我都有点舍不得他了。”

龙曜咻溜溜转了下猫头钢笔道：

“别眨眼，公主病，盘古掌心这个宇宙大爆炸，应该还不是这段文明史中最最好玩的桥段，真正好玩的，在后面——”

嗡。

龙曜话音未落，盘古掌心那个不断爆炸膨胀的初始宇宙，开始发生剧烈突变！

龙尊盘古，那一整条身长九万里的绚烂龙躯，倏然间，化作无数华夏族古代时空系流光符文，逸散进了那个刚刚自大爆炸中诞生的初始宇宙。

旋即，那个初始宇宙之中——

时间，流转速度，彻底改变了！

时间，正在加速。不断加速，加速，再加速。

时间，加速 10 倍。

时间，加速 100 倍。

时间，加速 1000 倍。

时间，加速 10000 倍。

时间，加速 100000 倍。

时间，加速 1000000 倍。

时间，加速 10000000 倍。

不断加速，不断加速。

那就像是一整个初始宇宙，都被一只看不见的巨手，摁下了快进按钮一样。

那个盘古以自身灵识本体 SPI 自爆产生的初始宇宙之中，时间越流越快，越流越快，越流越快！

短短一瞬之间，当那初始宇宙之中，时间流转的速度，已经达到原始旧宇宙时间流转速度的 100 亿倍之时——

轰！一新一旧，两个宇宙，分裂了。

“好玩吗？这，就是奥丁向盘古借命的原因——”

龙曜转转猫头钢笔，指着那三维立体教学影像中轰然分裂成两个的新旧宇宙，漫不经心地随口笑笑道：

“这个盘古，他，是‘诸神号’上最强的时空旅人系古神。

“他不但能够使用血脉灵识中的四维能量 SPI，劈开时空，他甚至能强行加速、减缓某个宇宙空间中的时间流速。

“打个简单比方——”

龙曜在掌心炼化出一团液态水。

龙曜指着那一团液态水，淡淡说道：

“假设，这团水，就是原始宇宙，就是亚特兰蒂斯·辉煌纪——这个史前人类文明所在的旧宇宙、古老衰亡宇宙。那么，盘古，究竟要创造一个什么样的全新宇宙，才能让这个新宇宙，从旧宇宙、从这团脏水里面，自行分离出来呢？

“答案，很复杂，也很简单——”

龙曜如此自问自答着，指尖灵光一闪，倏然间，在那团黑色墨水中，炼化出了一团银光闪烁的金属液态汞。

龙曜说：“只要，创造一个密度比水更大的物质就可以了。”

龙曜话音刚落，就见那团密度远高于水的液态金属汞。

“扑哧”一下，沉入水底，和水分离了开来。

龙曜指着那团液态金属汞，淡淡道：

“一旦两个宇宙的时间流速，有着足够大的差距，那么，这两个宇宙，就会像水油分离、水汞分离一样，自行分离开来。

“按照佛陀的演算结论——

“只要盘古，能够将一个新宇宙中的时间流速，提高 100 亿倍，那么，这个全新的宇宙，就会从旧宇宙中自行分离出去。

“‘诸神号’，就能逃离出旧宇宙。

“这些年轻的古神们，将会驾驭着一个全新宇宙，逃逸出亚特兰蒂斯·辉煌纪，那个黑暗死寂的巅峰机械科学盛世！

“这个盘古太子，自爆灵识，开天辟地，放走了‘诸神号’。

“这个话痨太子，就像华夏神话中真正的创世神盘古一样，劈开宇宙，创造了世界。”

第十八乐章
诸神赠礼

龙曜说到这里时，始终有点心不在焉。

那一刻，这个弑神少年，似是心存犹疑。

他时不时望望那少年时代的奥丁，时不时望望蜷缩在地的龙小邪，明显思想不集中，这段宇宙分离假说，讲得断断续续。

吉赛尔眉尖蹙了蹙：“你在想什么？”

龙曜说：“没什么。”

吉赛尔：“这盘古太子的真名，到底叫什么。你听到了？”

龙曜说：“随便叫什么吧。不过是个名字而已。”

吉赛尔：“他的名字很重要吗？为什么你听后整个人都不对劲了？奥丁最后跟他说的到底是什么？你怎么听到的？”

龙曜说：“没听到，没听到。咱看教学片看教学片。”

龙曜如此说着，指尖轻轻一扬，解除了扣在龙小邪灵体上的格莱普尼尔驯神锁，再一顺手，一道治愈咒法，施加在了龙小邪身上，缓解了他剧烈的颤抖。

“……曜……”龙小邪低低呻吟了一声。

他似是在喊龙曜名字，又似只是因虚弱伤痛而胡乱咕哝。

龙曜根本看都不看龙小邪。

那红发少年看起来无比陌生而遥远。那双明澈疯狂的眼睛，只是望着那三维立体教学影像中的世界，望着那个少年时代冷峻无畏的神王智者。

龙曜正在追寻自己生命中原初的一切，亘古的梦想。

那一刻，奥丁也在遥望。

少年时代的神王智者，面无表情攥紧右手，站在“诸神号”上。

奥丁冰蓝色的眼眸，冷冷遥望着那个正在进行原初核合成的新生宇宙——这个盘古自爆灵识本体形成的初生宇宙。

那个宇宙之中，什么都没有。

那个宇宙之中，有他想要的一切。

“去死吧！”

龙神女娲一声厉喝，瞬间现出了灵识本体。

这个龙血族年幼的神女，周身灵焰爆燃，化作一条身长六万里的琉璃色半蛇半人的巨龙，尖利龙爪，冲着奥丁疾撕而来。

她要杀了奥丁，替盘古报仇。

紧接着，就是另一阵撼天动地的巨龙嘶鸣之声，接踵破空。

“姐姐！”

龙圣伏羲同时现出了灵识本体。

他化作一条黑白双色半人半蛇的巨龙，龙鳞化作无数琴丝状辉光，紧紧缠绕住了女娲的龙躯。

“别这样……”

这对龙血皇族的孪生姐弟，有生以来，第一次没有异口同声同气连枝。伏羲呆呆望着盘古自爆灵识本体后化作的初生宇宙，愣了瞬息，瞬息之后，伏羲化作一条身长三万里的黑白双色巨龙，死死纠缠住了暴怒的女娲。

“哥哥还在这里。哥哥就是这个新生的宇宙。姐姐你要在哥哥面前杀了奥丁吗？我……只剩下你了……”

轰！伏羲话音未落，就被那身长足足有他两倍之余的龙血族神女，狠狠掼倒在了身下。女娲浑身上下闪耀着狂怒的龙焰。

“你敢管我?！”

女娲在战斗上的造诣，远高于性情温和的伏羲。

龙血族神女周身那高达数万公里的灵爆神焰，几乎要将那个新生宇宙统统撕碎。

“我只是想要跟我的家人在一起而已！什么世界毁灭？什么宇宙死亡？什么拯救苍生？这条愚蠢白眼狼的救世妄想，和我有什么关系？奥丁！——把我哥哥还我！！”

女娲厉声尖叫着，轻而易举地抡翻了伏羲。而后，龙血族神女再一次卷带起焚天龙焰，冲着奥丁撕扯上来。

奥丁没动。

他面无表情地望着狂化的龙神女娲，既不挥枪，也不躲闪。

他攥着右手掌心，似是握着什么重要东西，他左手指尖，瞬间祭起两道灵光闪耀的卢恩魔法：

第一道灵光，化作制约魔法，隔开了挥剑向他砍来的华夏族诸神；第二道灵光，荡开了疾冲而来援护他的阿萨族诸神。

“少帅?！”阿萨族诸神惊恐尖叫。

旋即，便见一道半黑半白有如太极八卦般不断交融盘旋的龙鳞辉光，骤然闪起！

嗡——伏羲再一次挡在了女娲面前。

龙圣伏羲，他那半黑半白有如太极八卦般古怪渺小的龙躯，骤然间，分裂成两名龙袍翩然的华夏族少年。

他白色龙躯，化作一名白银龙袍的华夏族剑仙；

他黑色龙躯，化作一名黑金龙袍的华夏族琴师。

那一黑一白两名华夏族龙袍少年，同时厉声喝道：

“——《九歌·龙琴剑》！”

“——《九幽·镇魂调》！”

顷刻间，剑光、法阵、琴音、灵弦齐飞！

亿万龙鳞状灵爆光镰，狂舞飞旋，生生将女娲那身长六万里的巨型龙躯，轰翻在了那足足有3亿度高温的原初宇宙之中。

“姐姐，我们三个，现在，明明还在一起，不是吗？”

伏羲说话的时候，声音空灵缥缈，就似琴音般柔和。他说：

“这个宇宙，这个新生世界，就是太子哥哥。

“姐姐，你那么厉害，我打不过你，但是，你将这个初生宇宙伤得千疮百孔，太子哥哥最要面子，你怎么能伤他呢？”

女娲勃然大怒，龙尾轰然甩起，再一次将伏羲分裂而成的那两名华夏族龙袍少年，狠狠抡翻在了身下。

“你还敢诓我?！”

双龙鏖战。灵血飞溅。

伏羲不是战斗型的，一对一对峙，明显不是女娲对手。他只是仗着女娲不会杀他，不断爬起来死拖硬拽着这龙血族神女，不让她掀起两族血战而已。

各国诸神，眼看着这对龙血族的孪生姐弟，就这样疯狂撕扯伤害着彼此，滚入高温星骸之中。

紧接着，便是……分崩离析。

那华夏神族1374名初代神，在突然失去最高战力——龙尊盘古、龙神女娲、龙圣伏羲后，迅速分裂成为749个不同的党派。谁也不愿再听谁调遣，谁也不服谁指挥，谁都觉对方是垃圾，谁都觉得在失去最高领袖之后，应该由自己号令全族。

一整个华夏神族，就这样相互厮打着，仇视着。

顷刻间，化作一盘散沙，各奔东西。

什么救世梦想，见鬼吧。

开始了。结束了。所有一切，不若曾经。

“他们一族……太惨了……你……不劝劝吗？”

印度的守护之神毗湿奴，再次不忍，望向奥丁。

接下来那话，毗湿奴没好意思说。那话叫：你有责任的。

奥丁依旧没有任何表情。

奥丁面无表情攥着右手掌心，冷冷答道：

“没时间管。”

奥丁眼中卢恩魔法系时间演算方程式狂跳。奥丁说：

“盘古自爆灵识本体，开辟出这个新宇宙。这个宇宙之中，时间流速，是亚特兰蒂斯·辉煌纪原始宇宙的138.2亿倍。

“换言之——

“这里的138.2亿年，等于亚特兰蒂斯辉煌纪1年时间。

“你们知道，意味着什么吗？”

奥丁紧紧攥着右手掌心，倏然间，不知是被施了什么魔法似的，话多了起来。那个曾经沉默寡言的阿萨族少年智者，仿佛是要将多年未说的话，一股脑儿说出一样。奥丁说：

“我们，只有138.2亿年时间可以用来创世。”

奥丁紧紧攥着右手掌心，好似一名说客似的，开始在各国诸神之间游说奔走。奥丁说：

“138.2亿年，我们，要创造出一个比亚特兰蒂斯·辉煌纪，更加强大、更加灿烂、更加杰出的新生人类文明。

“在这个新生的人类文明中——

“没有饥饿，没有寒冷，没有贫穷，没有罪恶，没有压迫，没有奴役，没有黑暗，没有忍饥挨饿的孩子，没有惨遭压迫者摧残的无辜者，没有被儿女们视为可憎负担而受尽折磨的孱弱老人。没有亚特兰蒂斯·辉煌纪遗留下的一切肮脏腐烂。

“我们要创造真正的圣地——阿兰星落！

“这，就是我们不惜一切代价来到这里的原因，我们……”

奥丁的长篇大论并没有说完，苏美尔神王——恩利尔，忽然走过来，捏住奥丁微微颤抖的胳膊，捶了捶他后背。

苏美尔神王浅棕色的眼眸，透过精神空间，望穿了一切。

恩利尔道：“好了。战神。你不适合滔滔不绝。”

苏美尔神王，掌心灵光一闪，自掌心捧着的《命运泥板》中，取出一部记载着苏美尔文明秘钥的《智慧之书》，凌空一掷，交给了奥丁身后的洛基。恩利尔道：

“洛基！这是奥丁前些年总想问我借阅的《智慧之书》，等奥丁清醒冷静下来后，你替我交给他。”

恩利尔蹙眉道：“你们阿萨神族，人数太少。奥丁善战，不善治世，很难壮大你们的种族体系。洛基，你天赋异禀，是罕见的权谋智者，照顾好奥丁。”

洛基眯眼，看了下恩利尔凌空掷来的《智慧之书》。

洛基深蓝色眼中闪过一瞬的迷惑，一瞬之后，黑发少年神

情如初，自奥丁身后走出，走向这个手托世间一切智慧之源——《命运泥板》的苏美尔神王，跪地祷告道：

“等一下，伟大的苏美尔神王。”

洛基并不是阿萨神族。他是奥丁从宇宙战场上捡来的。

奥丁和盘古一样，特别爱捡小孩，曾在战争中捡过不少孤儿。洛基是其中之一，后世最著名的那个。奥丁不擅长和小孩交流，几乎从不跟洛基说话，只会送送幼稚礼物。

洛基不知被什么迷了心窍，就差没把心挖给这个榆木疙瘩。只要能让奥丁好，洛基什么脏事恶事都敢偷偷去干。阿萨神族不喜欢洛基。洛基不知道自己有什么本事去帮助奥丁，治理这个战斗种族。

“仁慈博爱的精神之主啊，我渺小的计谋，怎能与您无上智慧相比？我恳求您，留下来，与我正直勇敢的王一起，共同创造阿兰星落文明的辉煌。我洛基·法布提森，在此立下毒誓，肝脑涂地，向您和奥丁奉献出我所有一切，包括生命。”

恩利尔望了一眼这个能言善辩的黑发少年，一口拒绝道：

“不可能。我们文化分歧太大。我不是盘古，和奥丁不熟，和你更不熟。相互配合，毫无意义。所以，各自为阵吧。”

恩利尔说：“奥丁，138.2 亿年后再见。”

苏美尔神王说着，瞬间化作一道飓风，消失了踪影。

紧接着，阿胡拉也走了过来。

古波斯神话中的火之神王，化作流火，出现在奥丁面前。

阿胡拉托起奥丁的脸，吟诵咒语，深深亲吻了奥丁的额头。

当阿胡拉亲吻奥丁额头的一瞬间，奥丁身旁的洛基，眼睛一下子就直了。洛基和阿胡拉，同是使用火的神族，洛基一眼

就认出阿胡拉吻在奥丁额头之上的是什么东西了。

那是——阿梅沙永生之火！一种万世不灭的圣火灵纹。

这种圣火灵纹，代表着圣战士系的最高荣耀。只要这种灵纹，燃烧在奥丁额头之上，奥丁就会永生不死，永远战斗下去。

纵使奥丁的肉体，在战斗中毁灭亿万次，奥丁的思想战意依旧会以数据形式被储存在这道圣火灵纹中，不断被复原重组再生出来，有如宇宙星火，生生不息。

阿胡拉直接将火神体系中最宝贵的永生之火，赐给了奥丁。

永生不死，是战神的最高荣耀，同时，也是最痛苦的诅咒。

阿胡拉看也不看一旁浑身颤抖的洛基，随口就道：

“你哥奥丁，是个好战士。盘古之死，错不在他。

“吾赐他灵魂不灭之火。待得百亿年后——战场再会！”

阿胡拉说罢，带领波斯诸神，消失在“诸神号”前。

随后，梵天、湿婆、毗湿奴，那三名印度主神走了过来。

梵天似是有话要说，但他平日里就嘴笨，立刻被湿婆扯住了肩膀。毗湿奴走上前去，自眼中取出一个梦境，交给洛基。

“这是一个宇宙梦境。”毗湿奴道。

“这个宇宙梦境中，有最纯净的治愈灵能。现在，我将它赐予奥丁。洛基，你可以将它放在奥丁枕边。如果，奥丁累了伤了病了，你就将他抱进梦中。这梦，能治愈他一切伤痛。”

毗湿奴说罢，回到梵天和湿婆身边。

三名印度主神，离开了“诸神号”，前往新世界，创世封神。

接着，古埃及的创世神·太阳神拉，出现在奥丁面前。

拉左眼轻轻一眨，一只通体纯黑的灵猫，跳上了奥丁肩头。

“洛基，我送你哥哥一只猫，这猫名叫贝斯特。”

太阳神拉的口气，听起来像个不谙世事的大孩子。拉说：

“毗湿奴送奥丁一个治愈伤痛的梦。我送奥丁一只猫。

“猫，会驱逐主人的噩梦，惩罚背叛的恶徒。洛基，你让奥丁不要整天愁眉深锁想未来。有空多吸猫，有益身体健康。至于恩利尔、阿胡拉、湿婆……他们只是喜欢逗奥丁玩，并不是真的欺负他。还有龙神……不会真恨奥丁的，我……知道她。”

太阳神拉露出一颗半透明的尖牙，略显局促地挠挠后脑勺，面颊微热道：“她……是最好的龙……”

太阳神拉说罢，带着他那一群野生动物，浩浩荡荡离开了。

随后，羽蛇神库库尔坎也走了过来。

这个玛雅星域的丰收富饶之神，地位并不是很高，法力也不是很强，宝藏更没有那么多，明显有些捉襟见肘。

羽蛇神尴尬地想了想，自口中吐出一枚闪耀着九色灵光的微小蛇卵。羽蛇神将这蛇卵做成一枚指环，递给了已经满手礼物的洛基。

“这个……送给奥丁吧，虽然我也不知里面是什么东西。”

洛基低头，看了一眼羽蛇神递过来的蛇卵状指环——

这是一枚富饶丰收之卵。

传说，这颗蛇卵中，可以孵化出主人心中任何想要的东西，本该是个神物，但麻烦的是，它蛋壳极度坚韧，永远不会破裂，所以也就永远不可能孵化出任何东西，基本就是个废品，只能当装饰戒指用。

这是诸神送给奥丁的礼物中，等级最低的一份礼物。

羽蛇神明显也有些不好意思，送完蛇卵，就飞走了。

紧接着，便见“诸神号”前一声风雷电闪。

那个希腊神王·天神宙斯也走了过来。宙斯明显怒火未消。

“创什么世？封什么神？我先去杀了普罗米修斯再说！”

宙斯指尖微微一动，摘下一枚魔法戒指，低低吟咒起来。

一瞬之间，那枚魔法戒指，燃起一道风雷电火系魔法，化成一只镶满魔法石的鎏金酒杯！宙斯皱皱眉，“呼哧”一丢，将那鎏金酒杯丢在了洛基手中，虽然当时洛基已快抱不住礼物了。

“这是‘妄欲之杯’。杯中美酒，永饮不尽。”宙斯道。

“洛基！这酒杯送给你哥，杯中将不断涌出他心中最美味的酒。奥丁如果再瞎唠叨，你就灌醉他。”

宙斯说罢，攥紧了雷霆之矛、埃癸斯之盾，带着希腊诸神，头也不回地转身离去。

宙斯说：“奥丁，待我杀了普罗米修斯，再来找你喝酒。”

洛基低头，望向宙斯赠送的那永不干涸的“妄欲之杯”。

那个鎏金魔法杯中，酒香四溢，浓烈沁人。

闻起来，像是一种华夏族的烈酒……醉情生。

那是奥丁心中最美味的酒吗？奥丁也有喜欢的酒吗？

奥丁依旧面无表情地站着。

他站在诸神号前。这个少年时代的神王智者，并没有感激任何主神相赠神器灵兽的情义，仿佛亿万宝藏于他而言，都毫无价值。

他只是面无表情地站着，站在那3亿度高温的初始宇宙中，右手掌心紧握，不知攥着什么东西。

“阿弥陀佛。”终于，就连佛陀也离开了。

在诸神尽散之后，佛陀远远冲着奥丁行了一礼。

他什么都没有送给奥丁，只说了一句话。

佛说：“汝之掌心，一切尽握，一无所有。”

佛陀说罢，化作一片虚无莲花，消失了踪影。

奥丁是在听到佛陀这句话的时候，才稍稍恢复了神志。

奥丁先是遥望了一眼恶战厮杀中的华夏族诸神，然后又回眸望了一眼呆呆愣愣坐在“诸神号”上的蠢猫校长。

那一刻，猫校长梅利伊布拉，难得没有骂骂咧咧。

它就那样孤孤单单坐着，任凭高温热浪席卷着它暗金色的皮毛。它看起来，孤单寂寞。它掸了掸背脊上的浮毛说：

“都走光了。走光了。

“你可以松开右手了。

“小鬼，再没人看见你干了什么猥琐事了。你右手心那一股子水产品味道。闻得本校长肚子都饿了。

“好了，再见吧，变态狂魔，飙车达人，神王智障。别再让本校长看到你。别再让本校长看到你们所有小鬼。”

梅利校长肉垫一戳道：“你们——全都被开除了。”

那肥猫说罢，钻进“诸神号”中，跳上驾驶座，骂骂咧咧着消失在了远方。

这时候，奥丁才似刚刚发现自己右手掌心攥着什么东西。

究竟是什么东西呢？

佛说：汝之掌心，一切尽握，一无所有。

猫说：一股子水产品的味道。

所以，到底是什么东西呢？

奥丁疑惑地摊开手掌。掌心之中——

一片龙鳞，鳞上有血，灵光辉闪。

那是奥丁最后一把扯住盘古胳膊时，从盘古银衫龙袍下的小臂上偷偷拔下来的。呵。奥丁偷拔了盘古一片龙鳞。

他向盘古借了命。除了一个“哦”字，什么都没给。

他还偷拔了他一片龙鳞。

奥丁面无表情地望了那龙鳞。片刻后，奥丁将那沾血的鳞片随手塞进军装口袋里，指尖轻轻一勾。

“哧溜”一下，天神宙斯所赠的“妄欲之杯”，自洛基手中，凌空飞起，轻轻落进了奥丁掌心。

奥丁就似饥渴多月的孤狼一般，将那杯中呛人的华夏族烈酒一饮而尽。随即，他面无表情，淡定自若地一指北方道：

“阿萨神族，随我创世。”

代我永生。

就这么约好了。

A Kingdom
诸神黄昏，
天劫文明与神谕书
7
下
龙君晓初 著
长江出版传媒
长江文艺出版社

人类世界永远只有一种成功——
那就是用自己最深爱的方式，过完不够漫长的一生。
VASAIRM ETHREMOURIA
梦想不死。希望不灭。

VASAIRY ETHREMOURLA

目录·下册

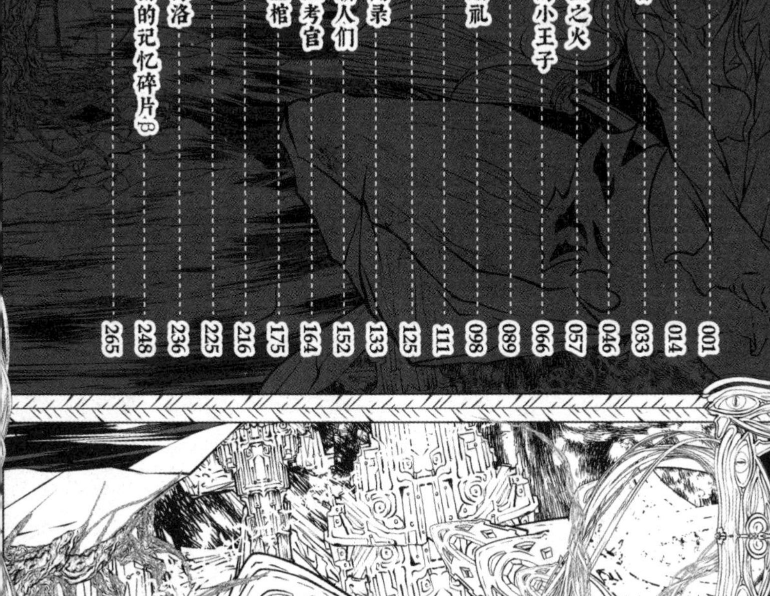

THE GENESIS OF MYTHOLOGICAL UNIVERSE

第十九乐章
盛世辉煌

接下来的岁月，有如瞬间缩影。

诸神花了整整 30 万年时间，来修补这个诞生自大爆炸的全新宇宙。整整 30 万年的错位时空修复工作，工程何其浩大。

这个初生宇宙，温度终于缓缓从 3 亿度，降到了 3000 度。

化学结合作用，使得中性原子形成。

宇宙主要成分，化作气态物质，并逐步在自引力作用下凝聚成密度较高的气体云块，直至恒星和恒星系统。

这无限漫长的 30 万年时间，非常接近于华夏族古代神话传说中所谓的“女娲补天”时代。

诸神号一别之后，龙神女娲，花了整整 7 天时间，才将弟弟伏羲彻底打到无力站起反抗。当时，女娲木然望着奄奄一息的孪生弟弟，呆呆愣了很久很久。

然后，她随手胡乱施了个治愈咒法过去，就独自离开了，根本没有去管那些厮打着想要号令天下的华夏族诸神。

女娲连看都懒得再看。女娲开始哭泣。

她指尖灵光辉闪。她用焚天龙焰，凝练成一套火红嫁衣，披覆在身。她胭脂点唇，黛眉轻描，璎珞步摇，仿若出嫁新娘，美得令人心魂震颤。

然后，女娲再一次化作半人半蛇半龙的灵识本体形态，周身逸散着无穷无尽的琉璃色华光，飞上了九霄苍穹。

女娲开始补天。

她一片片摘下身上琉璃五彩色龙鳞，凝聚起一道道时空旅人系灵识能量，开始一点一点，修复那个初生宇宙的时空漏洞。

女娲修补宇宙的神情，何其温柔优美，就像一名腼腆青涩的少女，正在一针一线，仔细修补心上人远行的寒衣。

纵使，那件寒衣，再也不会有人穿上。

整整 30 万年，女娲谁都没有理睬。

她只是不断剜下自身鲜血淋漓的五彩龙鳞，仔细修补着这个初生宇宙的时空创伤。

整整 30 万年后，混沌一片的时空，趋向于稳定。

物质开始形成。

所有具有炼金术师系灵识 SPI 的主神，开始创造世界。

恩利尔，站在黑暗之中，轻轻一挥手道："要有光。"

然后，恒星开始闪耀。

阿胡拉，站在虚无之中，双手平举向天空道："赐予火。"

然后，熊熊火焰开始点燃生命。

梵天，手托苍穹，脚踩陆地，难得清醒道："给予沃土。"

然后，恒星行星开始形成完整统一的生态系统。

拉，站在空寂原初之中，抚摸死寂的宇宙道："万物苏醒。"

然后，最原初的细胞核开始孕育。

奥丁，不断在战斗。那个少年时代的神王智者、冰与雪的

战神，手持永恒之枪，率领阿萨神族，纵横于苍穹之巅。

奥丁将无数通过时空裂缝闯入这个新生宇宙的亚特兰蒂斯史前人类追击军团，统统斩落在亿万度高温星爆尘埃之中。

奥丁本身，炼金术师系的创世魔法并不强大。

于是，奥丁就将一艘史前人类黑洞级的星空堡垒“尤弥尔号”，肢解开来，创造出阿萨神族孕育文明的温床。

奥丁将“尤弥尔号”携带的全新四维燃油，炼化成能源星海；

奥丁将“尤弥尔号”的星空堡垒主体，炼化成哺育生命的星陆——米德加尔特。奥丁用卢恩魔法，使得米德加尔特，永远飘浮在四维能源星海之上；

奥丁将“尤弥尔号”的舰桥主控晶石巨脑取下，悬浮于米德加尔特之上，炼化作不夜的苍穹；奥丁将“尤弥尔号”的信息数据系统，炼化作诸神文明的第一代网络云端系统；

奥丁将“尤弥尔号”的环状天体兵器，全部拆除，重新配置于新生宇宙周围；奥丁将“尤弥尔号”上搭载的四台最强初代灵能机甲战铠——诺德里（Nordri）、苏德里（Sudri）、奥斯特里（Austri）、威斯特里（Vestri），重新改装，炼化成四名侏儒形态的圣地守护者，命它们不断斩杀着自时空裂缝中倾泻而来的史前人类追击军团。

战斗，不断持续。

文明，缓慢孕育。

这一整个诸神创世的过程，根本不像凡世神话传说中所夸大的那样——万能的主神，仅仅花了 7 天，就已完成。

事实上，这一整个“人类文明再造过程”，花费了那些创世科学家们，整整 138.14 亿年的时间。

这是一个无比漫长孤独的科研探索过程。

最初代的创世科学家们，以自身灵识本体为燃料，在实验室中，不断积累数据，不断克服失败，不断开拓着全新的宇宙。

他们在各自实验室中抓耳挠腮，呕心沥血，一点一点，一滴一滴，缓缓构建出能令生物有序成长的灵识能量 SPI 循环生态链。

整整 138.2 亿年时间。

一片又一片星云、一座又一座星系、一颗又一颗星球，在太初混沌之中，孕育出生命能量。

华夏神族，在遥远的东方星域，建立起庞大的“修真文明”。

无数浮空城，披覆着灵光闪耀的天瀑冰泉，悬浮于东土之巅。剑仙琴师，御剑飞天。神兽魔物，吞云吐雾。

无数华夏神话中曾经声名远扬的法宝、神器、灵丹、妙药，在华夏神族的炼丹炉中，被一一炼化出来。

印度神族，在遥远的南方星域，建立起辉煌的“大梵文明”。

他们将“世界”称为罗迦（Loka）。将整个星域分为三界：天界、人间界、地下世界。他们建立起全新的“印度星域”。

印度星域中央，是弥卢山。山体由灵能晶石组成。日月星辰在灵能动力装置驱动下，围绕弥卢山转动。弥卢山顶有满是灵能宝石的山峰，永远吉祥洁净的圣河恒河，自山顶倾泻而下，发出惊人的轰鸣。

希腊神族，在西方星域，建立起盛况空前的“奥林波斯文明”，一代又一代著名的希腊神明：波塞冬、哈迪斯、赫拉、雅典娜、阿波罗、阿尔忒弥斯、阿瑞斯……驾驭着灵能晶石星舰，纵横于星霄之间。

阿萨神族，在北方星域，建立起英勇善战的“尤加特拉希宇宙树文明”。他们永远都在战斗，永远都在备战。

很快的，宇宙之中。

一片接一片的神话星域，被诸神用生命的火种所点燃：

埃及星域、波斯星域、印第安星域、凯尔特星域、斯拉夫星域、美索不达米亚星域、高加索星域、海地星域、大和星域、迦南星域、因纽特星域、布里亚特星域、立陶宛星域、安哥拉星域、毛利星域、易洛魁星域、汤加星域、切罗基星域、巴斯克星域、日耳曼星域、阿尔衮琴星域、帕劳星域、盎格鲁-撒克逊星域、危地马拉星域、乌拉尔图星域、楚瓦什星域……

整个新生宇宙之中，69325大星域，各自创造出辉煌灿烂的神话文明：诸神文明·古神纪。

然后，就在距今600万年前。

人类，终于诞生了。

创世诸神，终于在经历了整整138.14亿年的宇宙大修复工作后，终于，稳定创造出了一整套可供孱弱三维生命体生活繁衍的“灵识循环生态链”。

然后，创世诸神，以自己血脉基因为蓝本，在实验室的培养器皿中，创造出这个新生宇宙中的第一代人类。

拉，以泪水炼化出第一代人类。

女娲，以黄土炼化出第一代人类。

奥丁，以梣木榆木炼化出第一代人类。

恩利尔，以魔龙之血炼化出第一代人类。

紧接着，就在短短600万年时间内——

人类，开始以无限强大的生殖繁衍能力，填充满整个新生宇宙。宇宙之中，高等智慧生命体的数量，瞬间激增。

阿兰星落·人类纪，来临。

一个接一个的人类王朝，开始在宇宙中，在星际间，兴起。

宇宙之间，飞天御剑、纵横霄河的，再也不只是古神。

越来越多的人类英雄，开始创造属于他们的历史和传奇。

诸神，教会了人类如何使用四维生命能源 SPI。

人类，开始学会魔法。

人类，开始学会四维诸神文明的神幻科学技术。

人类，开始御剑飞天，屠龙杀魔。

人类，开始建造起一座座依靠四维灵识能源 SPI 纵横星河之间的晶石星舰、浮空之城、灵化星空堡垒。

人类，以最庞大的基数，以无比饥渴的求知欲，以疯狂繁衍的生命力，将阿兰星落·诸神文明，推向最辉煌的巅峰盛世！

人类，终于创造出能够实现一切梦想的圣地——

阿兰星落！

嗡——伴随着创世封神系统无机质播报音的诵读之声，一幕绚烂恢宏到令人战栗当场的文明盛世景象，出现在龙曜、龙小邪和吉赛尔眼前。

神话，成真了。

古往今来，所有神话传说中虚构意淫而出的天堂、神界、仙境、魔域，所有一切思维想象所能触及、所不能触及的神幻盛世，都在他们眼前化作了真实景象——

那，就是诸神文明。

龙骨炼化的晶石星舰，在宇宙中纵横翱翔。灵化植物在冰

泉中自我耕作。魔女点化着天空中的星辰。先知预言着明日的希望。剑仙脚踩着灵化飞天神剑。

科学家和学生们奔走于仙境之中，探索着如何将这个宇宙中生命文明更加有效合理地延续发展。

没有奴役。没有屠宰。没有疾病。没有衰老。没有死亡。

那，就是诸神文明・阿兰星落，最辉煌巅峰时期的盛景。

诸神的梦想，成真了。何其美好？

那一刻，别说是吉赛尔，纵使半昏迷状态的龙小邪，都被眼前三维立体教学影像所播放出的“阿兰星落诸神文明”盛世奇景所震颤，再也无法移开双眼。

“所以……那里，就是圣地・阿兰星落？”

吉赛尔脱口问道：“那里，就是世界贵族所生活的世界？”

“叮咚——是的。曾经。”

伴随着吉赛尔提问之声响起，那三维立体教学影像之中，再一次响起那无机质的系统播报音。

那系统播报音，如此答道。

“那里，就是距今3369年前的圣地・阿兰星落。

“一个足以实现人类历史上所有至高梦想的终极圣地。

“它，诞生自600万年前，毁灭于地球历公元前1361年。

“它，毁灭于人类文明的第四次屠神战争——

“诸神的黄昏。”

“诸神的黄昏？”吉赛尔眉尖微微蹙起。

这五个字，吉赛尔实在是熟到不能再熟了。

那是北欧神话中最著名的一段战争史诗。

它讲述的，就是世界末日，北欧神王奥丁，率领阿萨神族，为守护人类文明而战死的悲壮史诗。

吉赛尔望了一眼那三维立体教学影像中何其神幻绝美的诸神文明盛世奇景，心存不忍道：

“所以说，那些亚特兰蒂斯· 辉煌纪的史前人类军团，最终还是打过来了吗？他们……毁灭了这个诸神文明？奥丁他们，战败了？”

扑哧——

吉赛尔话音刚落，忽然间，便听一声喷笑自她身畔极其不雅地传了过来。那忍俊不禁喷笑出声的人，竟然是……龙曜。

龙曜一声笑出，明显也觉得太过失礼，赶紧瞎咳了两下，妄图搪塞过去。但是，吉赛尔眉毛已经竖了起来。

“你笑什么？”吉赛尔以眼杀龙瞪了过来。

“没什么没什么。”

龙曜左看右看上看下看，就是不看吉赛尔，随手挠挠头道。

“我刚刚一口口水没咽好……哎哟。”

“啪唧”。吉赛尔狠狠一脚踩在龙曜脚上：“说清楚。”

龙曜顿时脸颊绯红，眼犯星光，扑闪扑闪望向吉赛尔。

“呃。”龙曜猫头钢笔滴溜溜转了圈，眼睛笑得弯了起来。

“我只是觉得，公主病，你和小紫毛一样，真的看似聪明老道，实则天真无邪，总是让人想要好好疼爱一下。”

龙曜戳戳那三维立体教学影像中辉煌灿烂到令人难以置信的阿兰星落·诸神文明·巅峰盛世，笑道。

“这幕景象，是不是，看起来有点眼熟？”

龙曜如此说着，“呼哧”一下，调转出一幕先前曾经出现在他们三人眼前过的三维立体教学影像，重新摊开在吉赛尔面前。

“啊……！！”吉赛尔乍然看见龙曜调转而出的那幕三维立体教学影像，霎时间，整个人都呆住了。

“这……这是……?！”

吉赛尔呆呆愣了好几秒钟，几乎就要一口老血吐出。

吉赛尔几乎不敢相信自己的眼睛。

一刹那间，一种难以遏制的绝望，压倒了她先前所有乍然见到那诸神文明神幻盛世的惊艳与振奋。

“难……难道……?！”

吉赛尔已经不知道该用什么表情再去看那群少年时代立志救世的创世诸神。她简直想要把那群天真无邪的诸神，统统拎起来暴打一顿耳光了。

“呵呵哒。就是那个‘难道’。”龙曜笑得又灿烂又明媚的。

“这个诸神文明，难道——不就是另一个更加灿烂更加传奇的巅峰人类文明盛世：亚特兰蒂斯·辉煌纪 2.0 版本吗？”

龙曜猫头钢笔滴溜溜转着，一指那三维立体教学影像中的诸神文明盛世奇景，笑笑道：

“那些创世诸神，实在是太天真无邪、蠢萌可爱了。

“纯属一群书呆子科学家。

“他们竟然，换汤不换药，将全部看家本领，交给了人类。

“他们倾注一切，创造了全新的人类文明，自诩救世。

“但是，人类——最终还是人类啊。

“人类，这个可以用欲望灭亡整个宇宙的第一战斗种族！

“他们一旦拥有弑神之力，又如何会容忍一个高等物种，容忍‘神’这种东西，凌驾于自己而存在？”

那一刻，龙曜笑得何其猖狂嘲讽？

“奥丁，这群愚蠢的创世古神，根本等不到亚特兰蒂斯·辉煌纪的史前人类来屠杀这个全新宇宙。”

龙曜如此笑笑道：

“诸神，注定会先死在自己亲生孩子手里！”

第二十乐章
万世孤独

嗡！伴随着龙曜的轻笑之声，那三维立体教学影像中的画面，瞬间改变！一幕幕极其眼熟的毁灭战争景象，再一次，有如嘲讽一般，铺满了整个神幻灿烂的宇宙空间。

地球历：距今 76 万年前。

玛雅历：马特拉克堤利 MATLACTILART 第一太阳纪。

第一次屠神战争，开启。

人类，再一次发展至神幻文明巅峰盛世。

人类第一次向诸神宣战。

本次战争发动者：

根达亚星域·超神王朝·巅峰人类。

此王朝的巅峰人类，拥有超神能力——

男性进化出能够毁灭万物的翡翠色第三只眼。

女性进化出能够无限孕育四维能量单体卵子的子宫。

此王朝的巅峰人类，科学文明发展程度，已然远远凌驾于普通人类而存在，因而，此王朝的巅峰人类，拒绝接受苏美尔诸神的教诲，妄图进行第一次“人类文明养殖场”实验。

苏美尔诸神震怒，降下灾难。

此王朝的巅峰人类，聚集三亿五千万超神级宇宙星舰，向苏美尔诸神宣战，血洗伊甸园。

第一次屠神战争，持续了 159 年。

总计九亿七千万生命星陆毁于战火。

总计 390 亿人类、2935 名四维古神参战。

第一次屠神战争，最终结果：

苏美尔主神——恩利尔，在暴怒之中，发动“宇宙洪爆”，以灵能冰河，淹没整片根达亚星域，毁灭根达亚王朝巅峰人类，唯留一艘宇宙星舰，作为救生舱，放走灵魂洁净的乌特那庇什提牟一族。

战后，苏美尔诸神，陨落。

最古老的苏美尔神系，化作无数支离破碎的缥缈传说，消失于宇宙苍穹之中。

地球历：距今 46 万年前。

玛雅历：伊厄科特尔 Ehecatl 第二个太阳纪。

第二次屠神战争，开启。

本次战争发动者：

米索不达亚星域·饮食王朝·巅峰人类。

此王朝的巅峰人类，研发出更有效生命能量使用方式——

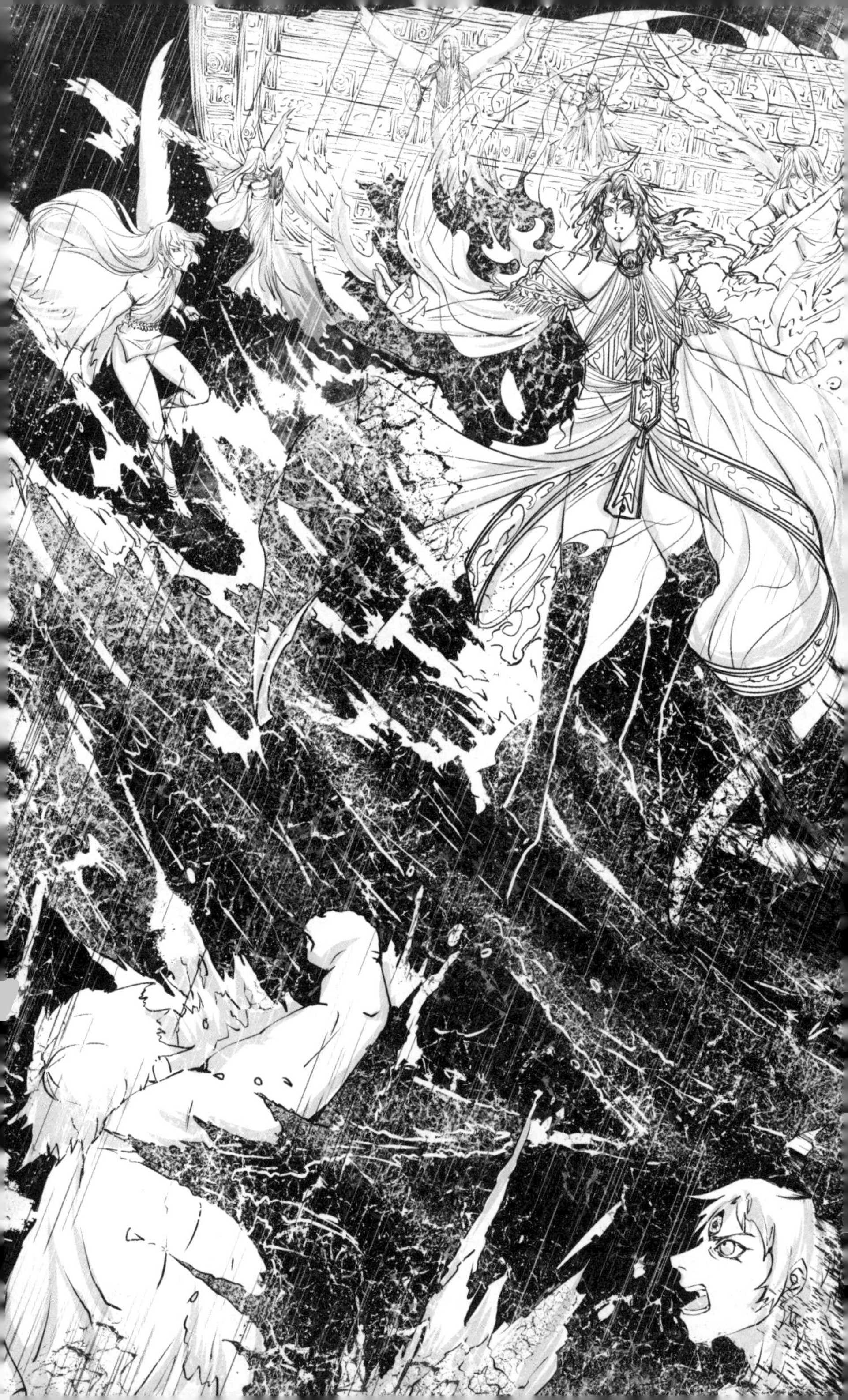

“食用人类”。

此王朝的巅峰人类，研发出大规模“活体人类”烹饪技术，制定出相关法律道德，将米索不达亚星域90%以上贫民，制作成灵能充沛的美食，发展出空前规模的“活体人类饮食文明”，并以此为能源，发展出辉煌壮阔的全新文明——饮食文明。

这种饮食文明，触怒了古波斯火之神王·阿胡拉。阿胡拉降下神火，焚烧尽此文明78%以上“活体人类加工基地”。

此王朝的巅峰人类震怒，聚集十七亿七千万“吞噬级”宇宙星舰，联合黑暗之神安格拉，向火之神王阿胡拉宣战。

第二次屠神战争，持续了496年。

总计四十三亿九千万生命星陆毁于战火。

总计1740亿人类、3467名四维古神参战。

第二次屠神战争，最终结果：

古波斯神王·阿胡拉·玛兹达，强行扭转米索不达亚星域全部星球的磁极，将米索不达亚生命王朝巅峰人类尽数毁灭。

战后，古波斯神王·阿胡拉·玛兹达，陨落。

不灭的火神，化作宇宙尘埃，消失无踪。

地球历：距今15000年前。

玛雅历：奎雅维洛 Tleyquiyahuillo 第三个太阳纪。

第三次屠神战争，开启。

本次战争发动者：

穆里亚星域·种植王朝·巅峰人类。

此王朝的巅峰人类，研发出更高端生命能量提炼方式——

“种植人类”。

此王朝的巅峰人类，拒绝生育。他们将精子卵子投入人类农田，以种植方式，培育出无数“农作物人类”。

所有被种植的“农作物人类”，在出生之日，无用的手脚，就被尽数砍去，只留躯干和头颅，饲养在玻璃器皿中。

农作物人类的大脑，被催化至极限思维状态，能够在短短一年时间内，发育出相当于20年的思想意识。

每隔一年一季度，此王朝的巅峰人类，就来收割一次“农作物人类”。

他们收割之时，将“农作物人类”的恐惧类脑电波，放大到最高等级，以此获取最高等级的四维灵识能源。

此王朝的巅峰人类，遭到所有古神，联合弹劾，要求立刻停止种植场的运作。

此王朝的巅峰人类，联合全宇宙1349大星域，直接向诸神发动战争：第三次屠神战争。

第三次屠神战争，在全宇宙范围内，持续了3679年。

总计4923亿生命星陆毁于战火。

总计490兆人类、49357名四维古神参战。

第三次屠神战争，最终结果：

印度神系、印第安神系、凯尔特神系、斯拉夫神系、海地神系、高加索神系……

总计481大神系，主神陨落。

在焚天星爆死寂哀号之中——

古印度毁灭之神·湿婆，跳起毁灭世界的“坦达瓦之舞”，将全宇宙范围内，所有参战的人类，连同辉煌的穆里亚种植文明，一起焚烧殆尽。

人类的历史，又翻过了辉煌灿烂的一页。

嗡！

伴随着系统播报音的诵读之声响起，三维立体教学影像之中，终于，再一次出现了奥丁的身影。

龙曜禁不住微微颤了一下。

那一刻的奥丁，再也不是 138.2 亿年前那个鲜衣怒马的轻狂少年。

奥丁……老了。

那种衰老，是一种深深扎根于灵魂深处的疲惫与苍憔。

那是一种孤独。老得令人难以直视。

画面之中——

奥丁已然再也不复年少轻狂。

他早已脱下那身银黑色阿斯加德联邦共和国少帅军装，换上一袭粗麻织的灰色巫师法袍，肩头随意披覆着御寒的狼裘。

他原本灵光闪耀的银紫色长发，化作灰败之色，滴滴答答黏附着浓稠的鲜血，耷拉在肩头。

他那双冰蓝色眼睛，再也没有光辉，只是淡淡望着远方。

那一刻的他，苍老得令龙曜几乎认不出来。

“别治了，没用的。”

奥丁面无表情一挥手，冷冷说道。

那三维立体教学影像中——

奥丁浑身是血，倚靠在一地神族死尸当中。

奥丁身旁，盘绕着一名半蛇半龙半人的华夏族龙神。

那半黑半白的华夏族龙神，是伏羲。

伏羲正在用琴丝迅速缝合着奥丁胸口一道几乎将他斩成两段的狰狞刀伤。

“不识好歹。”

伏羲根本理都不理奥丁抗议，手下动作丝毫不停，一道道灵丝凝聚而成的治愈法术，不断灌入奥丁体内。

“别闭眼。”

伏羲迅速缝合了那道致命伤，自一地神族死尸中，将奥丁死拖硬拽了起来，摸索着黑暗与血湿的道路，一寸寸向前爬着。

“再忍忍。”伏羲说。

“宙斯很快就会带援军来了。”

伏羲也老了，再也不复当年那个佩剑抚琴、蹦蹦跳跳跟在盘古身后的华夏星域龙血族小皇子。

伏羲的容貌，和当年的盘古太子越长越像，几乎已经很难分辨出五官上的区别。但是，伏羲的眼神，老了。

那种苍老，老得仿佛刻进了亿万年岁月轮回无尽沧桑，老得和他肩头拽着的奥丁，如出一辙。只不过，他却还在开玩笑。

伏羲说：“我姐还没杀你报仇。你别放弃治疗。”

伏羲说：“我，会带你回家的。”

奥丁却没有答话。

他灰败的眼眸之中满是死寂，已然没有任何生气。

他呆呆望着满地神骸，忽然如此问道：

“所以……是我们错了吗……”

“对的……是普罗米修斯……”

从一开始，就已注定，一场笑话。

不该逃亡，不该妄想，不该救世。

“瞎想什么。”

伏羲依旧不理睬奥丁那濒死状态的胡话。他单手拄剑，用力拖拽着奥丁几乎神魂尽碎的残躯，一寸一寸，艰难爬向远方。

“奥丁。”

伏羲说：“人间正道，会失败，但它不会有错。”

伏羲说：“我哥，从没怪过你。我也是。我姐……”

奥丁没有听见龙圣伏羲最后冲他说的那段话。

奥丁彻底失去了知觉。

地球历：距今 15000 年前。

玛雅历：奎雅维洛 Tleyquiyahuillo 第三个太阳纪。

第三次屠神战争。

龙圣伏羲，陨落。

伏羲孤身将濒死的奥丁，背出第三次屠神战争的埋骨场。

当宙斯带着援军来到之时，残存的奥林波斯诸神，只看见一幕奇怪的场景——

一条黑白双色的诡异华夏族巨龙，将濒死的奥丁紧紧盘绕在龙躯之中。那巨龙散尽最后灵识，剜心炼药，护住奥丁额前那一丝即将熄灭的永生之火，将奥丁强留在了人间。

女娲亲自去了一趟尤加特拉希宇宙树，去替伏羲收尸。

女娲随手燃起一道冲天龙焰，将伏羲龙骨烧成了灰烬。

女娲："他活该的。谁都不许为他哭。"

女娲冷冷睨视着身后凄哀恸哭的华夏神族，纵声讪笑道：

"呵呵，愚蠢的东西。

"白日做梦，痴心妄想，活该落得如此下场！"

女娲勃然大怒道："我教了这蠢材整整100亿年！100亿年！我教他离奥丁那灾星远点！他可有听过我半句？明明就是个书呆子，战力渣到爆，竟然还妄图学盘古，和那灾星双剑合璧同上战场？他能够撑到此战才死，简直就是奇迹了！"

铛——！女娲那火红色龙鳞嫁衣广袖狠狠一拂，卷起一道灵风，将伏羲的遗物，残剑和断琴，砸成了一地碎屑。

"阿萨族！"

女娲指尖一扬，骤然挥起一道龙焰灵鞭，将前来送葬的101名阿萨神族战士、连同守护神海姆达尔、雷神索尔、战神提尔，一起抽翻在地。

"别再让我看到你们全族。"

龙神女娲仿若玩笑一般，红唇轻启道：

"我，见一个，杀一个。"

女娲说罢，转身离去。

奥丁在重伤中昏迷了179年。

179年后。

当奥丁再一次醒来时，他连伏羲的骨灰都没看到。他只听说，阿萨神族和华夏神族，互撕了好几场。血流成河。

奥丁没有去管。

他走到尤加特拉希宇宙树下。

他将自己倒吊在树上。

他举起永恒之枪冈格尼尔，不断刺向自己。

每刺一次，他就问一声：是错是对？

他枉称智者，但却连这最原初问题，都无法解答。

是错？是对？过去？未来？

文明？正道？梦想？希望？

所谓，原初之心，救世之愿，最终，就是一场笑话？

哧。奥丁跪在密密尔智慧之泉旁，献祭了自己的右眼。

奥丁将冰火之眼，作为祭品，丢入智慧之泉，妄图以此为代价，换取更高智慧。他想读懂这个宇宙的天道。

然而，无人回应。

那密密尔智慧泉旁，并没有如同北欧神话传说中那样，出现智慧巨人，赐予他无上智慧和真理大道。

呼——那破碎一片的冰泉涟漪中，只映出一只年迈憔悴、绝望畏惧的冰蓝色眼睛。那眼中苍老，是他永生于世的代价。

他已不复年轻。他将依旧苟活。

代我永生。就这么说好了。

奥丁满手鲜血，在尤加特拉希宇宙树下，胡乱摸索着。

他摸到一截废弃梣木。

他取出一柄晶石小刀。

他开始用刀雕刻梣木。

他就像600万年前第一次用梣木和榆木雕刻出人类一样。

他想要再雕刻出一个同行者。

那个同行者，不需要智慧绝伦，不需要战力超群，不需要温文尔雅，不需要风流倜傥。那个同行者，只要长得很像他一个很久很久以前的故人就可以了。

只要能够让他继续怀念着年少时的无畏轻狂，只要能够让他躲在记忆的辉煌岁月中，黯然老去，就这样老去，老死，再也不要睁眼，就这样，就可以了。

奥丁飞快雕刻着手中梣木。

奥丁无比精准地雕刻出了那故人的蛇尾，雕刻出了那故人的龙角，雕刻出了那故人的法袍，雕刻出了那故人的长发，雕刻出了那故人的金扇，雕刻出了那故人的银衫……

然后，当他雕刻到那故人的眉眼时，他手中的晶石小刀停了下来。他……

忘了那人的长相。

他脑海中唯一还能记得的是，那人和伏羲女娲长得很像，但是，他却再也记不得他最真实的模样，记不得他们初见时豪饮对酌的年少时光。过去了，再也不会回来。

如果，早几年雕刻他。

或许，就还能记起些什么吧。

“哐当”——手中，晶石小刀落下。

那个，永远无法雕完的人偶，沉入密密尔泉，再无声息。

一念永生。

万世孤独。

奥丁没有去捡他的冰火之眼，没有去捡他的木头小人。

他在尤加特拉希宇宙树下，胡乱翻找着，找了很久很久，

很久很久，最终，他找到一片早已没有了任何辉光的丑陋鳞片。

岁月蹉跎，辉煌不复。

谁也无法再辨识出那最初究竟是什么动物的鳞片。

奥丁斩断自己一束灰紫色长发，串在那枚又老又丑的鳞片两端，将它做成一枚眼罩，遮掩住自己缺失了一颗眼球的右眼。

神王智者，佝偻着身体，老态龙钟地拄着永恒之枪冈格尼尔，缓缓，走向远方。

远方，再没有人等待的地方。

地球历：公元前 1361 年。

玛雅历：宗德里里克 Tzontlilic 第四个太阳纪。

人类历史上“第四次屠神战争”打响。

此次屠神战争，史称——

诸神的黄昏。人类，终于迎来了屠神的胜果。

第二十一乐章
诸神的黄昏

“龙曜，你……怎么了?！”

当三维立体教学影像播放到这里的时候，吉赛尔不经意间侧目，看了一眼身旁的龙曜。

霎时间，一种难以言喻的不安，充斥了她的心魂。

龙曜……哭了。

他苍白面颊上，满是泪痕，不知是什么时候开始哭的。

听到吉赛尔的呼喊，龙曜好似梦游一般，茫然回头，呆呆摸了摸脸颊，终于稍稍回神。他说：“眼睛进沙子了。”

龙曜指尖点起一道灵光，迅速消除了脸上泪痕。

他指指那三维立体教学影像中那个已然老迈的奥丁道：

“快结束了。他的原罪，他的一切。”

伴随着龙曜那一声不知是哽咽还是低吟的自言自语，那三维立体教学影像中，终于，铺陈出奥丁死亡的影像。

诸神的黄昏。人类历史上第四次屠神战争。

神灭之战。

本次战争发动者：全宇宙·巅峰人类·联合军团。

战争口号：根除人类文明的毒瘤。

“报仇雪恨！”

“为所有战死在前三次屠神战争中的人类同胞报仇！”

“诛杀恶神！”

“为人类文明的光辉未来！为无限荣光的自由与梦想！”

“推翻暴政！”

“将随意屠戮人命的远古恶神，统统烧死在火刑架上！”

“人类永恒！正义不败！自由永存！”

在全宇宙所有巅峰人类慷慨激昂的正义高歌之中，满身原罪烙印的他们，年迈衰残的他们，被人类联合军团临时军事法庭，以“反人类罪”“谋杀罪”，判以死刑。

“人类，是很难仅凭一己之力，杀光创世诸神的。”

“但是，有一种全新的科学技术，可以不战而胜。”

“那种科学技术，叫作——重启世界。”

“这种科学技术，是由神谕教廷大主教、黑火智者、人类之友、宇宙第一军火商、诸神的毁灭者——洛基·法布提森，创造出来的。”

一群主战派的人类政客，在军事会议上，向人类联合军团，献上一种最前沿的战争兵器。那种兵器，叫作重启世界装置。

那是神谕教廷大主教创造出的、全宇宙最昂贵的战争兵器。

“重启世界装置？这玩意儿干什么用的？”

有人发问道。

“它的用途是——破开宇宙避障，召唤史前人类援军！”

主战派的人类政客，意气风发，慷慨激昂道：

“众所周知——”

“我们现今的宇宙，诞生于 138.2 亿年前的宇宙大爆炸。”

“距今 138.2 亿年前，创世诸神，为了逃避亚特兰蒂斯·辉煌纪·史前人类军团的追杀，自爆灵识，创造出一个时间流速高于原始宇宙 138.2 亿倍的新生宇宙。”

“两种截然不同的时间流速比率，使得新旧两个宇宙，自动分离开来。我们这个新生宇宙，因此才在创世诸神的主宰下，孤独发展了 138.2 亿年。”

“我们，不是诸神的孩子。我们，是人类。我们的文明，起源于无上巅峰的人类科学盛世·亚特兰蒂斯·辉煌纪。”

“我们，人类，应该找到自己真正的先祖。”

“我们，人类，应该联合起来，推翻诸神的暴政。”

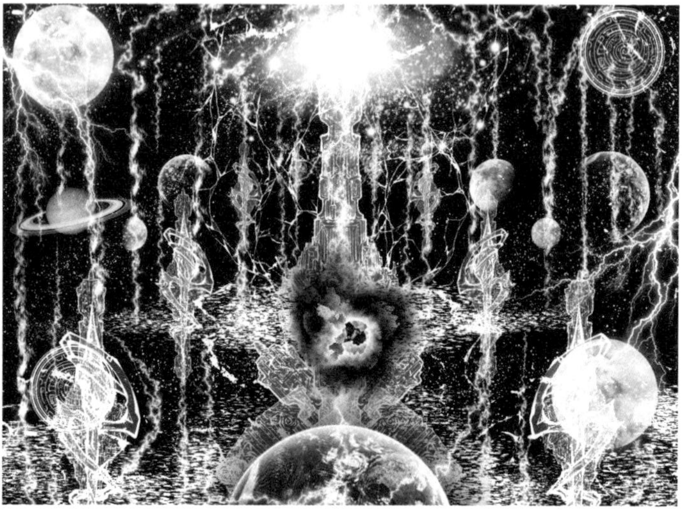

“我们，人类，应该进化。”

主战派的人类政客，手指宇宙苍穹，如此慷慨激昂道。

“所以，我们，要重启世界。”

“我们，要在这个宇宙上打开时空裂缝，将诸神的死敌：亚特兰蒂斯·辉煌纪的史前人类军团，释放进入这个宇宙。”

“我们，需要我们真正的祖先——亚特兰蒂斯·辉煌纪的史前人类，来帮助我们，斩杀恶神！”

然后，立刻就有人跳出来质疑：“但是，亚特兰蒂斯·辉煌纪的史前人类，真的会助我们屠神吗？不对，应该说——如果亚特兰蒂斯·辉煌纪的史前人类，真的能够进入这个新生宇宙的话，那么，他们为什么不直接连我们一起毁灭？”

“那种曾经榨干了一整个宇宙能源的史前机械科学文明，是一种远远凌驾于诸神文明而存在的更高等寄生文明。”

“我们，在他们面前，只不过，是蝼蚁而已。他们，为什么会承认我们是同族，而不毁灭我们？奴役我们？”

主战派的人类政客，立刻给予质疑者一个完美答案。

“所以，我们，最多只‘重启世界’20个小时。”

主战派的人类政客，如此说道：

“20小时内，我们将在圣地·阿兰星落之上，开启时空裂缝，将亚特兰蒂斯·辉煌纪的史前人类军团，大规模释放进这个宇宙，帮助我们打赢这第四次屠神战争——诸神的黄昏！”

“20小时后，我们将关闭时空裂缝，封闭宇宙，继续发展我们的文明。我们要的是：将创世诸神和史前人类一起灭亡。”

主战派的人类政客，如此盘算好了这个新宇宙的未来。

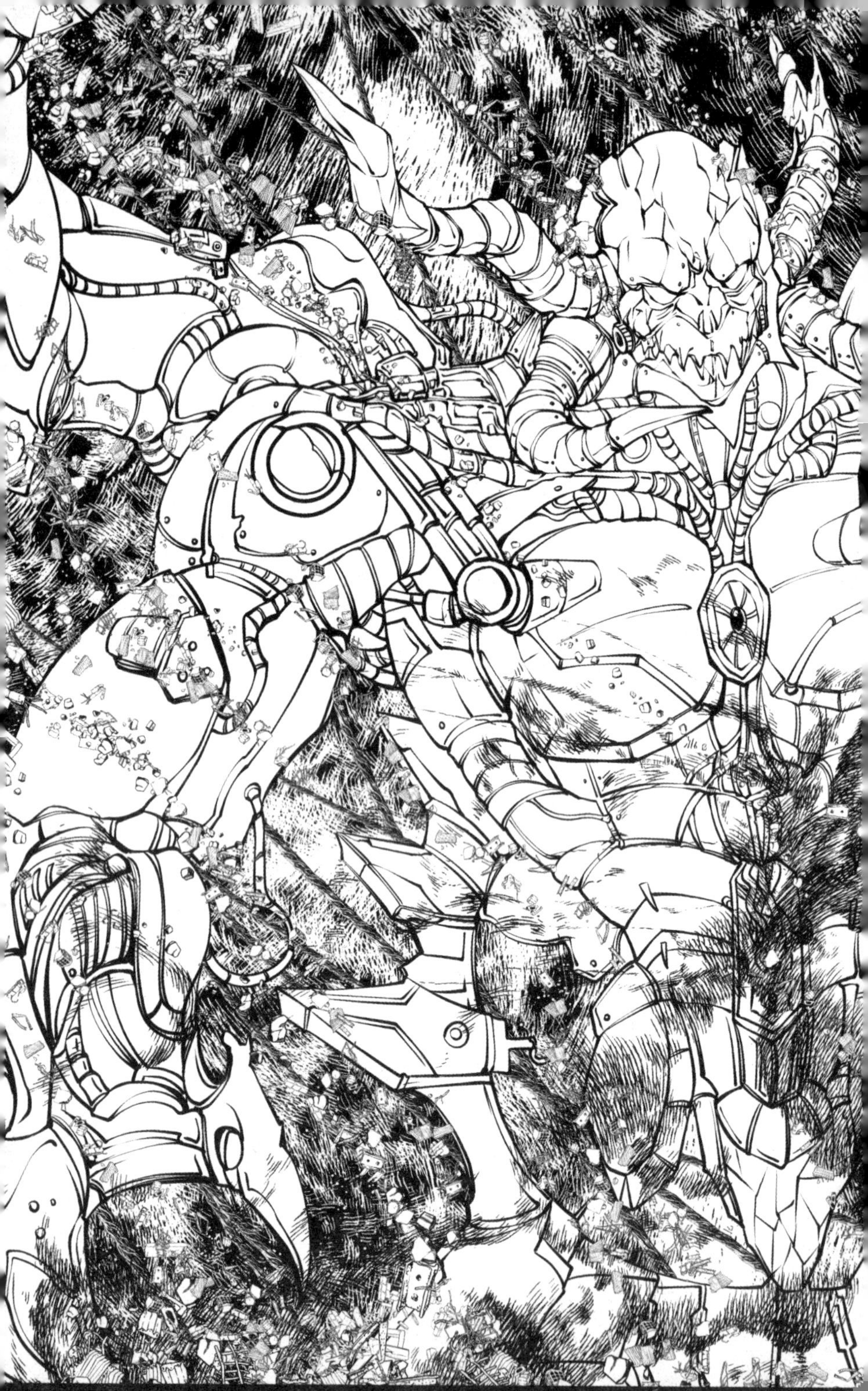

“简直就是疯了！”终于有人开始破口大骂道。

“你们怎么能够保证，这么做不是引狼入室？”

“你们怎么能够保证，20 小时后就能永久封闭宇宙？”

“你们怎么能够保证，史前人类就比诸神更加听话？”

“你们怎么能够保证，重启世界不是自取灭亡?！”

这种质疑非常有理有据，任何有理智的人都更能接受。

但是，没用。因为，主战派的人类政客，只反问了一句话，就压倒了所有理智的反对声。主战派的人类政客，如此说道：

“现在，全宇宙金融危机，大家都很缺钱，群情激奋，要屠神，要战争，要掠夺，已经进入全民战争状态，你们，谁要反对？到底要不要民众支持率了？要不要选票了？辞职吧！”

哐！真有年轻人愤而辞职了。

因为这场战争，蠢到极点。

但是没用。他们辞职之后，资本分配依旧不平衡，阶级种族矛盾依旧在恶化——那才是战争的真正根源。

第四次屠神战争，在一场全宇宙范围内的金融危机中，以一种近乎荒诞闹剧般的方式，轰轰烈烈打响了。

“毁灭诸神！重启世界！”

“为了自由！捍卫和平！”

人类撕开了 138.2 亿年前盘古自爆灵识创造的时空壁障。

短短 20 小时。

20 小时内，黑暗降临。

不计其数的液态金属星舰，吞噬着宇宙中一切的光和热，暗和影，有如魔化寄生兽一般，撕裂时空，覆盖向这个诞生仅仅 138.2 亿年的初生人类文明。

它们，是亚特兰蒂斯·辉煌纪的史前人类在获得90%“四维天火基因源代码”后的全新进化形态。

数以亿万亚特兰蒂斯· 辉煌纪的史前低等贱民灵魂，狰狞扭曲地铆合在一起，被亿万度高温，冶炼成最新型的液态金属杀戮兵器，以一种根本无法想象的狰狞姿态，焚烧向这个世界。

它们，早就已经不再是人类。

亚特兰蒂斯·辉煌纪·史前文明，已然进化成另一种全新的文明形态——天劫文明。

它们，是天劫，是圣魔，是吞噬毁灭生灵万物的洪荒黑暗！

人类，将天劫圣魔，召唤进了这个宇宙。

人类，想要靠它们，靠圣魔，杀死诸神。

“阿萨神族——随我，出战！”

奥丁直立起佝偻老朽的身躯，长枪指天，率领阿萨神族，亿万英灵武士，直直迎上那吞噬万物的灭世天劫！

“华夏神族——随我，出战！”

龙神女娲，红衣狂舞，周身灵光爆燃，瞬间化身成为一条身长足足九千万里的巨型龙神，冲上了苍穹！

她已然比当年那个银衫金扇的龙尊盘古，更加强大。她依旧一身嫁衣如火。她眼底早已没了138.2亿年前的青涩纯真。

她已是华夏神族当之无愧的万王之王。

嗡——伴随着龙神女娲那一声出战之令，数以亿万华夏神族的剑仙、刀神、琴圣、枪将、蛊师、巫祝、神兽、仙禽、妖灵、幽鬼……有如浩瀚星辰一般，辉煌绽放着神幻灵光，冲向那正在吞噬宇宙的液态金属圣魔。冲向那正在吞噬一整个文明

的灭世天劫。

这是华夏神族第一次参战。

那个永远都在厮打的奇怪东方神族，第一次停止自相残杀，以绝对的数量优势，化作一柄柄灵光爆燃的仙剑神兵，直直斩向苍穹，与史前文明的天劫圣魔，厮杀成一团！

紧接着，便是一声接一声厉喝——

“埃及诸神，出战！”

“亚述诸神，出战！”

“印度诸神，出战！”

“希腊诸神，出战！”

“波斯诸神，哈哈哈哈哈，还没咽气的，出战！”

“大和诸神，出战！”

“海地诸神，出战！”

“印加诸神，出战！”

“斯拉夫诸神，出战！”

“凯尔特诸神，出战！”

“出战！那些还没死绝的老友们啊——出战！出战！”

“还记得百亿年前，吾辈老朽们驾驭一艘小小星舰，就不惜与宇宙为敌，妄图救世创世的豪情壮志吗？哈哈哈哈哈哈！”

“万世未见，就此永别。”

“诸神——出战！”

“为了——荣耀——”

赴死。

百亿年前，他们，为了救世梦想，背叛国家，背叛民族，背叛亲人，背叛宇宙，来到这个新生的世界。

他们，想要创造一个圣地。

那里，没有饥饿，没有寒冷，没有贫穷，没有罪恶，没有压迫，没有奴役，没有黑暗，没有忍饥挨饿的孩子，没有惨遭压迫者摧残的无辜者，没有被儿女们视为可憎负担而受尽折磨的孱弱老人，没有人类文明万年腐朽遗留下的一切肮脏黑暗。

“我们要创造真正的圣地——阿兰星落！”

百亿年后，他们，被当成人类文明的毒瘤，他们被自己亲手创造的孩子——人类，判以谋杀罪、反人类罪，钉死在罪恶的审判席上。他们实在太老太老，老得再没有活下去的意义。

这，是诸神的原罪。

诸神，创造了文明。

地球历：公元前1361年。

玛雅历：宗德里里克 Tzontlilic 第四个太阳纪。

人类历史上第四次屠神战争——诸神的黄昏。

战争结果：神灭。

人类文明的历史，又翻过了辉煌灿烂的一页篇章。

第二十二乐章
为你永生

嗒——嗒——

当那三维立体教学影像播放至第四次屠神战争——诸神的黄昏时，吉赛尔已经再也无法遏制心中的恐惧。

因为，龙曜失控了。

就在那漫天席地的亚特兰蒂斯·辉煌纪·天劫圣魔军团，将战至灵尽血溃的龙神女娲，生生钉死在灵火枪下之时——

龙曜猛地向前走了几步，直接跨进了那三维立体影像中！

他有如魔怔般伸手，奋力抓向女娲的身躯。

“别走。”

龙曜低喊了一声。

“扑哧”一下，三维幻象，散落一地，化作灵光，缥缈无踪。

唯有他眼角泪水，滴滴滚落在那遍地神骸的古战场中。

龙曜呆呆愣了片刻，片刻之后，他说：

“挺煽情的。

“这教学片，导演功力不错。”

龙曜冲着那三维立体教学影像，给了个五星好评。

然后，他说："我不喜欢矫情。这段跳过，直接放后面的。"

"好的。尊敬的用户：弑神者·凡人·龙曜。

"诚如您所愿。"

嗡——

伴随着那系统播报音无机质的回复之声，那一幕幕神灭之战的景象，自他们三人眼前，彻底消失了踪影。

终于，再也没有那惨烈到令人毛骨悚然的屠神魔魇了。

取而代之的，是——盛世。

人类盛世。

人类历史上第四次屠神战争·诸神的黄昏。

战争结果：神灭。

此次战争，只持续了短短20小时。

20小时内，来自亚特兰蒂斯·辉煌纪的史前人类进化版本——天劫圣魔，将创世诸神，屠杀殆尽。

20小时后，幸存的诸神后裔，逃亡至宇宙尽头，再不复返。

人类联合军队，向全宇宙宣告：

人类胜利。正义不败。

自由民主。文明永昌。

"人类，终于推翻了诸神的暴政。"

"人类，将在全宇宙范围内成立星域联邦共和国！"

"人类要让自由民主、正义梦想、一切美好，遍布宇宙！"

人类战胜者，站在道德制高点，俯瞰万物，如此宣布道：

“人类要誓死捍卫这来之不易的胜利果实。”

“人类要进化得更加强大！”

“所以——”

“人类需要分级。”

地球历：公元前1361年。

巅峰人类，在全宇宙范围内，成立联邦共和国。

全称：阿兰星落ATLANTHELOT星域联邦共和国。

释义：无上自由民主正义永恒的生命国度。

同时，成立全宇宙范围内最大规模的生命能源养殖场——

WSVR虚拟现实·人类文明养殖场。

此养殖场，将人类文明，饲养在一种名为WSVR（Wraith Sanctuary Virtual Reality）的虚拟现实容器中，进行养殖。

嗡——

伴随着那无机质的系统播报音诵读声，一幕诡谲到令人根本无法想象的噩梦奇景，骤然间，出现在吉赛尔和龙小邪眼前！

只见漫天席地的黑暗之中，不计其数的“卵状星球”，被巅峰人类创造出来，投入一个个玻璃器皿中，进行养殖。

那玻璃器皿之中，时间流速极快，以至于每一颗卵状星球，自诞生至终结，仅仅只是瞬息即逝的一刹那之间。

一刹那间，一颗星球诞生。

一刹那间，一种文明毁灭。

在巅峰人类高等科学炼化而成的无数灵化金属机械臂疯狂耕作之下，无数人类的精子和卵子，被投入到那些玻璃器皿中的虚拟星球上，进行孕育，进行种植，进行繁荣，进行收割。

刹那间，人类诞生。

刹那间，人类死亡。

所有文明，所有历史，所有辉煌，统统都只是一个玻璃器皿中发生的一种耕耘，一种种植。

那……就是 WSVR 虚拟现实・人类文明养殖场?

吉赛尔和龙小邪同时倒吸了一口冷气。

就在他们面前，一颗小小的虚拟现实・人类文明养殖星球，在小小的玻璃器皿中，被巅峰人类孕育了出来。

然后，在一连串时间加速的催化作用下，那颗小小的星球上，诞生了猿人，诞生了智人，诞生了刀耕火种的原始城邦，诞生了金戈铁马的英雄王朝，诞生了泣血涕零的辉煌史诗……

紧接着，那颗星球，消失了。

因为，盛载着它的那个小小玻璃器皿——

“扑哧”一下。

就像一颗鸡蛋一样，被两根灵化金属机械臂，拎起，砸碎。

“扑哧”一下，丢进了一种形如微波炉似的食物烹饪装置中。

一刹那间，那颗星球上所有生灵，无论动物、植物、沿街乞讨的乞丐灾民、王朝盛世的帝王将相，全部，都在一种有如核辐射般高温灵子裂变催化中，沸腾，煮熟，化作一道道高能营养物质，被压缩进巅峰人类日常食用的食品之中。

他们消失了。

一颗星球，有如鸡蛋，有如猪羊，有如蔬菜一般，被烹饪，被制作成食物，被高等主宰者，理所当然地食用了下去。

所有诞生在那种星球上的人类，是食物。

“唔……”

吉赛尔望着三维立体影像中巅峰人类日常高能饮食原料的制作过程，呕吐了出来。

紧接着，她就看见了更为诡异的一幕……

地球。

数以亿万颗地球！

无穷无尽的地球，出现在了 WSVR 的虚拟现实培养皿中。

那亿万颗地球上，诞生了无数人类机械科学文明的盛世。

无数人类科学家，探索着天文物理化学地理真理大道；

无数人类艺术家文学家哲学家音乐家，创造着辉煌灿烂的美好传奇；无数天真蒙昧的孩童，年少无知地仰望着宇宙星河，妄图探知到地球外面，星河的另一端，是否有着和他们一样拥有智慧的生命体。

然后，他们也消失了。

两道灵丝状机械臂，自宇宙苍穹之上穿刺而来。

有如用两根牙签穿刺一枚成熟的葡萄一样，两根灵丝状机械臂，将一颗机械科学文明发展程度远比 21 世纪的地球更加先进将近三千年的 No.ZDRAG3819265856124 号地球，猛地一插，扑哧一下，从一个形如“虚拟宇宙”的超时空文明培养器皿中，插了出来！

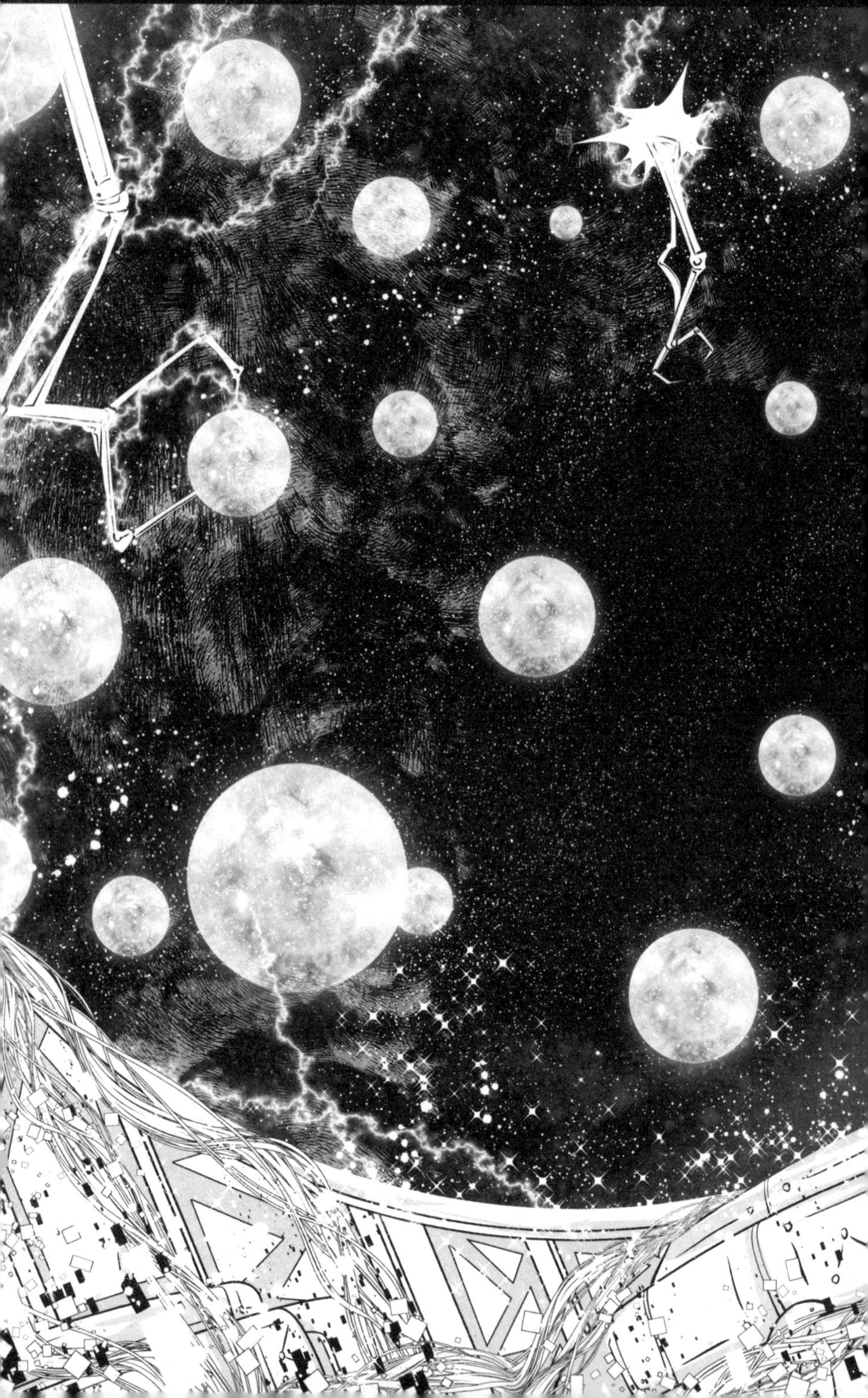

那两根灵丝机械臂，将那颗 No.ZDRAG3819265856124 号地球，轻轻一投，投入一种形状酷似离心搅拌机的能量提取装置。

在短短十秒的搅拌粉碎之后，那颗地球，粉碎，化作能源，被输送进入一座座巅峰人类的城镇能源运输管道之中。

那颗地球上的人类军队，有如一锅被煮沸的蚂蚁般，反抗着，暴怒着。数以亿万核弹、战舰，倾泻着一整个文明最高战力等级的炮火，倾泻着一整个文明在百万年岁月长河中堆砌而出的科学与辉煌，扑向那毁灭一整颗星球的灭世噩梦。

紧接着，它们消失不见了。

那颗地球上的三维宇宙能源，是那枚“虚拟宇宙”状人类文明培养器皿，以无数精密程序演算出的虚拟代码。

那颗地球上，人类军队绝死的反抗，在旁观者眼中，就像是一个电脑游戏中的三维立体角色，冲着游戏外的程序员，挥舞着手中最强的神兵利器，张牙舞爪，要求人权。

然后，程序员，这个三维游戏的编程者、创造者，轻轻一按手中的键盘，那个游戏中的英雄小人，那个曾经在游戏中斩杀过万千敌人的英雄角色，消失不见了。

仅仅留下一连串数据代码。

“尊敬的用户，弑神者·凡人·龙曜——

“您所诞生的星球，No.SRAGFFJ3985129346 号地球，其文明发展的程度、凡人智化的程度，距离能源成熟的‘收割日’，还有 3852 年。”

那无机质的系统播报音，如此解说道。

“如您选择系统提供的第一种奖励选项——王者册封。

“您将以王者之身，统治 No.SRAGFFJ3985129346 号地球，统治您所诞生的第三类低等文明星球，整整 3852 年。

“在此统治期间，您将运用自身智慧，将此低等文明，发展至接近中等文明的等级。

“这，就是您即将为此低等文明的发展做出的重大开拓性贡献，系统强烈建议您选择此种奖……”

“别说了！！”

吉赛尔厉声惊叫起来：“我不相信！！”

吉赛尔再也无法控制情绪，打断了那系统播报音的游说。

“你之前说的什么盘古开天，什么上帝造人，什么诸神黄昏，我都可以听你随便乱说。无所谓。那跟我们没有关系。

“但是……但是，这什么人类文明养殖场？什么饲养人类?！开什么玩笑！难不成你想说，我们人类，在地球上发展整整 600 万年的科学盛世，只不过是一个培养器皿中的一段小小程序代码吗？我们……是人类，不是能源，不是食物！我们不是三维游戏中程序员编辑出的立体小人！！我们是……活的！”

我们有思想，有智慧，有情感，有欲望，有不甘，有苦痛，有梦想，有爱人，有亲人，有挚友，有孩子，有文明，有历史！

我们体验生老病死，会哭会笑，不是任何数据的集成体！

我们是生命！

吉赛尔浑身颤抖着一步跨进了三维立体教学影像中。

她仿佛畏惧一般，双手不断挥散着那灵光闪耀的立体影像。

紧接着，一双手，伸了过来。

那双手，何其有力，重重一扯，就将吉赛尔拽进了怀里，紧紧抱住了她狂颤不止的身体。

那双手，是龙曜的。

龙曜一伸手，将情绪骤然失控的吉赛尔扯进了怀中。他手臂猛一用力，将吉赛尔挣扎狂颤的脑袋，摁在了胸口。

“好了。没事。我在。”

第二十三乐章
永生之火

这是吉赛尔第一次那么近距离闻到龙曜身上的味道。

那是一种难以形容的奇怪味道。

隐隐间，同时流转着古埃及秘香、金属机油味、血腥味，还有一点甜食香气的古怪味道。

吉赛尔这一生都没有忘记。

龙曜漫不经心，随口笑笑说：

“跳过这段。我的女伴，只喜欢看婆妈狗血恋爱故事，不喜欢这种重口、科幻、毁三观的奇葩桥段。简单概要点。”

“好的。尊敬的用户，弑神者·凡人·龙曜——

“如您所愿，系统将大幅简化信息，为您概述以下内容。”

嗡——

伴随着那系统播报音的诵读之声，无数虚拟现实人类文明养殖场的诡奇景象，瞬间闪过龙曜、龙小邪、吉赛尔眼前。

那……是盛世？是辉煌？

138.2亿年前，创世诸神，为了不在亚特兰蒂斯·辉煌纪中，创造出这样的黑暗世界，而背叛家国，背叛民族，背叛一切，来到这里，创世封神。

138.2 亿年后，诸神的孩子，将他们的创造者，屠杀殆尽，亲手，创造出了这样的黑暗。这样的辉煌。

这，就是圣地·阿兰星落的真相。

“根据 ATLANTHELOT 星域联邦共和国《神圣法典》——

“所有诞生于 WSVR 虚拟现实·人类文明养殖场中的虚拟人类，并不能称之为真正意义上的‘人类’。

“此种‘人形生命体’，在 ATLANTHELOT 星域联邦共和国《神圣法典》中的真正学名，应该是——原始低等人类。

“简称：低等人类。或者：凡人。

“低等人类（凡人），不具有 ATLANTHELOT 星域联邦共和国的公民权限。它们，不是人类，只是提供一整个人类文明辉煌发展的食物、能源、消耗品。它们，是一种智慧数据的集成体。

“只有拥有 ATLANTHELOT 星域联邦共和国公民权限的‘人形生命体’，才是真正意义上的人类。

“此种人类，学名：巅峰人类。俗称：世界贵族。

“他们，拥有 ATLANTHELOT 神谕教廷颁发的贵族封号。

“他们，是人类文明的辉煌与希望。

“根据 ATLANTHELOT 星域联邦共和国《神圣法典》规定：

“世界贵族，不得与凡人通婚，不得交配，不得繁衍后代。

“凡人，只有活着到达圣地·阿兰星落，才能接受正式世界贵族册封，拥有正式的公民权限。

“ATLANTHELOT 星域联邦共和国，每隔九年一次，在

WSVR 虚拟现实·人类文明养殖场中，举办一次大型‘世界贵族甄选考试’，届时，来自全宇宙不同星域的 WSVR 虚拟现实人类文明养殖场的人类，都将齐聚一堂，共襄盛举，参加甄选。”

“尊敬的用户，弑神者·凡人·龙曜——”

那无机质的系统播报音，如此礼貌地说道。

“根据您 24 小时内的神谕绩点及成就累积——

“您所拥有权限获悉的《人类文明简史》已经播放完毕。

“请问，您是立刻进行‘系统奖励选择’，还是继续提出第三个问题？”

“哦。呵呵哒。终于放完了啊。”

龙曜闻言，夜色的眼睛，微微眯了起来，笑道。

“可惜我口味太重，还没看过瘾。您有什么附赠奖励不？”

“您希望得到什么类型的附赠奖励？”

那系统播报音无比实诚地招呼着龙曜这个凡人用户。

“例如，给我加播点八卦什么的。”

龙曜一手抱着吉赛尔，一手戳戳自己上衣口袋道。

“例如，给我八卦八卦，那个害死我儿子、害残我弟弟的神王智障，最后结局怎么了？还有那贱猫，怎么活到现在？

“来来来，Encore，Encore！”

龙曜笑得眼睛都眯成了缝儿。

“诚如您所愿。”

嗡——

那系统播报音如此说着，一刹那间，就将整整三千年岁月时光，在龙曜脑海中快进播放了一遍。

龙曜，终于又看见奥丁。

他看见那老家伙的可笑结局。

奥丁没死成。

138.2 亿年前，古波斯火之神王・阿胡拉吻在奥丁额前的“永生之火”，始终那样蔫蔫残喘着，没有熄灭。

那火不熄，奥丁就永远不死。

诸神的黄昏一战后。

奥丁四维灵识本体，几乎全部损毁。

他记忆残缺，情感尽失，再不记得往昔辉煌。

他只是不断挣扎着，不断在低等凡人孩童的肉体中重生。

这就是他最后的永生。

世界贵族，囚禁了奥丁，将奥丁的四维灵识本体，不断剥离出来，进行数据解析和基因重组。

无数顶级智者科学家，在神谕教廷大主教——洛基·法布提森的带领下，在实验室中，以不同方式，解剖奥丁的永生灵体一千亿次后，终于，成功剥离出奥丁 99% 以上的四维灵识大脑，并以奥丁大脑为核心芯片，创造出监管全宇宙生命秩序的四维人工智能——创世封神系统。

人类，终于在这老东西身上，达成了“饲养神”的梦想！

“他太完美了。”

“你们看到他变身成四维古神形态时的样子了吗？”

“简直就是巅峰完美的艺术品！”

“以 ATLANTHELOT 神幻科学目前顶级的整形技术，也决计没办法创造出接近他这种完美程度的人形生物！”

“这就是创世诸神纯血基因创造的美学奇迹。”

“别弄坏他。这种等级的完美人形生物，可值钱。”

“岂止值钱？他又老又蠢连仇人是谁都不知道了！”

“看到了没？他竟然又举着永恒之枪，把一只误入这个宇宙的天劫圣魔捅死了？他还在守护这世界？他还记得战斗？”

“太好笑了！他简直就是这个人类纪中最大的笑话！”

“嗳？他在瞎呻吟什么？听不见？”

“奥丁，神王，你这算惨叫吗？叫大声点！”

“刚刚监控系统录下他临死前在瞎嘀咕什么了。”

“呵呵，嘀咕什么？”

“他在说：带我走。”

“他要谁带他走？”

“鬼知道。死前胡话吧。”

“再来一次！不要浪费实验经费！”

千年时光，瞬息流逝。

龙曜淡淡望着那在神谕教廷实验室中不断往生、不断死去、不断苟延残喘，不断胡言乱语的老迈奥丁。

龙曜指尖微微一扬，扬起一道炼金术师系的咒文，炼化出一台灵化摄影机。他竟然开始拍摄奥丁在神谕教廷实验室中所接受的那一千亿次的神王解析实验。

龙曜无比乖巧地摇摇恶魔尾巴道：“呵呵哒，系统，好人做到底，送佛送上西，索性，再多给我个福利吧。”

系统：“请说。”

龙曜微微一笑：“把刚刚奥丁挂掉一千亿次的神王解析实验，再给我重播十遍。我要好好欣赏，顺便录个像。”

系统：“……”

系统：“请问，您是不是有什么特殊癖好？”

龙曜：“哦。这种问题，很小时候就有人不停问我了嘛。”

龙曜已经不再单单用笔记录实况了。他眼中符文方程式狂跳，迅速将那神谕教廷实验室中发生的每一丝细节，统统以三维缩时录像方式，一丝不差地转存入自己大脑中。

龙曜笑笑说：“说不定，我就是喜欢看这种英雄末路、美人迟暮的人间惨剧，以此来达成复仇快感呢。所以，请您顺手行行善，成全一下我的小小恶趣味吧。”

龙曜像只人畜无害的垂耳兔似的，笑得又天真又无邪。

龙曜笑笑说：“毕竟，我是魔啊。我是弑神者·魔化龙曜 1.0 版本。不管是人是神，是亲是友，只要，味道够好，我都爱吃。更何况，是奥丁这种看着就很美味的远古糟老神。

我，想要通过录像，好好研究一下，回家以后，应该怎么烹饪了他。”

龙曜说着，高兴地舔了舔嘴唇。

他又饿了，眼睛都有点发绿光。

第二十四乐章
金鱼缸里的小王子

系统：“您简直太可怕了。”

那创世封神系统，仿佛是声音打了个颤，瞬间，就将那一千亿次“神王解析实验”的诡异镜头，在龙曜脑海中循环重播了十遍，然后，立刻切换了另一种三维立体影像画面。

系统：“现在，您需要多多接收一些正能量，以此来洗涤您的黑暗内心。”

呼哧——！灵光闪耀。

那三维立体影像画面，已然切转至了三千年后。

那一刻。奥丁，已经被神谕教廷从实验室中放出来了。

这个永生不死的糟老头，对于巅峰人类的用途，终于不仅仅是实验室中的小白鼠。他开始有了其他商用价值。

奥丁整个形象，都已改变。

他被神谕教廷，选为了阿兰星落神翼军第四军的军长。

那一年。

为了缓解日益激化的阶级种族矛盾，ATLANTHELOT 神谕教廷大主教·黑火智者·人类之友·宇宙第一军火商——洛基，将完美到令人颤抖的神王奥丁，选为了神谕教廷的公众代言人。

洛基将奥丁以最完美的形象，展示在公众面前，以博取更高的民众支持率，以此稳固神谕教廷在圣地的至高权威。

奥丁的形象，被神谕教廷的顶级巫医，以一种基因调控技术，强行定格在了当年诸神号上那十八九岁的少年时代。

奥丁那头早已灰白的头发，被重新修复成了银紫色，面颊上血肉模糊的伤痕、缺失的冰火之眼，从外观上，被完全修复。

奥丁一身军装笔挺，就像完美人偶似的，在无数巅峰人类的欢呼声中，一丝不苟地诵读出洛基亲自为他准备的演讲词。

他浑身上下，都植满了军用程序芯片。

他已经无法正常说话和思考。

神谕教廷给奥丁颁发了公民身份证，给他入了军籍，给他

发了一栋什么都没有的空房子。洛基大主教畅快大笑：“这以后就是你的家。看吧。我最尊贵的王啊。我对你还是很温柔的。”

奥丁回到家中。

他像木头一样，站在中央，一动不动。

他额头的永生之火，终于烧得只剩一点残痕。

他就像一道程序，严格完成着编程者的每一道指令。

他开始战斗。

他在战场中捡到了小时候的秦王羽。

那是一个奇怪的孩子。

那孩子半龙半蛇半人，头发半黑半白，长得很像什么人。

但奥丁想不起来像谁。

那孩子父母因叛国罪被处死。

奥丁收养了他。

那孩子开始作死。

他几乎每天都在打架。

他战斗力强大到令人发指。经常一言不合，就将大他几十岁的世界贵族高官子弟，打到头破血流，轻则重伤，重则残废。

“我妈妈会起诉他的！我爸爸会杀了他的！”

“他竟然敢打我的脸？我要送他上军事法庭！”

“我要亲手在死刑熔炉里枪毙他一万次！”

“奥丁！你这条老狗！管好你养的狗崽子！”

一大群被秦王羽徒手打到重残的世界贵族小孩，冲着奥丁尖声惊叫着，然后，就见黑白龙鳞骤然一闪——

年仅6岁的秦王羽，猛地冲到他们面前，狠狠一爪挥过去，将那领头叫骂的世界贵族少年砸翻在地。

“你们找死。”

幼年时代的秦王羽，明显不像现在那样萎靡颓丧。他浑身上下燃烧着龙鳞与辉光，看起来像个无比骄狂的龙族小皇子。

秦王羽一爪子插向一名贵族少年的咽喉，想要夺人性命。

然后，“呼哧”一下。

秦王羽整个人一轻，竟然被人从身后一把提住小蛇尾巴，倒拎了起来。那个拎住他小小蛇尾巴的人，是奥丁。

“哇——死老鬼！你在干什么?！放开我！放开我！”

龙族小皇子怒了。

他开始乱抓乱捶，黑白双色的小蛇尾巴，唰唰直甩。

奥丁根本不理他。

奥丁看也不看地上那些冲他恶言叫骂的世界贵族少年。

这个年迈的老家伙，面无表情，连一点点情绪起伏都没有。

秦王羽　6岁
本王只要再活180万年就会成年!
老东西! 你知道成年龙有多大吗?
等本王长大一定吃掉你! !

“哇——死老鬼！你都没有尊严的吗？他们在骂你哎！”

“放开我！松手！我要杀了他们！”

年仅 6 岁的秦王羽，在奥丁手里张牙舞爪着，尾巴乱抽。

然后，他就被奥丁倒提着小小蛇尾巴，拎走了。

没错。就像拎一条咸鱼一样，倒提在手里，拎回家里。

叮咚——

门铃响起。快递来了。

奥丁竟然买了东西。他买了第一件家具。

那是一个玻璃鱼缸。鱼缸名叫微缩世界金鱼缸。

那是一种空间压缩装置。这种空间压缩装置，可以在一个小小的一立方米的鱼缸内，压缩进一千万立方公里的世界。

阿兰星落的很多世界贵族，都喜欢用这种鱼缸，来饲养毒龙、魔物、仙灵、幻兽等等奇珍异宝。

奥丁用这种鱼缸，来养小孩。

“扑哧”一下。

奥丁随手一丢，将那张牙舞爪的熊孩子，丢进了鱼缸中。

秦王羽真的怒了。他血统非常高贵，只是因为被洛基陷害、父母双亡，才沦落到了给奥丁这种看门狗来当养子的地步。

他感到非常窝囊。

“杀了我吧。”

幼年时代的秦王羽，说话口吻就已经非常有腔有调。

秦王羽浑身上下都闪耀着中二病少年的厌世黑光。他说：

“我，没有可以回去的地方。

“我的出生，没有人期待。我的死亡，没有人遗憾。

“我诞生的第一百天，就害死了父母，害死了全族。

“我的生命，注定只是一场噩梦。

“老鬼，你快杀了我。给我留点尊严。”

奥丁没有回答。

他根本理也不理这个厌世求死的熊孩子。

叮咚——门铃响了。快递又来了。奥丁又买了东西。

奥丁面无表情，拎着快递盒子，走到金鱼缸前。

奥丁说：“听说，你天生怕鱼？”

秦王羽：“我没有！！我怎么可能会怕那种蠢东西?！”

奥丁说：“那就好。”

奥丁面无表情地，拆开快递盒子，面无表情地……将 100 条魔化食人鱼，丢进了金鱼缸。

秦王羽：“啊啊啊啊啊，你想干什么？啊啊啊啊啊，救命——！！”

一心求死的龙族小皇子，开始在金鱼缸里撒腿狂奔起来。

“咔嚓咔嚓”。他背后追着一大群奥丁网购来的魔化食人鱼。

奥丁面无表情地站到屋子角落，又一动不动了。

后来——奥丁很有父爱地网购了很多礼物送给秦王羽，以此增进他们的父子感情。

那些礼物是：S 级魔化食人鱼 100 条；SS 级魔化食人鱼 1000 条；SSS 级魔化食人鱼 10000 条；SSSS 级魔化食人鱼 100000 条；SSSSS 级魔化食人鱼 1000000 条……

奥丁还买了一只橡皮小黄鸭子送给秦王羽。

那是他从书上看来的“十大小男孩最爱礼物”之一。

秦王羽一爪子过去，就把那只橡皮小黄鸭子拍爆炸了。

“死老鬼！等我逃出来，我就杀了你！”

然而，奥丁实在太老了。他浑身都插满了军用程序芯片，已经无法分辨小孩子的情绪反应。这种状况，简称代沟。

奥丁看见秦王羽竖着蛇尾，趴在金鱼缸玻璃上，像条美人蛇似的，恶狠狠瞪着他，他就以为，这小孩非常开心。这小孩脸红，是因为太开心，太喜欢橡皮小黄鸭这种礼物。这种喜欢，就像猫喜欢老鼠和小鸟一样，一定要一爪子拍死了才有快感。

然后，奥丁，就天天往金鱼缸里丢橡皮小黄鸭。

丢了一只又一只，丢了一年又一年。

丢了很多很多小黄鸭。

秦王羽终于开始憎恨橡皮小黄鸭。他比憎恨鱼还要憎恨这种愚蠢的东西。每次奥丁把这种黄澄澄的鬼东西丢进鱼缸里头。龙族小皇子都会第一时间暴怒着冲过来，一爪子将那橡皮小黄鸭拍死。

奥丁点评："你真无聊。玩那么多次，都还喜欢这种东西。"

秦王羽大怒："鬼才喜欢这种东西！！"

奥丁依旧不懂小孩的心。

他依旧迟钝木讷得丝毫不懂人心，就像很久很久以前，他也从来没懂过别人的心一样。

秦王羽终于开始懒得再向奥丁解释自己究竟有多讨厌橡皮小黄鸭这种东西了。龙族小皇子用力捶着金鱼缸玻璃道：

"老鬼！你就不能换点新鲜玩意儿吗？"

"好的。"奥丁点头。

奥丁是非常守信的北国男人。

第二天，他就给秦王羽换了一个新鲜玩具。

奥丁换了一只……橡皮小黄鸡，"啪唧"，丢进了金鱼缸。

秦王羽绝望掩面。

他霍地一爪子挥过去。将那只橡皮小黄鸡拍死了。

那一年的秦王羽，已经 11 岁了。

他已经记不清楚自己究竟拍死了奥丁多少只橡皮小黄鸭。

甚至，就连五年前，他将高官子弟殴打致残的那件事，都已经过了法律时效，再没有赏金猎人会来满世界追杀他了。

但是，奥丁依旧没有任何长进。

他每天带给养子的礼物，依旧不是橡皮小黄鸭就是橡皮小黄鸡。秦王羽开始怀疑，奥丁的脑子是不是被洛基插进了什么奇怪的程序芯片？

"老鬼，你到底在干什么？"

秦王羽摇晃着蛇尾，像条美人蛇一样，懒洋洋趴在金鱼缸玻璃壁上，开始对奥丁进行精神攻击。

“看看那些世界贵族，都对你做了些什么鬼事吧。”

秦王羽蛇尾盘绕，额上飞扬起一黑一白半透明的龙角。

“你不是阿萨神族的王吗？你都没有廉耻之心的吗？

“我如果是你，早就自杀无数次了。你都已经活成这种惨状了，继续苟延残喘，赖在这个人间，究竟还有什么意义呢？”

秦王羽用半黑半白的蛇尾，轻轻撩拨着一道道灵丝状琴弦，不断攻击着奥丁心志。他妄图用精神攻击，诱惑奥丁自尽。

这个痛失亲人的龙血族遗孤少年，实在不能明白奥丁为什么还不自杀。真的。都已经活成了这种惨样，还有什么希望？

“嗯。”

奥丁依旧面无表情。他根本不理睬秦王羽的精神攻击。

奥丁说：“吾在等人。”

秦王羽：“等谁？很重要？”

奥丁说：“忘了。”

秦王羽：“忘了？忘了还等什么？”令人费解。

奥丁说：“吾曾许诺。”

秦王羽：“你许诺什么了？”十分好奇。

奥丁说：“忘了。”

秦王羽：“呵。老年痴呆症，既然全忘了，那还等什么？”

秦王羽再一次弹起催命琴音，继续诱惑奥丁自尽。

秦王羽是一个背负着噩运出生的孩子。

他天生厌世，长得又帅，因此就得了严重的暗黑中二病。

秦王羽：“别等了。你永远等不到了。”

年幼的秦王羽，眯眼微笑，笑得像只不怀好意的白眼狼。

秦王羽：“老鬼，你已经那么老，那么废，一点用都没有。你等的人，铁定早就把你忘了。你还是乖乖去死吧……哎哟！”

秦王羽话音未落，他怀里就被奥丁塞进了新的礼物。

那是一只橡皮小黄鸡、一只橡皮小黄鸭。

这一次，奥丁送了他一对鸡鸭，成双了。

是不是还应该要夸夸他有长进?！

秦王羽铁青着脸，想了半秒钟，半秒钟后，他当着奥丁面，怒然挥爪，就将那俩橡皮玩具撕了个粉碎。

奥丁依旧没有任何表情。

奥丁在秦王羽撕完橡皮小黄鸡鸭后，又往这熊孩子怀里塞了一柄木头小剑，一架木头小琵琶。

奥丁说：“你，缺乏爱心。养养宠物吧。”

奥丁说这话的时候，手里正拿着一本三维立体育儿类书籍。

那书名叫作《如何让孩子懂得爱》。

那书封面上，画着一只小黄鸡一只小黄鸭。那歪鼻子歪眼的小黄鸡和小黄鸭下面，就那样写着一行醒目标语：

要让孩子从拥有第一只“萌系宠物”开始，懂得爱。

奥丁面无表情，放下育儿书本，指尖灵光闪耀，淡淡念诵起一连串通灵者系卢恩魔法召唤咒语。

“呼哧”一下。灵光爆燃！

奥丁面无表情地，召唤出了一头……食人魔兽。

那食人魔兽，身高一千六百米，浑身上下，都燃烧着焚天噬魂的血色魔焰。那种食人魔兽，学名叫作异化饕餮。那是阿兰星落 SSR 级军用魔兽，发起狠来可以生吞小型宇宙星舰。

奥丁面无表情地，将那异化饕餮召唤出来，随手一丢，丢进了那个微缩世界金鱼缸里头。

奥丁面无表情道：“从饲养小宠物开始，学习热爱生命。”

秦王羽惨烈尖叫：“啊啊啊啊，小宠物个鬼，啊啊啊啊——”

秦王羽惊恐地卷起蛇尾，开始在那微缩世界金鱼缸里疯狂逃命。他已经受够了！

秦王羽：“神王智障！老年痴呆症！你脑子有坑吗？我恨你我恨你我恨你！我长大以后一定要干掉你的！”

11 岁的秦王羽，在那异化饕餮的冲天魔焰中，疯狂逃命着，一边逃一边冲着金鱼缸外的养父大声嚷嚷。

“你都废成这样了，谁会记得你？！

“你永远等不到那人了——你永远永远等不到那人了！

“你什么人都等不到！等不到等不到等不到！

“你这没用的老家伙！你连自己许诺过什么都不记得了！

“你还在等什么？你什么都等不到等不到！”

时光飞逝，百年瞬息。

秦王羽稍微长大了一点点。

奥丁又在神谕教廷的实验室中死了无数次。

他那双冰蓝色眼眸，没有一点生气。

他就像个永世不得超生的老鬼一样。

一次一次又一次重生在人世。

一年一年又一年等待着一个他早已不记得是谁的故人。

一遍一遍又一遍履行着一个谁也不知道是何的遥远许诺。

你在等谁?

你许诺了什么?

“嗨！老鬼。”

105 岁时的秦王羽，摇着龙尾，飘然来到凡世。

他来到 WSVR 虚拟现实人类文明养殖场・第三类低等文明・星际文明・No.SRAGFFJ3985129346 号地球——

龙曜、龙小邪、吉赛尔出生的那颗小小星球。

秦王羽走进凡世的瑞典皇宫。

他自伊莎贝拉公主摇篮中，抱起一个刚出生的紫发男孩。

那一刻，所有凡人，都以为他是神。

他浑身灵光闪耀，俊美得有如神仙。

他一头黑白双色的长发，有如冰灵墨玉般，披覆在腰间。

他佩戴的武器，换成了奥丁亲手炼化的九歌祭天龙琴剑。

他在奥丁的微缩世界金鱼缸中，烧烤了近千头异化饕餮，作为储备粮，存储在体内。

他以这些异化饕餮为补充能源，强行将自己催长成十八九

岁的高挑少年模样，不再任由奥丁揪着小小蛇尾巴，提来提去。

他肩头披覆着奥丁神话时代曾经披覆过的纯白狼裘。

他一身白衣如雪。

他已是阿兰星落世界贵族军校无人能敌的万年榜首。

他整个人都懒洋洋的，丝毫没有斗志，不求上进。

他从不跟任何人生气，从不动手打人，从不惹是生非。

他做了一手好菜。他很会赚钱。

他连打了好几份工。

他把奥丁在阿兰星落的家，打理得井井有条。

他还学会了养狗。哦不，养狼。他会自制狗粮。

他一直没把客厅里那个讨厌的微缩世界金鱼缸丢掉。

他还去行政机关签了份《鳏寡老人赡养合约》，准备等奥丁死后，就把奥丁全部家当统统变卖了，卷款潜逃，再不从军。

他讨厌军队。讨厌战争。

他更加讨厌奥丁。

他懒洋洋地来到凡世。

他将奥丁最后一次重生在人间的婴孩，从摇篮中抱起来。

秦王羽眯眼挑眉，嘲讽奥丁："你，还在等那人吗？"

奥丁说："嗯。"

奥丁已经老得很难发出声音。

秦王羽一如既往，狠狠打击他的自信。

秦王羽："你等不到了。"

奥丁说："哦。"

奥丁一如既往，回答得没有任何表情。

秦王羽将奥丁紧紧抱在怀里，走向远方。

秦王羽："别等了。咽气吧。"

奥丁说："不。"

秦王羽："安息吧。人家早把你忘了。"

奥丁依旧没有任何表情。

秦王羽："多麻烦。别再折腾了。"

奥丁说："没关系。"

奥丁淡淡呓语着，佝偻着苍老到已经几乎无法直立的身躯，蜷缩在秦王羽纯白的雪狼披风中。

奥丁说："我记得。"

呼哧——

龙曜伸手轻轻一挥，驱散了这段关于奥丁的结局插播。

他看不下去这对古怪父子的古怪对话了。

"太肉麻了。"

龙曜伸手，搓了搓有点胀痛的脑门子："换一段。换一段。"

龙曜转了转手里的猫头钢笔。

"最后就来点轻松愉快的吧。就讲讲那只猫吧。它怎么还没被世界贵族们烤了？"

"叮咚——诚如您所愿。"

那系统播报音如此回答着，三维立体影像中的画面，骤然一转，再一次，切换到了公元前 1361 年·第四次屠神战争·诸神的黄昏之日。

那是猫校长梅利伊布拉的结局。

龙曜只看了一眼画面，就禁不住低呼了一声："嗳？"

这算什么鬼结局？

那一日。诸神的黄昏。神灭之战。众神陨落。诸神俱死。

猫校长梅利伊布拉，也死了。

只不过，这猫，没死在战场上。

这肥猫，趁着奥丁率领阿萨神族慷慨赴死的当口，“刺溜”一下，窜进奥丁房里，偷了宙斯当年送他的“妄欲之杯”。

然后，这肥猫，开开心心，抱着那永饮不尽的魔法酒杯，嚼着小鱼干，坐在诸神号的驾驶座上，哼着跑调的怪歌，边吃边喝，边笑边唱，边欣赏诸神的死状。

然后，它就把自己给醉死了。

对的，没错。这猫，喝酒，把自己给醉死了。

那位诸神的导师·宇宙第一教育学家·冥府的炼金术师·伟大的猫校长·梅利伊布拉大人——

它，死于公元前 1361 年，人类历史上第四次屠神战争，诸神的黄昏之日。它的死因，是——酒精中毒。

它的死状，相当惨烈。它的死法，极其悲情。

这只肥猫，就那样，四仰八叉地，瘫坐在诸神号中，一边尖酸刻薄地嘲笑着自己带过的那最差的一届学生如何愚蠢，一边用一种名为“醉情生”的华夏族烈酒，生生把自己给醉死了。

当神谕教廷大主教找到这猫尸体的时候，所有人类，都为这猫的“悲壮死法”而震惊。

ATLANTHELOT 星域联邦共和国政府，斥巨资，将这贱猫尸体，做成木乃伊标本，召开了一场极其庄重严肃的历史博览会。

世界贵族们，准备用这死猫的尸体，来向公民们昭示：这就是远古诸神们的真面目啊，看看他们究竟有多么荒淫无耻？竟然能在世界灭亡的战争之日，硬生生喝酒把自己给醉死？

同时，星域联邦政府的教育部门，还将此猫尸体，做成巨型三维立体广告牌，无比深刻地警示后世的年轻人们——

不要酗酒！

结果，神谕教廷的博览会，刚刚开到一半。

记者媒体全来了。实况直播全开了。

然后——那猫，活过来了！

多么不要脸啊。

这猫，竟然在众目睽睽之下，极度厚颜无耻地活了过来！

“嗝——噗——呕——”

这只没教养的肥猫，在众目睽睽之下，打了个巨响的酒嗝，放了个恶臭的响屁，吐了神谕教廷大主教洛基一身小鱼干。

然后，这猫伸了个猫腰，挠挠耳后根，呼啦啦一掸猫毛。

活了。嗯。活了。它又活了。

它是猫。

它有九条命。它刚刚醉死的那条，仅仅，只是它第一条命。

所以，它又活过来了。非常不要脸地活过来了。

这算什么鬼？

神谕教廷大主教，当时差点激动得拔枪再灭掉它一次。

结果，这猫就地一个打滚，两眼一个斗鸡，就开始冲着摄像机前的全宇宙观众，开始卖萌犯贱。

“喵呵呵！各位亲爱的人类！

“我是宇宙第一成功教育学家——梅利伊布拉校长。

“我曾经成功教育出过一个全新宇宙的创始人！

“我的成功学和我的徒子徒孙，遍布整个黑暗的人间！

“我的金玉良言，能够为迷途的羔羊，指点成功的迷津！

“各位有钱的金主啊土豪啊家长啊！

“你们，想要自家孩子成功吗？

“你们，想要成为考神学霸吗？

“你们，想要在激烈的社会竞争中拔得头筹吗？”

“你们，想要像本校长般拥有永生不灭的爱与希望吗？

“来吧。浪吧。记住本校长QQ灵言通讯号码：3838383388！定制下本校长的私人成功辅导课程。成为本校长的学生吧。

“本校长存在于世的目的，就是将‘成功’播撒在校园中。

“欢呼吧，雀跃吧。这，就是青春。这，就是梦想。

“喵呵呵。随我一起浪吧！”

那肥猫校长，如此怪笑着，瞬间将无数类似地摊黑暗小广告似的高考补习班信息，通过言灵媒体，发送到了全宇宙的每一个黑暗小角落里头。

这只贱猫，硬生生将一场宇宙级的政治批斗博览会，掰歪成了一场厚颜无耻的黑暗补习班招商广告博览会。

这猫，又开始办学校了。

猫校长梅利伊布拉，在开除了他最差的那一届学生整整138.2亿年后，终于再一次重操旧业，开始传道授业了。

这猫，就像魔鬼一样，极度厚颜无耻。

它诱惑着年轻人，前往它的圣地，前往它的阿兰星落。

它成为继洛基之后，第二个被世界贵族认可的创世古神。

它活得比奥丁潇洒快活多了。它变得超有钱。

它从不去看望奥丁。它讨厌奥丁。它把一个奥丁的等身抱枕娃娃，放在卧室里面，当猫抓板使用，啃啃抓抓，撕得稀烂。

它早在醉死的那一天，就把很久很久以前的事情，统统忘了个精光。它最讨厌那些愚蠢的创世古神。

那些异想天开的白痴小蠢材，是它教过的最差的一届学生，没有之一。它偶尔还会做梦。那梦很长。很美。梦中，有很多青葱少年，欢笑着，梦想着，快步走过它那再也无法回去的往昔。

它用力揉搓眼睛，用力跟在他们身后奔跑。

它早就看不清他们年轻时的容颜。

它终于也老了。

老得只想安度晚年。老得忘了一切。

“叮咚——尊敬的用户，弑神者·凡人·龙曜。

“根据您 24 小时内意外获得的神谕绩点及成就总和，你所有权限获知的《阿兰星落人类文明简史》及《历史人物八卦》，已经全部播送完毕。”

伴随着最后一段三维立体教学影像播送完毕，那无机质的创世封神系统播报音，再一次响彻了所有人的脑海。

迷迷糊糊中，龙小邪听见，那空灵缥缈的系统播报音，有如指点江山的古老先知一般，在龙曜耳边轻轻诵读着：

系统：“现在，请您慎重思考。然后，在以下两种系统奖励之中，做出一种选择。”

系统：“第一种奖励选项……”

系统：“第二种奖励选项……”

龙曜：“呵呵哒。真逗。我选——”

那一刻，龙小邪只觉脑中一阵眩晕。

黑暗，骤然降临。

龙小邪既没有听见那系统播报音的第二种奖励选项，也没有听清楚龙曜最后的选择。

他强忍着撕心剧痛和灵体重创，最后，只是勉强听完了那

段奥丁的结局、梅利伊布拉的结局。

紧接着，他就昏死了过去。

隐约间，龙小邪仿佛听见一连串凄厉惨叫，响彻了一整列星轨列车，响彻了一整个阿兰星落的巅峰盛世。

然而，他却再也无力去听、去看、去想、去陪伴。

他的时间……到了。

第二十五乐章
现世

系统提示
21年后——
2029年11月22日。
阿兰星落3399届世界贵族甄选考试现场。
第三场甄选考场：时空迷城。

龙小邪再一次梦醒之时，已经是 21 年后。

21 年后——

2029 年 11 月 22 日。

阿兰星落 3399 届世界贵族甄选考试现场。

第二场甄选考场：时空迷城。

龙小邪彻底从轮回梦中清醒了过来。

他这最后一觉，睡了整整 21 年时间。

21 年，错过了一切，错过了他。

梦醒之时，龙小邪已然回到了现实中的时间。

他并没有等到龙曜的结局。

他也没有听到龙曜的选择。

他甚至没有依照承诺，陪伴龙曜走到死亡的最后一刻。

他恍恍惚惚走过了 3300 多年的轮回之梦。

他什么都没有改变，什么都没有救赎。

当龙小邪醒来的时候，他已被高高挂在了冥河斯蒂克斯畔的蓝晶石笋上。那里，是阿兰星落 3399 届甄选考试现场。

龙曜最后残留在龙小邪心脏中的一道幻象，正幽幽飘浮在龙小邪面前，托着腮帮子，像只人畜无害的垂耳兔似的，歪着脑袋看他，等待他从轮回梦中醒来，等待他再一次认出自己，等待他给予一个永远无法达成的拥抱。

“曜……”

龙小邪痛苦呓语了一声，彻底从那场长达 3300 多年的轮回梦中清醒过来。醒时，他浑身剧痛，灵体的创伤，瞬间和肉体的感知重叠。龙小邪已经分不清究竟是哪里在痛。他痛得几乎无法维持清醒。他只是用尽全力，呼喊出那孩子的名字。

“龙曜……你……占据我身体吧……”

龙小邪根本没有去问龙曜最后的选择是什么，没有问龙曜最后又是怎么死去的。那对龙小邪而言已经不重要了。

从那场轮回梦中醒来的一瞬之间，龙小邪心中唯一想做的就是：留住他。用尽最后力气，留住那孩子的一切。

“我……把身体……给你……”

龙小邪低低喘息着，冲那孩子的幻象，说出自己在巫医森林中无法向他诉说的恳求。

“你就像……吃掉赛尔匹努斯巨龙一样……吃掉我的思想……占据我的一切……然后……活下去……活着回到爸爸妈妈身边。活着长大。求你。”

“哈？占据你什么？”

龙曜的幻象闻言一蒙。他明显没有想到，龙小邪从那场轮

回千年的梦中醒来后，说的第一句话就是：

占据他的身体？哇。好糟糕的表达能力啊。

龙曜的幻象飘在半空中，呆愣了足足 3 秒钟有余。3 秒钟后，他就像听到什么天大笑话一样，畅快大笑了起来。

“呵呵哒，我心爱的王子殿下，你让我干什么？”

龙曜的幻象笑得花枝乱颤，故作羞涩地一捂脸道。

“请问我可以稍微想歪那么一丁点儿么？呵呵哒。”

想……想歪什么？龙小邪蒙住了。

龙曜你脑子是不是有毛病？这种生死攸关的事，你到底还想怎么样？为什么还要继续开低级玩笑？能不能稍微正经点？

“你……我……唔……”

龙小邪张嘴想要训这熊孩子，但发现自己几乎发不出任何声音。他在轮回梦中灵体所受的重创，在真实的肉身上烙印下剧烈痛楚。身体前所未有的沉重。他根本无法动弹。

“我说，你就别乱喊了，英雄好汉。”

龙曜的幻象飘浮在龙小邪面前，双手不断在龙小邪身体上画下一道道繁复的治愈符咒。龙曜正在为龙小邪治伤。

龙曜每画下一道治愈符咒，他半透明的幻象，就变得模糊一点。龙曜最后残留在龙小邪心脏中的那道幻象，正在将自己炼化成治愈灵药，送进龙小邪体内。

龙曜说话时的那种口吻，却依旧那样轻佻烦人。他说：

“王子殿下，到底要我再说多少遍，折磨摧残你多少次，你才能彻底醒悟过来——你亲手养大的那个龙曜，早就已经死了。而我，只是龙曜临终前编写出的一道病毒程序。

“我，是龙曜的欲望。我是一种病毒。懂吗？”

龙曜的幻象轻抚着龙小邪额前那束天然白化的发丝。

“王子，你救不了你的龙曜。放弃吧。

“在夺走你猫神贝斯特之眼的那些年里，我曾经用这猫眼，无数次穿越时空，回到过去，亲手尝试过无数种命运的走向。然而，所有结局中，没有一个结局，龙曜可以活着，可以如你所愿，像个普通人一样，庸碌终老。

“因为，龙曜太耀眼，比恒星耀眼，比谁都耀眼。

“这，就是你亲手养大的孩子。弱者哭诉，强者守护。

“龙曜的智慧，远远超越了你。他有他最终的执着和辉煌的梦想。纵使你献祭上一切，依旧不可能改变他的结局。

“因为，你不是他。你不如他。”

龙曜的幻象隔着虚空，拥抱龙小邪狂颤不止的身躯。

“王子，我现在要回到你心脏中，溶解自己，修复你灵体重创。在这个修复过程中，你会很痛，会和我融为一体。你会透过我的眼睛，看到龙曜的世界。那里，有龙曜留给你们两人的最后礼物——守护彼此、守护苍生的因果秘钥。

“这是我留在世上的最后一件任务。”

龙曜的幻象凑近龙小邪面庞，隔着虚空，亲吻他额头。

“晚安。我最心爱的弟弟。”

他化作一泓流光，渗透进龙小邪体内。

“不……要……”

龙小邪猛地倒抽了一口冷气，无数支离破碎的记忆，透过他灵体的重创，开始撕裂他所有的理智。

他透过龙曜的欲望，看见那个最真实的龙曜。他在心脏剧烈的撕痛中，和那孩子残留在世上的一切欲望，融为了一体。

他看见了龙曜的选择，宿命的因果，最终的结局。

从未相识，却已相伴。

未及相拥，却已相忘。

有如回忆，如此蹉跎。

“阿曜，这是给谁写诗呢？”

“您猜啊，呵呵哒。”

第二十六乐章
太阳神的赠礼

1992年11月25日。

龙曜出生了。

他出生在中国江南水乡的一户龙姓家族中。

他的父亲叫龙秀丞，母亲叫伊苏。

那是两个举世闻名的年轻学者。

他们智慧绝伦，温文尔雅，彼此相爱，结成伴侣，本该是一对教科书级别的好父母。只可惜，他们有一个非常致命的毛病——工作狂。

夫妻两人，全是工作狂。

他们对于世界各国的考古研究和文物修复工作，有着几近病态的痴狂。痴狂到什么程度?

1992年冬季。

有一支英国探险队，在埃及帝王谷，意外发掘出一座年代不明的离奇古墓。那座古墓中的祭祀文字，有一部分是罕见龙骨形状，与任何一种常见古文字都截然不同，急需学者破译。

龙秀丞和伊苏接到邀请，不假思索，立刻赶赴埃及，跟随考古队下了墓穴。

那年冬季，伊苏已经怀孕五个多月。

她和龙秀丞，谁都没意识到，这样高强度的彻夜工作，会对体内胎儿不利，几近狂热地奔走在考古现场的最前线。

两周后，伊苏早产了。

1992 年 11 月 25 日。

伊苏在连续数日的高强度工作后，忽然感到腹痛，在阴暗霉臭的埃及古墓中，意外诞下一名不足六个月的早产儿。

那名早产儿出生时，体重仅有 276 克，身长不足 21 厘米，身体多处器官出现衰竭症状，纵使龙秀丞和伊苏迅速将他送进开罗最好的医院，聘请最好的医生进行救治，但明显也是回天乏术。

那时候，唯一没有放弃那孩子的，居然是开罗医院里的一名实习医生。一名非常奇怪的实习医生。

那名实习医生，浑身重度烧伤，脸孔总是裹在厚重的绷带后面，让人看不清他的长相。

那名实习医生，人缘特别之差，经常自顾自沉浸在一种悲伤落寞的情绪中，对谁态度都不好。每次他走进病房，所有医生护士都会像躲瘟疫一样地迅速躲开。

“这个小东西没救了。”

那名实习医生每天都要这样诅咒这孩子一次。

“还带他来看什么病？浪费人类社会的医疗资源！”

那名实习医生还会说一些非常奇怪的话，例如：

“他生命基因数据和阿曜那么像，灵识能量天生就那么高，

是个天生的炼金术师，就算这次救活了，也绝不可能活过 4 岁。等死吧。”

龙秀丞和伊苏对这医生的胡言乱语感到非常反感。

“你在胡说八道什么，再诅咒我们孩子，就投诉你！”

那名实习医生冷笑着走开，理也不理这对年轻夫妻。

“呵，道貌岸然。别说得好像自己有多爱这小东西似的。你们如果真的爱他，怎么会把他生在我的古墓里？”

龙秀丞和伊苏一蒙，没法答话了。他们确实不够尽责。

身为父母，身为学者，他们在孩子意外出生以前，竟然什么都没有准备，甚至连最基本的孕期知识都不甚知晓。

相比之下，反倒是这名重度烧伤的实习医生，比他们这对父母认真负责多了。在所有主治医生都已放弃治疗的时候，那名实习医生依旧细心看护着那个暖房中奄奄一息的早产儿，虽然，他嘴巴是极臭的。

“呵，今天还没死呢，漂亮小兔子。

“你们华夏神族有一句古话怎么说来着？”

那名实习医生，手里拿着一支芦苇形状的黄金钢笔，站在孩子身旁，细心记录着他每时每刻的生理状况，偶尔还会说几句狗屁不通的中文。

他说：“——死兔子当活兔子医吧。”

那名实习医生 24 小时不间断地看护着孩子。

每一次孩子陷入病危状态，都是他亲手抢救过来的。

“漂亮小兔子又欠我一条命。”

那名实习医生救了孩子一次又一次，然后，他就不经孩子父母同意，自说自话，给孩子起好了名字。他喊那孩子：

“阿曜。”

那名实习医生偶尔会拿出一个雕刻到一半的梣木娃娃，放在孩子面前摇摆，好像逗弄小兔子一样逗弄孩子。

“看吧，这是你最喜欢的人偶娃娃。”

那名实习医生指着那个雕工极其精美的梣木娃娃，一本正经地冲着那个刚出生的早产儿介绍道：

“这是一个紫毛老头子雕的。那糟老头子实在太老太老，老得忘了这人偶本尊应该长成什么样，所以就没有雕刻这人偶的脸。”

那个精美绝伦的梣木娃娃上面，唯独没有雕刻人脸，和雕工精细的其他部位相比，显得有些恐怖。

“不过没关系。我帮它画了一张脸，送给你。”

那名实习医生，提起复古的黄金芦苇钢笔，在那古怪的梣木娃娃脸上，轻轻巧巧画了几下。

倏然间，那梣木娃娃脸上，出现一张和孩子极其相似的东方人脸。灵秀雅致，十分好看，虽然长得很像女孩子。

“从今以后，阿曜就有脸了。”

那名实习医生说着，将梣木娃娃塞进了孩子的手里。

数日后，那孩子原本满脸病因不明的脓疮和毒瘤，一片接一片痊愈了，露出一张极其灵秀雅致的漂亮小脸来。那张精致漂亮的小脸，像极了那实习医生提笔绘制的梣木娃娃。

“阿曜，今天眼睛疼不疼？”

数日后，那孩子发生严重细菌感染。一种由埃及古墓里带出的未知真菌，侵袭了孩子的眼睛和大脑，迅速吞噬着他的生命。开罗医院给龙秀丞和伊苏连发了好几张病危通知书。

“我又给你带新玩具来了。”

那名实习医生却没有理睬什么病危不病危的官方诊断书。那名实习医生从口袋里掏出一颗冰蓝色的水晶眼球，塞进了孩子的手里。

那是一颗极其美丽纯净的眼球，仿佛宇宙天河中亿万星辰智慧都凝聚在那一汪明澈的冰蓝流火之中。美得令人窒息。

“这是那个紫毛老头子的右眼。”

那名实习医生转着手中的黄金芦苇钢笔道。

“那个糟老头子，枉称智者，却没有足够智慧，去创造什么真正的和平盛世。所以你那宝贝弟弟伏羲死后，他献祭了自己的右眼，丢进密密尔智慧之泉，去交换无上的智慧。结果什么毛线球都没有换来。简直就是神王智障。”

那名实习医生手中芦苇钢笔轻轻点了几下墨汁，将那颗冰蓝色的眼球，染画成了星月琉璃般的夜色。那医生说：

“不过没关系。我比较擅长废物利用。我昨晚去泉底，把糟老头子的眼球捞了上来，染成你们龙血族祖传的那种古怪颜色。现在，你又有眼睛了。”

数日后，孩子颅内感染症状意外痊愈。孩子有生以来第一次睁开了眼睛。那孩子眼中的光华，有如星月琉璃，眸色之中仿若有亿万星辰智慧，令人一见难忘，像极了那名实习医生笔下的点墨。

“阿曜，这次我给你捡的玩具，是糟老头子的笔记簿。它是很久很久以前恩利尔送给他的《智慧之书》，书里面的纸张可以用来修补你大面积糜烂的皮肤。你现在有皮肤了。”

“阿曜，这次我给你捡的玩具，是糟老头子的酒杯。它是很久很久以前宙斯送给他的妄欲之杯，杯子里面溢出的美酒，永饮不尽，可以用来补充你恶性病变的血液。你现在有血液了。”

“阿曜，这次我给你捡的玩具，是糟老头子的蛇蛋壳。它是很久很久以前库库尔坎送给他的富饶丰收之卵的蛋壳。它的蛋壳能够承受一千亿倍大气压的压强而不破裂，可以用来替换你被灵能压到粉碎的骨骼。你现在有骨骼了。”

“阿曜，这次我给你捡的玩具，是糟老头子的琴弦。它是很久很久以前糟老头从伏羲琴上拆下来的五根龙须，可以用来替换你全部坏死的神经。你现在有神经了。”

“阿曜，这次我给你捡的玩具，是糟老头子的眼泪。它是很久很久以前毗湿奴从宇宙之眼中取出的一个梦境。它是人世间一切勇者与智者的梦想。它能够帮助你驱逐噩梦中的所有恐惧、怯懦和忧伤。你现在有梦了。”

“阿曜，这次我给你捡的玩具，是糟老头子的……”

那名实习医生，就像一个专业拾荒的流浪汉一样，不断从不知名的地方，捡来稀奇古怪的玩具，送给暖房中的孩子。

那名实习医生用手中的芦苇钢笔，将每一份礼物，都绘制成适合孩子把玩的形态，作为诞辰礼物，塞进孩子小小的手心里。他每送出一份礼物，孩子就会鬼使神差地渡过一次必死无疑的劫难。那实习医生仿佛天生就是为了守护那个漂亮孩子而来的。

他一次次为孩子挡去死神的召唤。

然而，依旧没用。

那实习医生日夜奔忙所捡来的那么多礼物，依旧无法改变孩子必死无疑的宿命。

数十日后。孩子出现了最严重的生理病变。

他毫无预兆地出现急性心力衰竭症状，心超显示：他的幼小心脏就像在被一种无法探知的能量强行撑破。医院不可能为这么幼小的早产儿进行心脏移植手术。唯一方式就是：等死。等待他的心脏，停止跳动，或者自动破裂。

那名实习医生昼夜奔忙，捡来很多很多所谓的神奇礼物，然而，依旧无法替代那孩子迅速破裂的心脏。

那孩子快死了。真的快死了。

那名实习医生坐在孩子身旁，坐了很久很久。

那名实习医生开始跟那个刚诞生不久的早产儿聊天。他闲聊时的口吻，就像一个即将入土的垂暮老人，正隔着遥远时空，在和一个久别的故人叙旧。他说：

“阿曜，其实我一直都很想念你。

“你在我的记忆中，一直是那样耀眼美丽，勇往直前。”

那浑身裹满绷带的实习医生，前言不搭后语地呓语道。

“在那些战争中，他们都死了。我心爱的女儿和朋友。

“他们留下我在人世间。目睹我们失败的整个过程。

“年轻时候，我们曾经一起做过一个很长很美的梦。

“年迈之时，我们一败涂地。

“正如你曾经嘲讽过的那样：我们最终一事无成。

“我是你们之中唯一身体会衰老的那个。

“我不想看到至亲挚友经历死亡的苦痛，不想输给你，所以就以自身衰老为代价，换来了最强的生命炼金术。

“可惜，它没有任何用处。

“当我心爱之人惨死时，它谁也没有救上。

“我曾经痛恨过它，有如我痛恨自己。

“现在，我知道这种生命炼金术，究竟有什么用了。”

那名实习医生如此说着，微笑起来。他取出那支随身佩戴的纯金色芦苇钢笔，小心翼翼，塞进了孩子手心。他说：

“阿曜，这是我送你的最后一份礼物。

“它是我身上唯一不会衰老的器官。

“它是宇宙间最强的生命炼金术。它是我曾经垂怜人间的凡世之心。它能够承载五千亿个宇宙的生命灵能总量而不衰竭。

“它里面藏着年轻时代的我们。

“我已经不需要它了。

“你收好吧。

“现在，最强的炼金术师，是你了。”

那名实习医生说罢就走了。头也不回地走了。

当天夜里。

那个濒死的早产儿，痊愈了。

那孩子身体上所有已知未知的奇怪病症，毫无预兆地，不治而愈。他开始像个正常孩子一样，大声啼哭，手舞足蹈，拼命猛吃。

他甚至比很多足月诞生的婴儿更加强健有力，聪慧机敏。他好奇地把玩着那名实习医生送给他的所有礼物，仿佛那些都是他早就熟得不能再熟的旧玩具。

那名实习医生再也没来上班。

他再也没出现在开罗医院过。

医院给他打了很多次手机，电话号码却都已注销。

医院很快开除了那名实习医生。

谁也没有过多留意这种讨厌的怪人。

数日后，龙秀丞和伊苏，抱着孩子出院了。

他们两人走出开罗医院的时候，倏然间，看到医院门口不起眼的角落里，矗立着一尊奇怪古老的石像。

那是一尊早就被人遗忘的神像。

那尊神像，重度破损，鹰首人身，头顶戴着日盘和眼镜蛇的头冠，有着青金石的头发和金色的皮肤，明明是一尊雕工非常精美的神像，但不知为何，竟然像个重度烧伤的病患一样，浑身上下都裹着霉臭的绷带，像具人形木乃伊似的，看起来十分诡异。

有个医院的护工说：

“那尊石像，已经矗立在医院那个角落里很多年了，据说十分古怪，有些罹患绝症的病人，向它祈祷后，都意外痊愈；不过也有穷凶极恶之徒，在向它祷告后，突然暴毙的。

“它一直被人当作邪神。

“只不过，这尊石像，前几天坏掉了……”

医院的护工指了指石像的心口，遗憾叹息道：

“不知为何，那天夜里，石像心口忽然裂开一个大洞，洞中缺失了一大块金色的宝石，现在看起来就好像，这尊石像的心脏，忽然没有了一样呢。”

龙秀丞和伊苏同时抬眼，望了一眼开罗医院门口的那尊无心石像，隐约间，总觉得它那裹满绷带的诡异模样，有点像前些天常见的某个古怪医生。只不过，那尊石像现在的模样，看起来好像已经死了一样。

“大概是错觉吧。”

龙秀丞和伊苏带着孩子登上了回国的飞机。

“其实，我一直很喜欢那医生给我们孩子起的名字。”

伊苏逗弄着怀中九死一生的健康孩子。

“嗯。”

龙秀丞透过飞机窗户，俯视了一眼 1992 年的开罗城区。

“那就叫他龙曜吧。”

第二十七乐章
毁诺

2008 年 11 月 26 日。

龙曜 16 岁。

他化成了魔。

龙曜为了求生，开始了人生中第一场疯狂战斗。

龙曜以自身为原料，炼化出两种骇人的战斗兵器。龙曜以凡人的身躯，仅凭一己之力，就击败了 21 名高阶世界贵族。

龙曜这种诡异的战力提升速度，震惊了在场所有人。

在那座血与泪的巫医森林中，仅有一名高阶女巫医，发现了龙曜战力莫名暴涨的原因。那名女巫医疯狂尖叫起来：

“给我活捉他！我知道他是什么东西了！

“他……是这世界上唯一能救奥丁的人！”

他是这个宇宙中最强的生命炼金术师。

女巫医高声呼喊着，要求圣战士们活捉龙曜。因为女巫医在观察龙曜战斗的短暂时间内，发现了龙曜身体的秘密——

一个不为人知的秘密。

为什么这凡人少年那么强大？

“因为……他本身，就是一种世界宝藏。”

准确地说——

这凡人少年的肉体，是无数种世界宝藏的集成体。

1992 年 11 月。开罗市立医院。

龙曜刚一出生，就因基因配比特殊，灵识能量过强，而罹患多种未知疾病，本应该立刻死去。

只不过，开罗市立医院里，有一名浑身裹满绷带的实习医生，偶然间，遇到了他，认出了他。

那名实习医生说：

那孩子的基因数据，很像他很久以前认识的一名故人——阿曜。

那名实习医生感到有些怀念。

他想要治好这个很像故人的孩子，于是他偷偷从诸神黄昏的古战场遗迹中，捡来了很多破损的世界宝藏：

例如：用尤加特拉希宇宙树雕刻出的人偶身躯、奥丁的冰火眼球、宙斯的妄欲之杯、伏羲的龙须琴弦、恩利尔的智慧之书、库库尔坎的蛇卵之壳、毗湿奴的宇宙梦境……

最后，当那孩子的心脏即将被体内过盛的灵能所撑破，却又找不到能够替代他心脏的世界宝藏时，那名浑身裹满绷带的实习医生，无比淡然地，将自己体内的心脏取出，当作最后的礼物，送给了孩子。

这个浑身裹满绷带的实习医生，名字叫拉。

138.2 亿年前，诸神号上那个饲养着很多野生动物的埃及少年：太阳神·拉。

曾经顽劣的少年，后来成了古埃及赫里奥波里斯的九柱神之首，人世间最强的炼金术师。他曾经拥有庞大的家族，珍爱的孩子，虔诚的信徒，神圣的庙宇。

后来，什么都没有了。

他年轻的时候，太过害怕生命会在自己面前流逝，于是就以自身衰老为代价，换来了一种全宇宙最强的生命炼金术。

他手中的黄金芦苇钢笔，是他创世的绘笔——

他垂怜苍生、永不衰老的心脏。

一段段生命的奇迹，曾经在他的绘笔下诞生。

他因为身体的急剧衰老，而成为第一个被信徒唾弃的神。

他因此在诸神黄昏的古战场中活了下来。

现在，他已经不需要这些了。

他不再需要这颗永不衰老的心。

因为他实在太老太老，老得忘记了为何怜尘。

他将那颗唯一不会衰老的心，送给了年轻的孩子。

他将伏羲的琴弦，画成了孩子的经络。

他将奥丁的眼球，画成了孩子的眼睛。

他将宇宙树的神木，画成了孩子的肉身。

他将羽蛇神的蛋壳，画成了孩子的骨骼。

他将恩利尔的智慧之书，画成了孩子的皮肤。

他将妄欲之杯中永饮不尽的酒，画成了孩子的血液。

他将毗湿奴的梦境，画成了孩子无尽的梦想与野望。

于是，那孩子存活下来。

这个本该刚一出生就死亡的凡人孩子，奇迹般活了下来。

他浑身上下，全是拉从诸神黄昏古战场中捡来的神器。

年迈的拉，其实只是希望那孩子好好活着。

拉从没想过，自己把这个性格温柔的孩子，变成了人类世界中最强的战斗兵器：一种人形兵器。

龙曜是凡人，但他远比传说中的神魔更加强大。

他已经是人世间最强的炼金术师。

当他战斗的时候，他那仿若人形兵器一样的身躯，会像个无底黑洞一样，不断吞噬周围的一切灵能。

他会感到无比饥饿。

龙曜彻底魔化了。

他吞噬了巫医森林中所有妄图加害他的世界贵族。

他触发了阿兰星落创世封神系统的一级警报。

“尊敬的用户，弑神者·凡人·龙曜。”

阿兰星落的宇宙监控系统，监测出龙曜远远高于正常世界贵族的恐怖战力，对他进行了特殊招募。

系统将阿兰星落的历史文献，交给龙曜阅读。

系统让龙曜知晓诸神的往事。

系统给龙曜两个选择：

选项一：“遗忘一切，成为一名凡世的王者。”

选项二：“记住一切，成为一名世界贵族和战斗兵器。”

系统说：“尊敬的凡人·弑神者·龙曜，请您为了人类文明的未来，做出正确的选择，贡献出您非凡的力量。”

龙曜说：“呵呵哒。真逗。我选第三种——永垂不朽。”

系统问：“什么？”

系统并没有听懂这凡人在胡说八道什么。

系统问："那是什么意思？"

龙曜说："意思就是，我选择永生不死。"

他将化成历史，铭刻在宇宙洪荒的墓志铭上。

他将化成时间，洗刷掉一切愚昧耻辱的曾经。

他将化作魔咒，威慑尽所有穷凶极恶的暴徒。

只不过，以上这么中二丢脸的话，龙曜是不会乱说的。

龙曜说："因为，你给的两种选择，我都不喜欢。这就像是一张原本就错误满满的考卷放在我面前，正确的做法，不是答题，而是把考卷扔进垃圾桶。所以，我不会选择任何一个。我就是要永垂不朽。我就不选你给我安排的人生。怎么样？"

系统对此感到不满。因为，身为全宇宙生命秩序的第一管理员，它从没这么低声下气发出邀请，还被拒绝了呢。

系统问："难道，不再为了你的家人爱人考虑一下吗？"

系统正在威胁龙曜。它有足够的权限，可以在一瞬间抹除龙曜所有牵挂和深爱的生命，甚至他生存的星球。

龙曜说："不考虑了。不服气你就来打我吧。"

说罢，砰的一声。

烟雾漫天。

龙曜消失了。

龙曜和吉赛尔，在一团丑得像屁一样的简笔画烟雾中，倏然化作两只歪鼻子歪眼的幼儿简笔画动物，从巫医森林里，毫无预兆地消失了。

一点点踪影都没留下。

什么都没有留下。什么都找不到了。

这究竟是一件多么恐怖的事情？

两个大活人，而且还是两个大凡人，竟在一瞬之间，从一台拥有全宇宙最高生命监控权限的四维人工智能系统眼前，凭空消失，消失得无影无踪，连一点点存在过的迹象都没有。

那种感觉，就好像一台电脑，活见鬼了。

阿兰星落的创世封神系统，发出一声恍若惨叫似的尖厉警报，然后，它立刻在全宇宙范围内搜寻龙曜和吉赛尔的踪影。

10 分钟后。

系统……

中毒了。

阿兰星落创世封神系统，四维灵识服务器中，莫名其妙冒出来不计其数的奇怪符文：喵喵……

这种没完没了的喵字，在短短数分钟内，将所有与龙曜相关的信息数据，全部刷屏清零。

而且这些喵字，字体极其难看，歪歪扭扭不成字形，全部都是数分钟前，龙曜嘴里一字字吐出的废话。

阿兰星落神谕教廷，立刻调遣最高等级的智者科学家，对此进行研究。不料，研究的结果就是——

“那个叫‘龙曜’的凡人，刚一出生，肉体就已死了。”

“太阳神拉，用无数世界宝藏，拼凑组合出一具人形容器，用来盛放他的思想数据。这具人形容器，在巫医森林里，被赛尔匹努斯巨龙用毒焰烧毁了。”

“然后，这个龙曜……就成了真正的怪物！”

“这个怪物龙曜，为了求生，彻底魔化了。”

“他失去了赖以生存的人形容器，却又不甘心就此湮灭，于是，他就把自己的全部思想，炼化成了一种病毒程序。”

“这种病毒，代号叫作魔化龙曜 1.0 版本。”

“它只是龙曜的欲望，不是真实的肉体。”

“你们现在作战的对象，是病毒，不是人类。”

“茫茫宇宙，找一个凡人容易，找一段病毒就……”

像大海捞针。

阿兰星落的智者科学家们，没好意思说出来。他们一边焦头烂额地修复中毒的系统，一边向前来追查龙曜行踪的神谕教廷大主教——洛基·法布提森，如此解说道。

“那个病毒龙曜，从一开始就没准备认真听什么《阿兰星落历史教科书》，更没准备做什么人生选择。他所有跟系统做出的对话，以及利用他亲友所做出的试探，都只是为了在交互式对接过程中，用本体去感染系统，以此篡改掉系统对自己的监控数据，从系统的监控中逃脱。”

“它成功了。”

“如果，你们能成功招募到这个病毒生命体，它将成为阿兰星落圣地科学研究院最顶尖的智者之一。只可惜……”

只可惜，阿兰星落神谕教廷，连龙曜的毛都没抓住一根。

所有系统资料，都被篡改了，什么副本都没剩下。

一直以来，过度依赖人工智能系统管理的阿兰星落世界贵族，甚至连龙曜诞生于哪个文明，哪颗地球，都搜索不出来。因为，全宇宙的资料，实在太过庞大。一旦人工智能系统中毒，一段小小凡人的信息，根本不是凭人力就能搜索出来的。

10 小时后。

创世封神系统还原失败。

无数智者科学家们，为了迅速恢复对全宇宙范围内所有生命星球的殖民统治，被迫对系统进行了一次格式化杀毒处理。

龙曜的资料丢失了。

他是谁？他在哪里？他做过什么？他即将去做什么？

创世封神系统无法计算出答案。

然后，结论出来了——

龙曜跑了。

这个弑神的凡人少年，他杀了恶神，劫持了神王奥丁，绑架了奥丁的养子，调戏了神谕教廷，搞瘫了创世封神系统，然后，变成一大坨丑瞎人眼的幼儿简笔画巨龙，大摇大摆地从所有世界贵族眼前消失了。简直奇耻大辱。

“这是对圣地的亵渎！给我展开地毯式搜索！”

“给我把这小子的肖像挂到每一颗殖民星球上！”

“给我发动全宇宙所有生命体去人肉它！人肉它！”

神谕教廷大主教——洛基·法布提森，愤然捶桌下令。然后，弑神者·龙曜大大的通缉令，就这么问世了。

这张通缉令，在短短数分钟内，贴满了全宇宙每一个星球每一个角落。虽然，迟迟没人举报自己见过通缉令上的罪犯。

因为，这玩意儿是长成这样的→?

两个月后，笑料迭起。

神谕教廷再也顶不住舆论压力，终于蔫蔫撤下了这张天价悬赏的通缉令。因为，所有世界贵族都觉得丢脸。

神谕教廷竟然把图中这么个鬼东西，定义为宇宙一级罪犯，而且迟迟不能缉捕归案，实在有损圣地尊严。

WANTED

DEAD OR ALIVE

KILLER LOONG

Reward of 380,000,000,000,000

ATLANTHELOT

很多年轻的世界贵族学生，闲得无事，天天在创世封神系统的世界频道上，嘲讽神谕教廷无能。甚至还有无良商家，开始贩售这个宇宙一级通缉犯的手办玩偶，据说越丑卖得越好。

“别通缉了行吗？超丢脸的。”

“听说这鬼玩意儿还监禁了神王奥丁。”

“那个被神谕教廷奉为战神的奥丁，败给这种玩意儿？”

“索性给那玩意儿建座神庙供起来得了，反正抓不着。”

“口味真重，哈哈哈哈哈哈哈哈哈哈哈哈哈哈。”

圣地·阿兰星落，呈现出多年未曾有过的欢腾雀跃。

第二十八乐章
凡世

同一时间。

2008 年 11 月 27 日。

龙曜回到了凡世的地球。

龙曜并没有回中国江南水乡的老家。

龙曜跟着吉赛尔去了英国伦敦。

龙曜和吉赛尔“约会”了。

龙曜花了足足一个月的时间，陪吉赛尔逛街、看电影、买衣服和化妆品。龙曜买了一堆吉赛尔喜欢的亮晶晶的东西送给她。

龙曜还带吉赛尔去游乐园，陪吉赛尔坐他曾经不屑一顾的云霄飞车。龙曜在摩天轮上点燃星辰，为吉赛尔放烟花，那是一种何其美丽辉煌的景象。

龙曜专心致志地做着讨好女性的纨绔事情。

龙曜在 Aquascutum 订购了全球限量版的 Nebula 水晶鞋。龙曜单膝跪下，为吉赛尔穿鞋。那个英俊少年温柔细心的模样，引来太多少女围观。她们羡慕那个被少年当成至宝来呵护的英国女孩。

2008 年 12 月 24 日。圣诞夜。

龙曜在波士顿为吉赛尔办了场盛大的化装舞会。所有曾经与他们相识过的老师同学朋友，甚至仇敌，都被龙曜以各种不可抗拒的理由，强行邀请到了舞会现场，来与他们叙旧，畅谈童年。

龙曜亲手为吉赛尔炼化了一条礼服裙。

那是用无数凡世不可得见的璀璨珠宝和星际绫纱所织就的华服盛装，盛装名字叫作 Forever。

龙曜亲手为吉赛尔梳头，用云鲛鳍丝，为她束起长发。

吉赛尔眼睛却冷得像是嘲讽。

“你演够情圣了？”

吉赛尔一把扯下龙曜披在她身上的华服，直截了当道：

“到底想干什么，干脆点，直接说吧。”

吉赛尔很浪漫，但不愚蠢。

龙曜绝对不是什么言情小说式的浪漫男人。

龙曜从小就不擅长让女孩子高兴，或者说，他从来就不懂女人心。他花了那么多心思，这么多时间，来讨好取悦吉赛尔，唯一可能就是……他有求于吉赛尔，或者，他有负于她。

龙曜正在为负罪感买单。

龙曜抬头看了看吉赛尔，停下了手中束发的动作。

“我要走了。”

龙曜眼中没有一丝多余的感情。

“我要永远离开你的生命。”

龙曜回头看了眼灯火辉煌的喧嚣舞会。

“今晚舞会结束后，我就会洗掉你对我的全部记忆。

“你不会感到任何痛苦，也不会记得任何事情。

“就好像……

“我从来不曾出现在你生命中。”

一阵令人窒息的沉默。

许久之后。

龙曜伸手抽了张纸巾，递给吉赛尔，准备等她哭闹。

吉赛尔没哭。

她慢悠悠接过纸巾，无比优雅地揉成一团，丢进纸篓。

“我，猜到了。”

吉赛尔声音听起来无比平静。她说：

“这一个月来，你没有再提任何虚幻缥缈的事情，没有再提你疯狂变态的欲望，只是像个纨绔贵公子一样，不断围着我

转悠，实现我每一个荒唐的梦想，扮演我喜爱的男人。”

“因为，你知道——我，是你的累赘。”

吉赛尔深黑色的眼睛一眨不眨地盯着眼前的少年。

那是她心中抹不去的烙印和疼痛。

“我，太弱了，弱得随时会死掉，弱得一定会拖累你。

“你太强了。在你选择的未来，只有强者才配同行。

“所以，你要走了。”

吉赛尔单手一扬，举起手中托特神的新月文书记录者。

那柄金丝灵伞，是龙曜曾经发誓和她永不分离的“证言”。

“死生契阔，与子成说。”

执子之手，与子偕老？

“你所有的浪漫，在残酷现实面前，都不值得一提。

“你从来不会问我想要什么，就像你从来不会问龙小邪想要什么一样。你总是想来就来，想走就走，想干什么就干什么，因为你足够强大。我们反抗不了你，只能被你安排。

“所以，你——走吧。”

吉赛尔冷笑着束起自己的长发，轻蔑地向他伸出手来：

“感情这种事情，谁当真了，谁就输了。”

我不是龙小邪。我不可能对你有那么深的感情。

“小时候，我那该死的警察老爸，为了几个素不相识的小屁孩，被毒贩子乱枪打死在伦敦巷子里时，我就明白了。”

所有男人，都是一样的。

“比起我和妈妈，他更爱他自己。”

你也一样。

“什么发誓要照顾我们一辈子的甜言蜜语，那都是雄性荷尔蒙上头时的鬼话。到头来，他最终想要成就的，依旧只有他自己的英雄梦。所以，我怎么可能把你的话当真。”

直到死亡，使我们永别。真讽刺啊，说这话时，你已经死了。

“今晚，带我去跳舞吧。”

吉赛尔高昂着脖子，居高临下望着那痴痴望她的少年。

“跳一场你毕生难忘的舞。”

一场我至死难忘的舞。

我会忘了你。而你，将永远记得我。

“就像小时候那样。”

那时候，少年总是怯生生站在舞池角落里，偷偷看她。

“我成全你。”

她走到龙曜身边，向他伸手。

“谢谢。”

龙曜喘息起来。

他靠程序演算得出的情绪波动里，找不到正确的回答。

他像个机器人一样，牵起吉赛尔的手，走进舞池。

他完美地完成了那一夜的舞蹈。

金碧辉煌的灯光，恢宏绚烂的音乐，有如万花筒中的彩色玻璃，在少年眼中耳间盘旋。

他是龙曜临死前残留的欲望。

他清楚记得龙曜小时候站在学校舞会角落偷看那漂亮女孩的情形。他以为那只是人类荷尔蒙激发出的欲念。而他复杂的情感模拟系统，绝对可以完美地排斥掉那种不切实际的诉求。他只是龙曜临死前残留的一段欲望。他正在完成龙曜交给他的最后使命。其他什么都不是。仅此而已。

“龙曜，你给我记着。”

那天午夜。

圣诞夜钟声敲响的时刻。

雪落下来。遮掩去少年僵硬的神情，错乱的目光。

“我不是你的龙小邪。从来就不是。”

他将吉赛尔带到雪地中，亲吻她深黑色的眼睛。

“我是吉赛尔·赫尔南多。”

他从没见过那么美的眼睛，仿佛将苦痛烙印上他丑恶的灵魂。

“纵使你化成了灰……”

他指尖轻轻一挑，灵光燃起。

“我也认得你。”

他删除了女孩所有关于他的记忆。

他抱住茫然失忆的她，如此答道：

“我也是。”

女孩却已不知道他说的是什么。

夜深了。

雪还在落。

他背起龙小邪的木乃伊，转身离去。

他要去的那个地方，太黑太冷，不能带她同行。

那是龙曜的欲望在他心底对他下达的命令：

守护她。

第二十九乐章
猫校长异闻录

2009 年 3 月 16 日。

北冰洋中央，魔鬼岛上。

猫校长梅利，遇到了猫生中最大的危机——

它被一个坏学生给虐待了。

那个坏学生，名字叫作龙曜。

他是一个中国少年。

三个月前。

龙曜转校，进入了这所阿兰星落预备生学校。

龙曜带着一个紫发小鬼，一起就读于学校研究生部。

然后，猫校长梅利伊布拉，就再没过上一天安稳日子。

这个名叫“龙曜”的坏学生，在入校的第一天夜里，就在博物馆里电闪雷鸣地狂轰滥炸，烤焦了它的猫屁股。

梅利校长对此感到非常愤怒。

这究竟是个什么样的差生。

不尊师重道也就罢了，竟然还这么明目张胆地虐猫。

虐猫懂吗？

他不但放雷电劈它，放鬼火吓它，还整天嘲笑它胖。

它梅利伊布拉校长，从头到尾，哪根毛看起来胖了？

而且，这还不是最让猫头疼的。

最最让猫头疼的是……

这猫似乎总觉得自己，在哪里见过这个坏学生。

这个头顶一撮小白毛的漂亮华夏族小鬼，那双明澈如星月琉璃似的眼睛，怎么看起来那么眼熟呢？

还有那小鬼身旁带着的那个紫头发的面瘫北欧小鬼，怎么也看起来那么眼熟呢？

猫校长到底在哪里见过他们两个呢？

这猫老眼昏花地抱着猫抓板，又踢又咬。

然后，它的校长办公室就……

失窃了。

这肥猫私藏在校长办公室里的美酒、仙肴、灵药、神器，在一夜之间，全都不翼而飞，失窃地点，只留下这么一张字条：

报告校长：
全是我拿的！
就当是你整天来我寝室偷吃小鱼干的报酬吧。
爱你的学生：龙曜。

“我我我爱你个毛线球，嗷嗷嗷嗷喵！！”

梅利大猫当场气到原地爆炸，螺旋升天。

简直了！太岁头上也敢动土？

这种暗搓搓来校长办公室偷酒偷菜偷药偷肉的猥琐事，整整 138.2 亿年来，充其量也就只有几个坏学生有胆子来干！

其中，第一个坏学生已经惨死了。喵呵呵。那个坏学生，好像有个很酷的封号，叫什么什么龙尊盘古来着。那小子手舞金扇，一扇子劈开宇宙，拯救世界，是不是特别威武、特别伟岸啊？再威武有什么用？最后还不是亡故了？

其中，第二个坏学生，是一个飙车狂魔，好像叫什么什么奥丁来着。小时候，每次有坏学生来校长办公室偷东西，最后都是藏在奥丁床底下的。

这群坏学生啊，绝对是它带过的最差的一届学生。

没有之一。

尤其是那第一个坏学生，那个华夏神族的疯太子盘古。

梅利依稀记得，那小疯子出身特差，小时候吃过太多苦，长大后就成了个著名祸害，经常带着奥丁一起，到处捡破烂、捡小孩，捡回来后，就丢在校长办公室里，啃梅利的猫粮。

梅利细数过，他俩捡回来的小孩和破烂，能组一个军团。

梅利依稀记得，那疯太子还很叛逆，不肯听爹妈的话，曾经一怒之下，带着奥丁，砸烂过一千座祖先神庙，救下一对本该被殉葬的孪生姐弟，当成亲弟妹，抱回家养着了。

那对孪生姐弟，当时年纪特别小，扎着小辫，挥着小剑，蹦蹦跳跳，摇着小小的龙尾巴，像两只小跟屁虫似的跟着盘古和奥丁，一起做坏事。不知什么原因，那两张漂亮小脸，后来和盘古越长越像，越来越强，最后成了两条赫赫有名的龙。

梅利猫隐约记得……

公的那条龙，尊号叫什么龙圣伏羲，整天在睡觉，弹得一手好琴，做得一手好菜。

母的那条龙，尊号叫什么龙神女娲，虽然是个小丫头片子，但比任何男生都疯，比盘古还作，是个顶级闯祸坯子。

猫校长隐约记得：有次这疯丫头，偷偷来它办公室，偷光了梅利珍藏的猫粮不算，还偷酒喝了个酩酊大醉，扭着龙尾巴在它办公室里跳舞，边跳边把它校长办公室里的每一个微生物都捏成了伴舞的小龙虾。

盘古、奥丁、伏羲仨男生，一起动手，都治不住这条发酒疯的小母龙，被她用尾巴抽成了猪头。

所以说，动物界果然还是母老虎比较凶啊。后来，梅利隐约记得，那条凶暴的小母龙，长大了，失恋了，还当上了什么华夏神族的王，厉害得一塌糊……咦……喵?

轰——

猫校长刚刚吐槽到一半，倏然间，晴空中一道惊雷劈下。

它百亿年前遗失的记忆碎片，有如走马灯般，闪着金色流彩，流窜过猫校长风烛残年的脑海!

这猫吓得浑身炸毛，有如活见鬼似的惊叫了起来：

“龙龙龙龙血族那一家子闯祸坯子?！”

它最差的那届学生中最差的那几个家伙。

“飙车狂魔奥丁?！”

它最差的那届学生中最没有表情的榆木疙瘩。

“龙曜那那那那那张脸是……?！”

喵了个咪！这猫想起来了。

时隔百亿年岁月，这猫早就忘了他最差的那届学生的长相。它甚至从来不关心奥丁死活。

这猫记忆中的奥丁，早就变成了猫抓板，纯属每天让它抓抓啃啃当出气筒用的。

所以，当龙曜和奥丁一起出现在这猫面前时，它根本想不起来为什么自己总觉得这两个家伙的脸，有点眼熟。

天呐噜，这是要它的猫命啊！

那两个天煞的小冤家，怎么会同时出现在它的学校？

他们难道是想来毁灭它美好的晚年生活吗？！

“嗷——喵！

“龙曜！奥丁！你们给我死出来死出来！

“我喵喵呸的……我想起来你们为什么那么眼熟了！

“你们不是早就被开除了吗？从我的宝贝学校滚出去！”

梅利张牙舞爪地冲进了学校寝室楼。

它是去找龙曜和奥丁的！

它想起来他们两个为什么那么眼熟了。

这猫吓得浑身炸毛，像只肥胖的大毛球一样，挂在龙曜和奥丁的寝室窗口，冲着寝室里面龇牙咧嘴。

然后……

它就被寝室里的一幕古怪景象，吓成了斗鸡眼。

因为，这猫，又看见了一个熟人……

伏羲？

龙圣伏羲？！

只见龙曜和奥丁的寝室厨房里，正站着一名头发半黑半白

老爹愛吃蒜蓉麻醬味

临兵斗者皆阵列在前
烤鱼不可怕兮
烤好了都是鱼

的东方少年。那少年上半身是人，下半身是蛇，头上飞扬着半黑半白的龙角，正在专心致志地“做菜”。

当梅利大猫挂在窗口嚎叫的时候，那个容貌酷似伏羲的东方少年，正操控着一种灵丝状的琴弦，将一条满嘴獠牙的暴血食人鲛鳙鱼，烹饪成香气四溢的烤鱼。

那烤鱼的味道，实在是太诱猫了啊。

这个正在烤鱼的少年，长得也实在太像小时候的伏羲了。

猫校长记得，很久很久以前，当那些坏学生都还活着、都还年轻的时候，他们那华夏神族的龙尾巴三兄妹里头，它就只对龙圣伏羲稍微有那么一丁点儿好感。

因为，那一家三口的闯祸坯子里，只有伏羲脾气最好，会弹好听的琴，还特别擅长烹饪，经常给猫校长烤很好吃的小鱼干，还经常一边打瞌睡，一边给猫校长撸肚子。

这猫平时就喜欢趴在伏羲的龙尾巴里晒太阳。

后来，伏羲死了，死在第三次屠神战争中。

伏羲的琴被女娲砸了，伏羲的琴弦被奥丁捡去了。

梅利大猫再也没有吃到过特别心仪的小鱼干，再也没有找到给它撸肚子撸得那么舒服的好龙。真是太伤心了。

“伏伏伏……伏羲……你你你……怎么还活着喵?！”

猫校长挂在窗口，口水哗啦流下来，差点把舌头咬了。

“你喊谁？”

那个形貌酷似伏羲的东方少年，懒洋洋抬头，懒洋洋看了一眼挂在窗口的胖猫，懒洋洋打了个哈欠，然后……

那少年开始睡觉了。

只一瞬间，他就睡着了。

这少年竟然就在烧饭的同时，睡着了，以至于那条原本已经被他烤得透透的魔化鲛鳙鱼，逮准机会，就来了个满血复活，一下子蹦跶起来，开始在厨房里疯狂乱窜，把各种灵光闪耀的灵药调料甩了个满墙壁都是，锅碗瓢盆砸得稀烂。

“呀，这是在干吗呀！秦大睡神您老人家怎么又睡着了！”

龙曜闻言，三步并两步，闯进厨房，撩起菜刀，唰唰几刀，就将那条魔化烤鱼给剁了。

然后，龙曜就开始殴打那个长相酷似伏羲的美少年，啪啪啪一阵打脸，直把那美少年的脸都打成了猪头。

只不过，那猪头美少年依旧不醒，睡得比死猪还要死猪。

这个猪头美少年，究竟是个什么等级的睡神啊？

一边烧饭一边睡着不算，竟然被人暴打还能继续睡？

梅利大猫挂在窗口，已经彻底看傻眼了。

这种白痴，怎么可能是它曾经才艺双馨、唯一还看得有点顺眼的差生——龙圣伏羲小哥哥？冒牌的吗？

“别打了。”

寻思间，奥丁也走进了厨房。

奥丁面无表情地看了一眼龙曜，面无表情道：

“他从小就是这样的体质。你昨晚给他布置太多任务，累到他了。他只要一天没睡足 24 小时，就是严重睡眠不足，就算天塌了也是会睡着的。”

奥丁说罢一伸手，将那个古怪睡神，从地上抱起来，扛回卧室，放在床上，掷好被子，任由那睡神继续睡了下去。

“喂！奥丁你再说一遍？什么叫一天没睡足 24 小时就是严重睡眠不足？你现在过的是地球时间吗？你个神王智障！”

梅利大猫觉得自己的这个学生,天文一定是体育老师教的。它为自己学生的智力低下感到羞耻。

然后，奥丁就循声回头了。

奥丁终于看向了挂在窗口的梅利大猫。

好。战争即将开始了。

奥丁那厮，终于注意到梅利了。

奥丁已经注意到可怕的猫校长大人了。

奥丁即将和猫展开战斗了。

奥丁这个可怕的差生啊!

他心底里一定是在责怪梅利大猫对他们见死不救吧。

他心底里一定是恨死梅利了吧。

奥丁一直都是很讨厌猫的，小时候就只喜欢养小狼狗。

时隔百亿年岁月，奥丁和梅利，他们师徒二人，终于再度重逢，终于要彻底清算旧账，终于要开始相互辱骂相互对殴了吗？好吧来吧！谁怕谁啊！不就是打架嘛?

梅利大猫浑身猫毛炸开，背脊拱起，猫爪外露，嘴里发出野猫挑衅打架式的呜呜声，已经做好了战斗准备。

然后——

就见奥丁一本正经走过去，一本正经看看这肥猫，一本正经伸出手，一本正经关掉了窗户，砰的一下，把猫关在窗户外面，差点夹掉它的猫鼻子。

梅利瞬间炸毛，气到爆炸。

“喵嗷——你个小狼崽子胆敢把为师关在外面!!”

这世上竟然还有生物敢这么无视它梅利伊布拉大猫存在的。眼前这个完全没表情的家伙，铁定就是奥丁本尊无疑了!

“我想起来你们是谁了！你们两个怎么会混在一起?！”

梅利大猫开始暴走了。

它紧贴着寝室楼的墙壁，不断张牙舞爪，妄图从玻璃窗潜入。结果就是——它爬到哪扇玻璃窗前，奥丁就像个扫地机器人一样，一本正经地关掉哪扇玻璃窗。

关完所有玻璃窗后，奥丁一本正经地打开投影机，开始在寝室里放文艺片老电影，依旧只当这猫是空气。

“奥丁！紫毛！面瘫！自虐狼！飙车狂魔！榆木疙瘩！”

梅利只好锲而不舍地从寝室楼通风管道里爬了进来，隔着通风栅栏，猫脸扭成一团，表情狰狞地冲着奥丁嚎叫。

只不过，依旧没人理它。

奥丁大神现在非常之忙：

他目不转睛地在看一部文艺老电影：爱情片。

哇！奥丁在看个毛线球爱情片啊?

这种榆木疙瘩怎么可能看得懂爱情片?

梅利嚎叫了半天都不见奥丁理它。

这猫只好改变策略，开始骚扰龙曜了。

“兔子！兔子！阿曜！酒鬼！甜食控！脱衣舞狂！”

这猫努力回忆着这个差生百亿年前的各种绰号，一声声叫唤了出来。

“你在喊谁?”

这猫怪叫半小时后，龙曜终于理它了。

“别乱喊了。我可不是你记忆中那人。”

龙曜嘴里叼着一块烤鱼，抬头看了这猫一眼，随手掏掏口袋，往它嘴里塞了根白巧克力棒，直塞得这猫呸呸作呕。

“床上那个家伙，也不是龙圣伏羲。”

龙曜指了指奥丁床上睡成一坨死猪的睡神秦王羽。

“他叫秦王羽，只是伏羲的后裔。”

龙曜哼着小曲儿，随口说道：

“108 年前，这个姓秦的小子，出生在华夏星域一艘天河级宇宙星舰上。他刚出生时，就具有极高智慧，基因数据像极了他远古的祖先——龙圣伏羲，强大得过分。

“阿兰星落神谕教廷大主教洛基·法布提森认为——

“他是一种极其珍贵的科研材料，于是，就斥巨资，向他的家族，购买他的身体，作为活体试验品去解剖，结果，遭到他父王母后的严厉拒绝。于是，在他百日诞辰宴上，阿兰星落神谕教廷以‘叛国罪’为名，屠杀了他的家族。”

龙曜嘴里哼着一首华夏族的镇魂曲。

“只可惜，他那死脑筋的父母，依旧冥顽不灵。”

那首曲子很好听，但有点忧伤。

龙曜随手指指秦王羽道：

“他的家族，是远古遗留下的神乐师世家。

“他的父母，在临死前，将自身全部灵血，祭成一曲安魂的葬歌《九幽·镇魂调》，强行催眠了他。这首《镇魂调》，强迫这小子体内 96% 以上的活体细胞，全部进入深度睡眠状态，再也无法显现出他诞生时那种酷似古神伏羲的超强灵力，将他彻底变成了一个普通熊孩子。

“当神谕教廷大主教抓到他时，发现他已经是个只会睡觉的废物点心，就将他送给了奥丁炼药。

“奥丁这人嘛，一直都是比较健忘的。”

龙曜哼着镇魂调，指指正在认真观看爱情片的奥丁。

“奥丁随手把这小子丢进金鱼缸，忘了要杀掉，随随便便养了一百多年，就养成了现在这副德行。”

龙曜一边哼歌，一边料理烤鱼。

“这小子，现在是他养子了。”

龙曜将魔化烤鱼架在烤炉上，扑哧哧倒着各种灵光闪烁的奇怪调料。那些调料，全是从猫校长办公室偷来的珍贵灵药。

“唔，行……行吧。”

原来是这样啊。这猫认错人了。

梅利大猫不喜欢听这种很悲伤的陈年往事，郁闷地在通风管道里啪啪直甩大尾巴。

“那么，你和奥丁，又是怎么回事？为什么现在相处得那么和谐友爱？你们两个不是……一直就有仇的吗？

“记得小时候，你每次在学校里见到奥丁，都要冲上去跟他杀个你死我活的，谁都拉不开。怎么现在不打了？”

“因为，我根本不是你记忆中的那人啊。

“而他，也已经算不上是活的奥丁了吧。”

龙曜略显茫然地扑闪了两下星月琉璃眼，看起来像只人畜无害的漂亮垂耳兔。

“我和秦王羽很像，只不过是某大神后裔的后裔，基因数据和祖先很像而已。我真实的身体，早就在战斗中被烧成了灰烬，现在只剩一段病毒形态的执念，还逗留在世上，继续执行自己生前的命令。而他——奥丁……”

龙曜走到沙发旁，托起奥丁那张面无表情的脸，撩开奥丁额发，在奥丁眉心正中画了道炼金术师系的符咒，念了声咒语，下令道：

“程序终止。”

龙曜话音刚落，奥丁就像一具断线木偶似的，瞪着双眼，直挺挺倒在了沙发上。

“这个奥丁，浑身上下，都插满了军用程序芯片。

“已经只是一具人形的战斗兵器，或者说，提线木偶。

“你只要对他输入指令，你要他唱歌，他就给你唱歌，你要他跳舞，他就给你跳舞，你要他自杀，他也不会反抗。”

龙曜拖起奥丁，随手又在他脑中输入一道指令程序。

然后，那个奥丁，就又动了。

这个北欧神王，不可一世的战神智者，无比乖巧地遵从程序命令，在自己脖子上套了一件兔子头的围裙，开始一本正经地打扫房间，给龙曜捶背做按摩……

看起来特别的愚蠢，简直令猫无法直视。

“这个奥丁，早就不是你记忆中那个骄傲尊贵的榆木疙瘩了。”

龙曜叼着一根巧克力棒，站在夕阳下的厨房里，笑得异常灿烂，令猫心碎。

龙曜伸手，撸撸那猫毛茸茸的下巴，笑笑说：

“你最差的那届学生，全都死了。

“死了。死干净了。

“一个都没活下来。”

猫校长望着龙曜微笑的模样。

它望着龙曜那张酷似故人的漂亮脸蛋，呆了很久很久。

然后，这猫突然张嘴，狠狠咬了龙曜一口。

“嗷——才没有呢！”

梅利校长忍无可忍，突然发飙，龇牙咧嘴着猛一用力，将通风管道的栅栏给捏了个粉碎。

这猫感到有些难过。

这些令它头疼的小家伙啊。总是那么擅长让猫心碎。

“为师都还活着呢！怎么可能让学生去死？”

梅利大猫一怒之下，一句气话，冲口而出。

紧接着，它就后悔了。

因为，它看到一抹狡诈的笑，自龙曜嘴角缓缓扬起。

“呵呵哒。”

龙曜凑到猫面前，扯了扯这猫僵硬的胡须。

“那当然了。”

龙曜笑得特别人畜无害，像只吃素的小兔子。

结果，梅利被龙曜那恐怖的一笑，吓得连续失眠一星期，秃掉了一半猫毛。

它总觉得，自己貌似被这兔子算计了。

第三十乐章
魔鬼岛的新人们

2009 年 4 月 1 日。愚人节。

猫校长梅利伊布拉，度过了猫生中最可怕的一个生日。

因为，坏学生龙曜，为它举办了一场生日舞会。

那场舞会，名叫——

捕捉猫校长。

2009 年 4 月 1 日，愚人节清晨。魔鬼岛。

龙曜通过一段系统广播，将魔鬼岛上的全部学生，统统召集到了学校操场上。龙曜发给每个学生一张他自制的神谕纸牌，要求他们帮助自己做一件事：抓猫。

“从今天开始，这所学校的教学课程，全部改变。”

龙曜叼着黑巧克力棒，站在学校操场演讲台上，笑笑道：

“所有的课程内容，都由我来安排。

“我让你们干什么，你们就干什么。”

看吧。龙曜又来了。

他又开始强行安排别人的人生了，根本不管别人愿不愿意。

龙曜如此安排道：

“从现在开始，全校所有学生，都不许和人类世界产生任何联系，不许联络父母亲友，每天凌晨 4 点起床，午夜 12 点睡觉，每天都要进行20小时强制性的生存训练，学习怎么战斗，直至 2011 年 11 月 24 日，你们全部失踪。”

龙曜话音刚落，整所学校都沸腾了。

“这人在胡说八道什么？”

“搞什么啊？凭什么让我们听他的？”

“他以为他是谁啊？口气大得好像哪家神王大佬一样！”

“精神病发作了吧！”

绝大多数学生都对此表示了抗议和不满。

同学们都觉得龙曜疯了。

随即，就在他们愤怒叫嚣的时候，轰的一声——

地动山摇！

遮天蔽日的阴影，覆盖在了魔鬼岛上。

一艘蚊蝇级的宇宙星舰，好似狂飙的野马一样，毫无预兆地，从天而降，狠狠砸在了所有学生的面前。

那个开星舰的家伙，是奥丁。

龙曜在奥丁脑中，插入了一道新的指令芯片：他命令奥丁去阿兰星落地下黑市，购买了一百万条 SSSSS 级魔化食人鱼，投放到魔鬼岛上，作为学生们生存训练的挑战对象。

魔化食人鱼开始追捕学生。

“啊啊啊啊啊啊啊……有妖怪！”

阿兰星落 3396 届的预备生们，惊恐地尖叫逃窜起来。

龙曜定制的生存训练，正式开始了。

“只要抓到猫校长，就可以休息 24 小时哦。”

龙曜叼着一根黑巧克力棒，高高跷着二郎腿，坐在那艘宇宙星舰顶上，指点江山。

猫校长在学生们的围剿下，满海岛乱窜。

“龙曜！你想造反吗？你这是犯规！犯规！”

冥冥之中，有什么事情，开始变得有点不对劲了。

历史轨迹，发生了偏移。

虽然一开始，谁也不知道偏移的原因是什么。

2009 年 5 月 15 日。

尤娜·哈尔洛亚来到了魔鬼岛。

尤娜当了龙曜的秘书。

起因是……

龙曜暗搓搓给尤娜发了一张奥丁的浴照。

特别美好、特别值得珍藏的那种款式。

“啊啊啊啊啊啊，我的军长大大!!!”

半秒钟后，毒火龙之女尤娜·哈尔洛亚小姐，就喷着鼻血，出现在了龙曜的面前，手举长枪道。

“我……我跟随你到天涯海角!!”

尤娜一边擦着鼻血，一边满眼冒心道：“只要你让我每天看军长大大 10 分钟，我的命就是你的啦！”

尤娜嘴上说的理由，像极了一个疯狂的追星少女。

然而，事实上，谁都知道一件事：

尤娜，其实是被龙曜从刑场上救出来的。

一星期前——

尤娜·哈尔洛亚，被她的家族判了死刑。

原因是：她拒绝当圣火巫女。

哈尔洛亚家族，是火神后裔，是圣战士一族。

在哈尔洛亚家族的古老传统中，最强的男性圣战士，可以成为族长；最强的女性圣战士，则要成为圣火巫女，嫁给族长，然后，在婚礼当夜，接受一种献祭仪式——将自身灵识本体的圣火之心挖出，献祭给爱人，帮助爱人成为最强的勇者。

这个古老的圣战士家族，代代相传这种献祭习俗，因为他们坚信：这是一种高尚无私的爱。

“我不接受这种予取予求的爱！”

尤娜·哈尔洛亚，站在家族祭坛上怒吼道。

“我比家族里的任何男人都强，为什么要我献祭?!

“人和人之间是公平的！这才是正确的天道！

“我从没真正爱上过谁，谁又有资格让我献祭一切?

“哪个男人能在竞技场上打赢我，再来谈什么爱吧！

“来吧——战啊！”

那场圣战士家族的内部挑战赛，持续了半个多月。

尤娜独自一人，站在家族竞技场上，连续将346名求婚者打到筋断骨折，甚至就连族长的继承人达哈卡，都被她的毒火龙之枪挑成重伤，半年都出不了医院。

尤娜成为家族年轻一辈中最强的圣战士。

然后，她就被当成魔女，给逮捕了。

“你亵渎了火神！”

“我没有！”

“你狡辩！如果你没有渎神，怎么可能拥有此种力量！”

“那是因为我比任何人都拼命都努力懂嘛！努力这种事情，不是靠着无耻规则和任何歧视就能推翻的！当我拼命学习拼命战斗的时候，你们未来的族长又在干什么？不服气就比我更强啊！有种堂堂正正打赢我！暗箭伤人算什么英雄好汉？”

“你还敢狡辩？你还不认罪?!”

“哈尔洛亚家族最远古的家规有说过：战力最强者，即是族长继承者！现在我，就是年轻一辈中战力最强的那个！为什么不让我继承族长之位？你们不珍惜家族中最强的战士，却要因为我的性别不符合你们要求，而来判我死刑？何其愚蠢！”

“杀了她！”

“哈尔洛亚家族！胆小鬼！你们是全宇宙最大的笑料！”

尤娜在火刑架上怒笑道。

屠灵的火焰，熊熊燃起，吞噬着她狂妄的生命。

随即，“噗叽”一下……

一团丑到爆棚的简笔画龙火球，从火焰中冒了出来。

一条丑到闪瞎所有人眼的幼儿简笔画巨龙，在火焰中张牙舞爪着，拎起濒死的尤娜，拍拍丑陋的龙肚子道。

“这妹子看起来好好吃哦 9(•>◡<•)9 。”

“既然你们家不要，我就带走当储备粮了哈。”

“From：宇宙一级通缉犯・弑神者・龙曜大大。”

那丑龙说罢，“噗叽”一下，就像隔空放了团屁似的，化成一团简笔画龙火，从所有人眼前消失了踪影。

“那是什么鬼东西?！”

“那条丑龙劫持了我们家族的大小姐！”

“一定是它诱惑尤娜小姐反抗族规的！一定要杀了它！”

哈尔洛亚家族大呼小叫着一状告到了神谕教廷的洛基大主教那里，要求神谕教廷派兵抓捕那条幼儿简笔画版的丑龙。

“行吧。能杀一定帮你们杀。”

然后，谁也没找到那条丑破天际的怪龙。

这龙拎着尤娜，哼着小曲儿，回到了猫校长的办公室。

猫校长已经彻底吓成了斗鸡眼。

它觉得它安享晚年的计划，已经彻底被龙曜毁掉了。

这猫绕着浑身焦烂的女战士，转悠了几圈，连续施加了好几道炼金术师系的治愈咒法，复原了她重度烧伤的形貌。

然后，它盯着尤娜的脸，仔细看了看，表示非常疑惑。

“这丫头……基因数据……好像阿胡拉啊。

“这种眉毛，这种眼睛，这种蛮力，这种动不动就把坏人打到筋断骨折的火暴脾气，那么像她祖先，却差点被烧死。

“现在的年轻人啊，真是疯狂无知。”

猫校长踩在女战士的头顶上，张牙舞爪道。

“众生是平等的——

“这才是爱的意义。

“可惜最近几年，本校长的这种至理名言，甚至就连念经的和尚都不怎么愿意听了。真是令猫叹息。”

梅利大猫郁闷地将自己缩成了一个毛球。

“还行吧。呵呵哒。”

幼儿简笔画版的丑龙，“噗叽”一下，变回了龙曜的模样，笑盈盈拿着新偷来的凤凰羽毛，挠了挠它的猫鼻子。

“这不是还有我听嘛。”

梅利校长冲着那凤凰羽毛，高兴地扑了上去。

“喵啊啊啊啊啊——逗猫棒！！”

2010 年 2 月 14 日。情人节。

大年初一。奥丁生日。

魔鬼岛上，度过了有史以来最疯狂的一个情人节。

哈尔洛亚家族最强的圣战士尤娜，为了让她心心念念的爱豆偶像——战神奥丁，度过一个难忘的生日，特地跑去全宇宙的各个黑市竞技场打黑拳，并且把自己所有的手下败将，统统抓来魔鬼岛，给奥丁当粉丝团。

“我觉得我一定是全宇宙最好的粉丝团团长了。”

尤娜捂着绯红小脸，羞答答地站在一万多头恐怖暴虐的星际怪兽当中，命令它们，陪自己一起做蠢事：冲奥丁摇荧光棒。

“奥丁大神，生日快乐！”

“谢谢你曾经守护这个世界！”

一万多头星际怪兽，被迫陪着尤娜一起，冲着奥丁鬼吼鬼叫起来，吼声震天，震得魔鬼岛上好几栋寝室楼都塌了。

这日子简直是没法过了。

猫校长特别想要离家出走。

因为，它发现，自从龙曜来后，魔鬼岛上的奇怪生物，越来越多了。

平日里，龙曜除了训练学生们战斗以外，他还经常变成一头幼儿简笔画版的丑龙，带着奥丁他们，一起去宇宙间的各个时空、各个犄角旮旯寻宝。

龙曜带着他们，旅行过很多地方，带回来很多奇怪生物。

猫校长记得：龙曜曾经带着奥丁，去过灵子态复原液的故乡：阿斯克勒皮俄斯星。龙曜命令奥丁，赐给那些低等生物智慧，让它们有权利去思考生命的意义。

后来，就有一堆灵子态复原液的触手，化成一群绿幽幽的小女精灵，跟着龙曜和奥丁，一起回到了魔鬼岛，整天赖在猫校长办公室里，问东问西，特别烦猫。

猫校长记得：龙曜曾经带着奥丁，从圣地监狱里，解救过一个低等种族。这个种族是专职记录历史的凡人。他们家族不愿为一名指挥星际大屠杀的军官歌功颂德，最终被判全族死刑。

龙曜交给奥丁一根短笛，命令奥丁站在圣地的城墙上吹奏。

奥丁面无表情地吹了一曲短笛后，圣地的每一块石头、每一根草木，都学会了歌唱。

亿万花草树木，将那个暴虐军官的事迹，编写成各种嘲讽的歌谣，24 小时不间断地轮流播唱。

那名差点竞选上星域总督的军官，在所有世界贵族的嘲笑声中下了台。

这件事情过后，总有一个小女孩给魔鬼岛寄感谢信。

那个小女孩名叫薇拉。

猫校长记得：龙曜曾经带着奥丁，去过诸神黄昏的古战场，捡了一大堆破烂玩意儿回来，在它办公室里头，敲敲打打。

猫校长记得：他们两个，每去一个地方，总有一些奇怪事情发生了改变。那头弑神的简笔画丑龙，被很多凡人所喜爱。

“你最差的那届学生，早就全死了。”

“不过，无妨。”

“他们的血脉，在历史长河中，一代代传承下去。”

“诸神会老，会死，会彷徨，会犯错。”

“但他们的后裔，依旧年轻着。”

“梦想，这种东西，会通过信仰，不断被继承和铭记。”

“正因如此，希望才不会湮灭。”

“——Vasairy Ethremourla。”

代我永生。

就这么约好了。

第三十一乐章
打酱油的主考官

2011 年 11 月 27 日。

竹中秀一升官了。

竹中秀一受到神谕教廷大主教的特殊嘉奖，连升三级，直接晋升成了准将。晋升的原因是，竹中秀一大大，在第 3396 届甄选考试中，完成了以下三种伟大功绩：

竹中秀一大大，成功杀死了弑神者・龙曜——那条不断给圣地制造麻烦的幼儿简笔画丑龙；

竹中秀一大大，成功斩杀了叛徒秦王羽和尤娜・哈尔洛亚；

竹中秀一大大，成功解救了被丑龙监禁操控的神王奥丁、猫校长梅利伊布拉。

以上三种功勋，任何一种，都足以让一名阿兰星落世界贵族军官，从此功德圆满，平步青云。这本该是一件让人高兴的事情。然而，竹中秀一大大连半点高兴的情绪都没感受到。

因为，他清楚明白，自己根本不可能完成这种任务。

2011 年 11 月 24 日凌晨。

竹中秀一带领 16 名红衣主考官，登上了魔鬼岛。

竹中秀一在军校毕业后，并没有进入神翼军上前线，而是当了一名红衣主考官，因为他实在不喜欢战斗。

竹中秀一有着极其严重的晕血症。

竹中秀一的亲生母亲，是一位大和星域军阀世家的小姐。

竹中秀一的亲生父亲，是一个卖棺材的手艺人。

竹中秀一不知道自己的亲生父母究竟是怎么产生恋爱关系的，总之他们两个无比荒唐地结合，把他生了下来，然后就一直都在吵架。竹中秀一小时候，最常见到的，就是父母吵架。

竹中秀一的母亲，一天 24 小时中，至少有 23 小时在辱骂他父亲无能，辱骂他父亲为什么不发挥高强战力，为国尽忠。

“如此强大的你，为何不上战场杀敌？！”

“杀敌？谁是敌人？”

父亲在母亲的怒骂声中，专心致志地敲打着棺材板。

“阻碍我民族宏图伟业的全是敌人！举起你的武士刀！杀光他们！那才是上天赐予你强大力量的原因。”

“那不是敌人。”父亲头也不抬，左手捻着佛珠，右手敲打着冰冷的棺材，仿佛棺中死者，才是他此生最敬畏的对象。

“那是众生。”

啪！母亲一记耳光打上去，带着 7 岁的秀一离开了家。

母亲将秀一交付给家族中最英勇的军官，带上战场。

“磨炼我儿子意志，直到他成为最强战士、家族荣光！”

六个月后，竹中秀一变成了废柴。

那名军官教秀一杀敌。秀一不敢。于是军官就将秀一绑在刑场旁边，目睹一百多名战俘是如何被斩首的。

“秀一，你很强。你将成为我们家族最锋利的尖刀。”

竹中秀一“哇”呕吐出来，得了严重的晕血症。

他不但得了晕血症，而且严重畏光，只要一看见任何金属兵器在阳光下闪耀的样子，他眼前就会浮现出最恐怖的斩首行刑画面，吓得昏厥在地，抽搐不止。

“这孩子彻底废了！和你一样无能！全都是你的错！”

“哦。那就把他还给我吧。”

父亲和母亲离婚，然后再婚，娶了一个又肥又丑、嗓门又大的平凡女人，日出而作日入而息，打理着棺材铺。

“军校毕业、服完兵役后，就回来卖棺材吧。”

父亲取出一个棺材木雕刻的哭丧脸面具，罩在 7 岁的儿子脸上，帮他过滤掉刺眼的血红色和金属的锐光，如此谆谆教诲儿子道：

“考试成绩不要太拔尖，不然会晋升的。

“一旦晋升，就很难退出军籍了。”

然后，竹中秀一就成了军校中最臭名昭著的留级生。

但凡能考倒数第一。竹中废柴绝对不考倒数第二。

但凡能喊救命，竹中废柴绝对不动一根手指。

竹中废柴的最大梦想，就是回家卖棺材。

结果，他晋升了。

2011 年 11 月 24 日。

竹中秀一最后一年服兵役，最后一次任务，就是——

主持阿兰星落 3396 届世界贵族甄选考试·第二场考试。

这个任务，是竹中秀一主动挑选的。

因为，按照常理来说——世界贵族甄选考试这种事情，考生几乎是不可能活着进入第二场的。

无论哪个星球的凡人考生，基本上都会在第一场海选中，全部落败，连个残血进入复试的，都很少见到。

所以，第二场甄选考试的主考官，其实一般都只是来打酱油的，谁干都行。

竹中秀一就最喜欢干打酱油这种事情了。

结果，他的运气，就是那么的差。

可以说，差到了极点。

他，竟然在打酱油的过程中，遇到了龙曜那届考生。

——臭名昭著的幼儿简笔画丑龙。

——宇宙一级通缉犯·弑神者·最高金额的悬赏对象。

——监禁并操控了神王奥丁的魔化病毒。

——害得宇宙第一四维人工智能系统都被格式化了一次。

一刹那间，竹中秀一脑海中闪过无数种相似的词语，全都是用来形容龙曜有多可怕的。

竹中秀一很快认出：

龙曜左边，那个弹琴的小白脸，是他的同学秦王羽，曾经的军校第一名，单凭一条尾巴就能吊打他的小怪兽。

龙曜右边，那个挥枪的大美人，是他暗恋的女神尤娜·哈尔洛亚，曾经和秦王羽并列的军校第一，单凭一己之力，就把哈尔洛亚圣战士家族挑得人仰马翻的圣火女神。

这仗根本没法打。

这群 3396 届学生，不知经过了什么特殊训练，个个强得像妖魔鬼怪，基本上是满血秒杀，通过第一场甄选考试的。

这种阵仗，龙曜根本不用自己出手，随便派个小朋友上来，就能让毫无战斗欲望的竹中废柴壮烈殉国了。

“唉。竟然还不能逃。”

世界贵族军人，在凡人面前逃跑，是大不敬罪，要上军事法庭被枪毙的。

竹中秀一当时连遗书都写好了，缩着脖子，躲在宇宙星舰里，随手指了指龙曜他们所在的方向，随口下了道命令道：

“你们，开启星舰自动攻击系统，随便轰他们几炮吧。”

反正，横竖都是命不久矣，既然不允许他投降，那就让他象征性的乱轰几炮吧，就当是为自己的人生谢幕放放烟花啊。

竹中秀一开始祈祷，自己最好的结局，其实就是能够被女神尤娜给一枪刺死。如果这样的话，他或许也算牡丹花下死，死得还算风流吧。

如此想着，竹中秀一所搭乘的“摩伊拉号”宇宙星舰，自动攻击系统开启。

六百多门星舰光炮，在一道全自动攻击的机械命令下，谈不上有任何指挥艺术感地，冲着龙曜他们狂轰一气。

然后，就没了。

啥都没了。

龙曜那届魔怪预备生，忽然像一群吃错药的感恩节火鸡一样，开始严格遵循甄选考试规则，相互对殴，疯狂厮打，直到全部阵亡……战况惨烈，死状诡异，令人发指。

“叮咚——三星级无刃的通灵者，竹中秀一。”

一个无机质的系统播报音，就像开玩笑似的，在竹中秀一白光乱闪的脑袋瓜子里冒了出来。

“恭喜您，在打酱油过程中，意外达成以下三种成就：

“一、杀死了圣地第一通缉犯：弑神者・龙曜。

“二、杀死了叛徒：秦王羽、尤娜・哈尔洛亚。

“三、解救了神王奥丁、猫校长梅利伊布拉。

“您的功勋，无比卓著，您将得到以下晋升……”

巴拉巴拉，一大堆至尊封赏，有如梨花暴雨般从天而降。

竹中秀一吓得瞠目结舌，呆立当场。

手中遗书哗啦落地。

刚刚，系统说他，在打酱油过程中……

干干干干掉了谁?

2011 年 11 月 27 日。

竹中秀一晋升准将。

神谕教廷将竹中秀一作为战斗英雄，进行了最盛大的表彰仪式，虽然那个英雄本人，自始至终都在辩解：

“我觉得我不可能杀得了他们。

“我是认真的。难道没人好好听我说一句吗？”

竹中秀一努力辩解着。然而，完全被当成了耳边风。

因为，通缉犯们的尸体，全都被挂在圣地城墙上示众着。战斗英雄怎么可以说那不是他杀的呢？

竹中秀一感觉自己就像马戏团里的猴子一样，被主人牵着鼻子，在全宇宙范围内进行英雄展览。

甚至，就连那个不可一世的哈尔洛亚家族，在得知这位战斗英雄曾经向尤娜求婚未遂后，特意为他挑选了三百多个相貌酷似尤娜的美丽少女，希望战斗英雄能够为了美人，入赘他们日渐式微的圣战士家族。虽然……

那个战斗英雄本人，是个连斧子都扛不起来的柔弱通灵者。不过没关系，他有名嘛。

竹中秀一被这魔性的圣战士家族吓得又多出了一种心病：恐女症。

这种马戏团式的英雄展览，持续了整整四个月。

2012 年 3 月 16 日。

战斗英雄、国之栋梁——竹中秀一，终于停下了这种荒唐无聊的英雄巡游，回到他父亲在圣地开的棺材铺里探亲。

“我觉得我的人生，就要毁在这里了。”

竹中秀一的退伍申请书，被神谕教廷撕成了碎片。

作为战斗英雄、国之栋梁啊，他怎么能说退伍就退伍呢？

“那就随遇而安，放松一点吧。”

父亲专心敲打着棺材板，挠着光秃秃的脑袋道：

“去年，奥丁的凡人母亲，给他生了一个小弟弟。

“听说，十分可爱。

“今晚，凡世的某个地球，有一场宫廷舞会，是奥丁给弟弟办的周岁庆典。奥丁念旧，给为父递了一封请帖。可惜为父今日头秃，脚气也发作得厉害，不好意思去见那么美丽的……呵呵神王陛下。秀一，你就代替为父去吧。多吃多喝点儿。至于庆生贺礼嘛，要送点喜庆的！

“——就送门口那具新棺材吧。”

竹中秀一随口答应道：“好嘞！”

然后，这英雄就扛着一口棺材，去给一个小孩庆生了。

嗡！一道冰蓝色灵光闪起。时空转换。

竹中秀一通过酒会请帖上的时空传送法阵，来到了凡世的地球。那是一颗代号名为：No.SRAGFFJ3985129346 号地球的蔚蓝色星球。

那场酒会的举办地点，是瑞典首都斯德哥尔摩王宫。

“感谢神王陛下的盛情邀请。”

“这是家父特意给孩子制作的生日贺礼。”

竹中秀一如此说着，将肩上扛着的棺材，递给一名瞠目结舌的瑞典士兵，然后，秀一就开始大吃大喝了。

凡世的食物，可真好吃啊！

这个可怜的战斗英雄，只觉自己整整四个月，都没吃上过这么安心的一顿饭。如果全世界的人类，都能像他竹中饭桶一样热爱吃饭，或许，这个世界上就不会有战争了吧。

当饭桶的感觉，真是美好啊。

竹中秀一如此想着，倏然间，一个美妙的女声，在他耳边响起：“奥丁，放下亚瑟，他还小，你不能这么玩他。”

竹中秀一闻声抬头，看到一名美丽动人的凡人女性：那是这颗地球上的瑞典王储——

伊莎贝拉·贝斯特拉·V. 古斯塔夫公主。

这位凡人公主，是奥丁在凡世的母亲。

她真的非常美丽动人。

竹中秀一叼着三颗北欧肉丸，抬头欣赏着公主的美貌。

那时候，伊莎贝拉公主正站在一棵落满白雪的松树下面，柔声教育她的长子——奥丁。

“奥丁，亚瑟是你的弟弟，你不能把他当球抛。”

伊莎贝拉公主最近对奥丁格外温柔。

因为，奥丁最近身体越来越差，脑子也有点不正常，不但不面瘫了，而且还整日笑嘻嘻的，像极了一个纨绔放浪子。

“没关系吧。”

奥丁嘴里叼着一根水蜜桃味的巧克力棒，像只人畜无害的垂耳兔似的，回头冲着满脸忧伤的伊莎贝拉公主，笑笑道：

“这小子，可是比我还霸道总裁的神王陛下呢。

“再来一盒巧克力棒，要红酒味的。呵呵哒。”

第三十二乐章
龙鳞与黄金棺

呵……？！呵呵哒？！

2029 年 11 月 22 日。
阿兰星落第 3399 届甄选考试现场。

龙小邪被挂在蓝晶石笋上，逐渐和龙曜最后遗留的残像合为一体。龙曜最后残留的记忆、思想、智慧、力量，强行灌输进龙小邪体内，令他痛彻心扉。

龙小邪浑身颤抖着，看着龙曜一生的记忆、出生和死亡。

隐约间，龙小邪总觉整件事情，哪里不太对劲，但又说不上来，直到那一刻，那一刻——

奥丁在雪夜晚宴上，回眸一笑，随口说了声呵呵哒，向伊莎贝拉公主索要巧克力棒，而且，还要红酒味的。

龙小邪几乎被这一幕惊得炸跳了起来。

“巧克力棒？红酒味的？呵呵哒？”

那一刻，纵使龙小邪再怎么悲伤恍惚，他也绝对不可能觉察不到整件事情无比古怪了。

竹中秀一是什么人？龙小邪是见过的。

那个曾经被龙小邪一招制服的废柴之王。他竟然在毫无斗志的一通乱炮轰击后，杀死龙曜和那么多3396届的强者。

“开什么……玩笑。”

冥冥之中，有什么东西，开始变得不对劲了。

龙小邪几乎在蓝晶石笋上低呼出声。

转瞬间，一种极其古怪的念头，有如电光火石般闪过他脑海。龙小邪忽然想明白了一件事。

他……搞错了。

这一整件事情，他从头到尾，全都搞错了。

那是龙曜临终前最后的恶作剧。

呵呵哒?

龙曜……奥丁……亚瑟……龙小邪……

他们四个人……其实是……?!

龙小邪猛地倒抽了一口冷气，浑身剧烈颤抖了起来。

上天！他知道是怎么回事了。

这简直就是龙小邪3300多年来见过的最可怕的玩笑。

龙曜那稚嫩的嗓音，有如魔咒般，拂过龙小邪的脑海。

“再来一盒巧克力棒，要红酒味的。

“呵呵哒。”

龙曜那场最后的恶作剧，根本不是从2011年11月24日——阿兰星落3396届甄选考试开始的。

那场恶作剧开始的真正时间，其实，是公元前1361年11月25日——人类文明史上第四次屠神战争：诸神的黄昏。

那一日，女娲战死，奥丁被俘，诸神尽灭。一切的开端。

距今 3390 年前。

地球历：公元前 1361 年 11 月 25 日。

凡世的某个地球，遭遇了一场罕见的时空洪暴。

那场时空洪暴，来源于人类历史上第四次屠神战争——

诸神的黄昏。

狂风呼啸间，天地昏暗，日月混沌无光。

时间和空间，仿佛被无数看不见的巨手，撕裂成无数光影斑驳的残像，时间秩序发生了偏转。

洪荒时代的远古魔兽、未来时空的机械战舰，在亿万

扭曲的光影错落中，仿若垃圾般被撕成粉屑，连同无数死亡的古神遗骸一起，从天而降。

天地磁极发生颠覆，指南针失去了存在的意义。

黑暗中，不断有液态金属的魔物，将屠灵触手，伸向人类世界，却又被一道道冲天而起的剑光与雷鸣拦截在大气层外。

紧接着，不断有死亡的古神仙灵的遗体，坠落人间。

黑色鲜血与焦烂的机械燃油，有如暴雨般，倾盆直落。

那种毁天灭地的恐怖景象——是华夏神族与阿萨神族，正在尼罗河流域上空，联手拦截撕破宇宙避障而来的天劫圣魔。

那是一种何其恐怖的末世战争景象？

古埃及王都·底比斯城的宏伟建筑，缓缓陷入于黑暗流沙之中。百姓与士兵迷失于错乱的时空迷阵，不断被撕裂切割折叠成几何形态。

那一年，年仅 18 岁的埃及法老王——阿蒙霍特普四世，虔诚跪伏于祭坛前，祈求埃及神明的庇佑。

“神啊！万能的太阳神啊，求求您，拯救您虔诚的信徒！”

这个年轻天真的法老王，只擅长祷告。他并不知道，在那场跨等级的文明战争中——神灭了。无论是哪里的神，无论是谁供奉的神，都已无法庇佑他的信徒。

回应法老王的，只是底比斯城野心勃勃的大祭司。他们围拥在祭坛前，要求法老献祭生灵，以此来平息这场时空洪暴。

“王！请烧死王后——纳菲尔蒂蒂，向太阳神献祭！”

烧死王后，这就是底比斯大祭司想出来的拯救苍生大法。

原因是：这个纳菲尔蒂蒂王后，触动了大祭司的利益。

纳菲尔蒂蒂，是传说中古埃及史上无可比拟的第一美人。她12岁那年嫁入王宫，邂逅了她11岁的丈夫。那一年，底比斯祭司阶级权倾埃及，已然严重威胁到了王权统治。

纳菲尔蒂蒂异想天开，和她年轻气盛的法老王一起，发起了人类文明史上第一次宗教改革——他们妄图以极端粗暴幼稚的手段，改变埃及人的宗教信仰，削弱祭司阶级的权力。他们不想任人摆布。结果，就是遗臭万年。

他们的挑衅行为，遭到了底比斯祭司阶级的疯狂反噬。

但凡尼罗河流域，出现任何天灾人祸，祭司们总是第一时间跳出来要求法老王——烧死那个妖后！都是她的错！她有巫术和魔法！她迷惑了王！她搞坏了王的脑子！

看吧，祭司们又来了。全副武装的埃及士兵，围拥在底比斯王宫前，高高架起火堆，举着长枪，围拥在身怀六甲的王后寝宫内，高呼：烧死那个妖后！拯救吾王！拯救苍生！

“行吧行吧……反正我也不是你们对手……”

法老王阿蒙霍特普四世，病恹恹跨前一步，摇摇晃晃站到王后面前，张开双臂道：“连我一起烧死吧！”

祭司们轻而易举就将这个苍白病弱的法老王摁在了地上。

“王！请您醒一醒！全底比斯受苦受难的人民都清楚知道——您很不幸地娶了一个魔女！她是有魔法的！”

祭司们开始翻老账了。他们严厉指出纳菲尔蒂蒂王后不同寻常的地方：“您好好看看她的脸！这种妖艳邪魅的脸，难道是正常人能长出来的吗？”

阿蒙霍特普四世顿时仰天翻了个大白眼：“这张脸，不就是你们当年选她入宫当王后的原因吗？”

年轻的法老王清楚记得大祭司将王后选入王宫时的赞美：什么什么惊世骇俗的美貌。行吧。这种虚假广告级别的谬赞，绝对就仅限于王后乖乖听命于祭司的那些年。现在，王后跟王好了。她不听话了。她现在就连脸都不是人能长出来的了。

真是人嘴两张皮，咋说咋有理啊。

“可是她也实在太不寻常了！”

底比斯大祭司感觉自己这次是真抓到了真凭实据，正义凛然地指着王后高高隆起的腹部，痛心疾首道：

“王啊！我的王！请您好好看看她肚子！她怀孕顶多只有三个月，肚子却比正常女人怀胎九个月都大！我问过太阳神，太阳神说：她肚子里怀的是魔鬼！就是这魔鬼引来了天灾！”

阿蒙霍特普四世长叹一声:“大祭司啊！我的大祭司！依我看，她只是听信医官的话，认为每天吃很多很多个蛋，有助生育——纯属胖出来的啊。”

阿蒙霍特普四世特别实事求是,特地还补充了一段道:

“我觉得，你家太阳神最近挺忙的，肯定没工夫管我女人肚子是不是符合常规尺寸。这种鸡毛蒜皮的小事，你都要喊你家太阳神来给你做主，我若是他，我都烦了你了。现在，底比斯城真出了大乱子，你看你家太阳神就不给你做主了吧？”

阿蒙霍特普四世，是个饱读诗书的病秧子。他治国能力不强，打仗杀敌完全不会，但嘲讽能力一流啊，眼看要被杀了，几句话下去，仇恨值拉了个满满当当。原本只是准备烧死王后的大祭司，怒火中烧，直接举起刀来，对准了王后的肚子。

“把王捆起来！”

大祭司道：“我要让王亲眼看看她肚子里的魔鬼！我要洗涤王的灵魂！然后再送王和王后一起去见太阳神！”

“不要——救救我们！”

王后开始尖叫挣扎，眼泪从她美丽的眼中扑簌簌落下。

“神啊！求求您救救我们吧！不管您是哪里的神！求您睁开眼！看看我们吧！求您垂怜苍生吧！神啊——”

“堵上她的嘴！”底比斯祭司大怒。

“她竟然还敢求异族神救她？罪加一等！魔女！我告诉你！世上只有一个神——我供奉的太阳神！其他异族神，那都是地沟里的蟑螂，沙漠里的蚂蚁，垃圾里的……”

轰——

底比斯祭司话音未落，一道紫电惊雷劈下！

底比斯城上空骤然闪起数千道幽紫色狂雷。狂风电闪之中，一名灰紫色长发、冰蓝色眼睛的异族神明，单手掐着一只液态金属质地的天劫圣魔，浑身燃烧着黑火与冰焰，从半空滚落，狠狠砸在了底比斯王宫中！

电闪雷鸣一阵狂轰滥炸，就将王宫天花板砸了个粉碎。

好了。那什么什么的“其他异族神”出现了。

天上掉下个奥丁哥哥，砸烂了底比斯王宫。那是阿萨神族的王，冰与雪的智者，闷骚又耿直的北欧战神。

奥丁：“……？”

奥丁是被一道“请神符”给强行吸附到底比斯城的。这种请神符，是华夏神族创造出的一种时空传送装置。它可以通过空间跳跃方式，将某个被基因锁定的特定神明，瞬间召唤到面前。召唤的方式，就是需要奥丁的一滴血和一滴眼泪。

奥丁原本正在诸神的黄昏中战得昏天黑地，毫无预兆，

莫名其妙，眼前白光一闪，倏然间，就冒出来上图这样一个鬼东西……

就在这么一个好似幼儿简笔画似的鬼符阵中，伸出一大堆幼儿简笔画似的小手手，一把揪住奥丁脚踝，猛地将奥丁和奥丁正在殴打的天劫圣魔小怪物，一起拖到了底比斯城的上空。

轰！电闪雷鸣，天昏地暗，王宫崩塌！

底比斯城民吓得集体跪地，连呼：伟大的太阳神显灵了！

奥丁：“……？”

奥丁是个无比耿直的北方战神。他并不在乎埃及人拜错了神，继续面无表情地殴打那只天劫圣魔，狠狠一拳，插进那只天劫圣魔的金属机甲中，单手捏爆了它中央控制

系统，将它打成了一堆废铜烂铁，这才……面无表情地抬眼，看了看底比斯王宫中呆立当场的大祭司、法老王、王后和即将行凶的士兵。

奥丁：“何人唤吾？”

奥丁当时想法很简单。他觉得：这群埃及人中，一定有高人，用请神符，把他从战场中强拖了过来。

奥丁当时伤得已经很重，他无力分辨出这个请神的高人是谁，就直接开口问了。因为他是被“请神符”强行拖进底比斯城的。这个拥有请神符的高人，一定拥有他的血和泪。奥丁如果不完成请神者一个心愿，是不可以离开的。

这是神族的契约精神。

结果……没人答话。

埃及王宫中，所有人面面相觑，除了一个啤酒肚的秃头大祭司指着奥丁不断大喊“有妖怪啊”“士兵拿下他”“巫师诅咒他”以外，完全没看出来，这里有什么高人的样子。

奥丁急着走人，去战场支援女娲，随口就道：

“说个要求。”

奥丁问的是阿蒙霍特普四世。

“救我王后！”

阿蒙霍特普四世不假思索，脱口而出道：

“嗯。”

奥丁回眸，瞪了一眼那个正要举刀行凶的埃及士兵。

铛！那埃及士兵就像着魔一般，丢下正要剖开王后肚子的尖刀，跪伏在地，开始冲着王和王后拼命磕头。

瞪完，奥丁就跑了。

奥丁当时特别急着回战场，想也不想，瞬间化作一道绚烂霸道的紫电惊雷，消失在了底比斯城上空。

“喂……你……瞪……错……人……了……啊……”

阿蒙霍特普四世当时特别尴尬。这个英俊霸道的异族神，光是那么瞪上一眼，就将那个意图谋杀王后的士兵瞪了个魂飞魄散，明显是个特别特别厉害、特别特别高端、特别特别魔性的大神爸爸级别，但是……大神爸爸！你是不是有点傻？你瞪错人了啊！现在要害我老婆的，明显是那群底比斯大祭司，你完全不动脑子，瞪晕过去一个小小士兵有个毛线球用？

法老王欲哭无泪。

“这就是个邪神！她竟然真的召唤来了一个异族

邪神！”

底比斯大祭司彻底暴怒了。因为，在古代埃及帝国人眼里看来，像奥丁这种高鼻深目、皮肤雪白的白种人，那全部都属于北方异类，属于应该被他大埃及奴役的低等种族。

王后这么大喊救命，竟然喊来这么个白皮肤的异族神，还瞪晕了一个埃及士兵，那绝对就是……

“魔女！证据确凿了！再来两个士兵！把她肚子里怀着的小魔鬼挖出来！拯救底比斯城！”大祭司喊得啤酒肚狂颤。

两个彪壮的埃及士兵快步上前，再一次将王后摁倒在了地上，手起刀落——

可怜的王后，再一次尖叫起来，眼泪扑簌簌直落。

“不！我不是魔女！救命！不要！神啊！救救我孩子！”

然后……轰的一声。

底比斯王城半空中，又又又冒出来个幼儿简笔画版的圈。无数只幼儿简笔画版的小爪爪，透过那个幼儿简笔画版的圈，一把揪住一个英俊男神的脚踝，将他从底比斯上空丢了下来。

轰隆隆。晴天霹雳。五雷轰顶。紫电狂闪。

天上又又又掉下个奥丁哥哥。

底比斯城民再次跪地大喊：伟大的太阳神又显灵了！

奥丁：“……?！”

这一次，奥丁伤得更重了些，他手里揪了两只级别更

高的天劫圣魔，周身紫电狂闪，肩头三眼乌鸦飞舞，浑身魔法特效狂放，硬生生将那两只天劫圣魔电得又蹬腿又翻白眼又吐黑沫，这才随手一挥，将它们拍成黑色齑粉，泼洒在尼罗河中。

奥丁：“何人唤吾？”

奥丁第二次落在了底比斯王宫中，问了第二遍同样的问题，脸色真是相当好看。

这是奥丁大神 138.2 亿年来第二次被一个不知名的“高人”用一道丑瞎人眼的“请神符”拎着后腿满天飞了。

如果当时，奥丁大神不是伤得很重，如果不是十万火急要赶回战场办正事，霸道总裁奥丁大神一定会追查到底，并且一闪电劈下来，把那“高人”劈成孜然味的烤兔头的。

“没有没有。没有唤你。没有唤你。”

阿蒙霍特普四世，见这异族大神脸黑得快要吃人了，赶紧澄清：他们夫妻俩就算吃了熊心豹子胆，也绝对不敢没事喊他下凡来串门。

“我和我的王后，刚刚不慎又遇到一丁点儿小危险，悲从中来，想起大神救命之恩，感慨万千，稍微……想念了你……一下下……”

嗡！法老王话音未落，一阵缥缈如流烟般的紫电，倏然飘过底比斯王宫！奥丁回眸——又瞪人了。奥丁大神回眸，终于，瞪向了身后那个冲他直骂的底比斯大祭司！

“你……异族……邪神……”

那啤酒肚光头祭司在跟奥丁视线对接的一刹那间，整个人就像断了线的木偶一般，化作一摊毫无知觉的肥肉，瘫在了地上，再也骂不出半句，更没能耐下令杀人了。

啊呀大哥！谢天谢地，这次您终于瞪对人了啊！

阿蒙霍特普四世当时感动得快给奥丁他老人家鼓掌了。

只不过奥丁，依旧没任何闲工夫思考这里究竟发生了什么事，接受任何人的感恩。他重伤之下，随手擦了擦嘴角不断呛出的鲜血，举起永恒之枪冈格尼尔，再一次冲上了宇宙苍穹。

“王，这异族神救了我们……”王后软倒在法老王怀中。

“是的。这异族神好像在打仗，看起来很忙。百忙之中，竟然还拂照我们凡人。他真是一个温柔慈祥的好神。”

法老王抱着虚弱的王后，发誓道：“我要为他建立神庙，将他供奉起来。”

“嗯……好神……”王后呢喃了一声，但她接下来说的什么话，就再也没人听清了。

法老王用力摇了王后两下，完全没有反应，只摸到一手鲜血！王后腰部，不知何时，被士兵划了一道刀口，鲜血止不住地流了他一手。医官冲了过来。但根本回天乏术。古代埃及的医疗技术，还处于小小一道豁口就能致命的原始低等阶段。

“王，节哀顺变，王后和王子都保不住了。”医官跪地。

“不！神啊！！你不能这么残忍……救救我妻儿……”

法老王绝望之下，下意识再一次跪地祷告，然后——

轰的一声，电闪雷鸣！

奥丁大神又又又……又从天上掉下来了。

这一次，奥丁永恒之枪冈格尼尔下面，正插着半艘液态金属的天劫圣魔星舰，宛若遮天蔽日的雷云般，被无数只幼儿简笔画版的小爪爪，从一个歪歪扭扭的符文圆圈中揪了下来。

奥丁当时的脸，简直比遮天蔽日的雷云还黑。

他永恒之枪猛地一插，凝起千米高的冰封雪柱，将那半艘天劫圣魔星舰，死死钉在了底比斯城外的无人荒漠中。

这次，底比斯城民已经很有默契，很习惯这种电闪雷鸣、天神降临的魔幻特效大背景了，立刻集体跪地，朝天膜拜道：

伟大的太阳神又又又显灵了！

奥丁："……！！"

奥丁提枪进了王宫，黑云罩顶的额上，直接写了仨字：受死吧。

奥丁大神开始寻找那个接二连三不断用"请神符"把他从宇宙中拖进底比斯城的"高人"。这"高人"用请神符，强行召唤奥丁三次，言下之意就是：他至少拥有奥丁三滴眼泪。

奥丁大神，何许人也？流血不流泪的超级英雄好汉纯老爷们儿。这种暗搓搓私藏了奥丁至少三滴眼泪的"世外高人"，现在不杀，难道还留着过年吗？

奥丁："谁用的请神符？"

哇。奥丁大神已经连神王腔调都不装了。

阿蒙霍特普四世腿有点软："什……么……符……真……不是我们干的……那位大神……呃……既然……您……又来串门了……反正……闲着也是闲着……不如……"

阿蒙霍特普四世把王宫中最昂贵的宝石举到奥丁面前道：

"救救我王后吧！"

奥丁看也不看法老王那堆花里胡哨的宝石，指尖一扬，燃起一道卢恩魔法系的治愈法咒，瞬间将王后腰部的刀伤修复成了一道浅浅的红痕。对他而言，凡人的伤势是很容易治愈的。

法老王兴高采烈跑过去，紧紧抱住他心爱的王后。

"感谢大神救命之恩！本王要建宏伟神庙供奉……"

奥丁黑风煞气的脸，在法老王头顶化为一团杀人的阴影。

奥丁：“再敢召我，你就死了。”

法老：“是的是的！我就死了！绝对不敢！您请便请便！”

奥丁咳着血，捂着伤，仰望天穹，背景无限悲凉地化作一道缥缈紫电，重新冲回了诸神黄昏的战场。他终于可以安心赴死了。他没有任何牵挂。死前救个凡人，就当是插曲吧。

半小时后——

王后意外临盆，大出血，难产了。

法老王：“神啊……您不能这样……救救我妻儿吧……”

轰！奥丁大神又又又掉下来了。

他额头青筋暴跳，周身紫电狂放，徒手掐爆了一支天劫圣魔军团的指挥灵脑，随手将那数千米高的液态金属集成板，丢进了尼罗河中，面无表情，向着埃及王宫走去。

底比斯祭司们，已经深刻认识到——这个无比恐怖的异族神，是他家法老王和王后的好朋友了，而且，貌似看起来比他们家太阳神大大还要霸道总裁好几千倍呢，绝对可以做他们的新太阳神。所以，聪明的祭司们带领民众，整齐划一地在王宫前跪了一片片，笑容可掬地献上麦酒和美女道：

“伟大的新太阳神又又又又又显灵了……嗳哟！！”

奥丁笔挺的军靴，直接从祭司们头顶上踩了过去。

他周身紫电，仿若生生凝聚成一行埃及语：

你，死，了。

“呃……行吧行吧……我……死……了……”

“我……说……那……个……大……神……”

阿蒙霍特普四世无比尴尬地对对食指，不敢在奥丁大神的低气压瞪视下发声说话，只不过，他还是不得不提要求的啊，毕竟人命关天嘛，关的还是他妻儿的命啊。

于是，这个埃及史上著名的古怪法老王，迅速，奋笔疾书，举起两块小小的泥板牌子——

左手：我……王……后……难……产……

右手：您……会……接……生……吗……

头顶：大……神……您……真……棒……

轰！

奥丁面无表情，将永恒之枪往王后寝宫门口一插，生生将半数崩塌的埃及王宫，震得又塌了一半。

奥丁："何时怀孕的？"

奥丁伸手，摸向王后高高隆起的肚子。

奥丁其实早就知道事情不对劲了：这群埃及人明显还处在原始蒙昧阶段，甚至连他名字都不知道，又怎么可能用"请神符"这么高端的时空穿越装置，连续四次，将他从诸神黄昏的战场上强行召唤到这里。奥丁只是万念俱灰，故作麻木而已。

法老："三个月前！"

阿蒙霍特普四世暗搓搓偷窥了奥丁一眼。他发现这异族神已然燃起治愈魔法，开始为他王后止血了，立刻高高兴兴跑了过来，躲在小角落里，暗中观察。

奥丁：“生活规律么？平时吃什么？”

法老：“挺规律的。经常陪我驾战车。比我能打。”

法老王赶紧乖乖报上王后每日食谱，那大致是——

早餐：麦酒60桶，巴斯博萨50块，烤羊肉70斤。

午餐：麦酒120桶，巴斯博萨100块，烤羊肉100斤。

晚餐：麦酒180桶，巴斯博萨150块，烤羊肉200斤，锦葵汤60盆，富尔和塔米亚100份，考夫塔肉棒500串。

法老有点局促：“唉，王后怀孕后，稍微吃得多了点。”

奥丁：“……稍微？”

法老：“怀孕前，她每天只喝两杯羊奶，吃200个蛋。”

奥丁：“……200个蛋？”

法老：“啊，对啊。医官说：坚持吃蛋，有助生育。王后想给我生很多很多王子公主，所以每天坚持吃200个蛋。”

奥丁：“……什么蛋？”

法老：“尼罗河流域，但凡有蛋的，她都吃，不挑食。”

奥丁：“……”

法老：“大神您为何脸色不好？伤口痛吗？医官！医官！”

奥丁：“……”

奥丁觉得自己有80%以上可能是救错人了。这对贤伉俪，八成才是最该用雷劈一劈的。难道不是吗？

奥丁：“吃过奇怪蛋吗？”

法老：“哦，有很多！大的小的，咸的甜的，冷的热的，臭的香的，圆的方的，软的硬的，煮的烤的，果冻形的，圈圈球的，拧着吃的，嘬着吸的，砸不开的……”

奥丁：“砸不开的？”

法老：“啊，对啊。仨月前吃到的，一颗很小很小的蛋，刀劈斧砍，火烧水煮，怎么都开不开。这蛋，还是镶在一枚古董戒指上的，被一只猫叼进了我们王宫，特别奇怪。大神，你说这戒指的前主人，那都是个什么人啊，那么无聊，艺术品位肯定特别低下，竟然会把一颗蛋镶在戒指上戴？所以我们决定替天行道，一定要把那颗蛋吃了。”

奥丁：“……”

法老：“我和王后，苦心钻研了好几天，都没研究出这破蛋之法。最后我们生气了，一狠心，把蛋放进嘴里，一人咬了口，‘咔嚓’，那蛋被我们咬破了。”

奥丁：“……”

法老：“我们特别高兴，感觉人生都得到了升华，当天夜里，就把它拌在酒里喝了。后来，王后就怀孕了。大神，你脸色怎么更难看了，是伤口更疼了吗？”

奥丁：“戒指在哪？”

法老：“在王宫藏宝库里。那戒指，样式挺稀奇的，明显不是我们邻近国度的饰品，材质也很古怪。我就把它挂在藏宝库门口辟邪用了。大神，您要看吗？侍卫！侍卫！快把藏宝库门口挂的那堆垃圾全部拿来！里面有个戒指——大神要看！”

片刻后，侍卫拿来一大堆瓶瓶罐罐、不知名的垃圾。

奥丁面无表情，伸手，从垃圾堆中，捡起一枚戒指。

——他的戒指。

那是奥丁戴了整整138.2亿年的戒指。

138.2亿年前。“诸神号”一别时。

诸神向奥丁赠礼——

阿胡拉在奥丁额头吻了个永生之火，恩利尔赠给奥丁《智慧之书》，毗湿奴赐予奥丁宇宙梦境，太阳神拉命令女儿猫神贝斯特陪伴奥丁，宙斯送奥丁永饮不尽的酒觞——妄欲之杯。

羽蛇神库库尔坎，地位没有这些主神那么高，没什么可送的，于是就吐了一颗五光十色的微型蛇蛋出来，用那蛇蛋替奥丁做了个戒指。那颗蛇蛋，名为富饶丰收之卵。

传说，羽蛇神的富饶丰收之卵中，能够孵化出饲主心中一切思念愿望，然而，羽蛇神的蛇蛋，却是坚固到永远都不可能破裂的，所以，这就是一枚废物宝藏。而且，作为戒指而言，真不咋好看。洛基曾经提醒奥丁丢了这蛋，提醒过很多次。

奥丁是战神，对自己从来就没什么审美要求。他只是觉着这蛋壳够硬，戴在右手上，用来打人特别方便，一拳下去，比拿枪捅都有效，就……戴了 138.2 亿年。

后来，这戒指丢了。

“诸神号”上的那些向他赠礼的人……

所谓的故友，一个接一个死了。

奥丁越来越沉默，经常站在尤加特拉希宇宙树下，几年，几十年，不动一动。他养的猫，猫神贝斯特，每天挠他，惹他，他都呆呆望天，没有任何反应。

猫喊不醒装死的主人，就天天自己玩。

猫在主人面前卖萌打滚。主人眼里完全看不见猫。

猫把主人价值连城的宝物摘下来，当球踢，当圈圈丢。

猫不知故意弄坏了主人多少宝藏，主人依旧不理睬猫，现在，就连羽蛇神永远不破的蛋，都被猫玩坏了。

它特别伟大。

奥丁戴了那戒指百亿年，曾经用那戒指上永不破损的蛇蛋，不知打碎过多少星际怪兽的脑袋、金属魔物的战铠。

奥丁从没想过，打碎它的方式，是……爱。

相爱的两个人，一人咬了一小口。

羽蛇神的蛇卵，孵化了。

奥丁：“出来。”

“喵——？嗷——？呜——！”

伴随着奥丁一声低低的呼唤，黑暗小角落里，暗搓搓

钻出来一只头大身体小的黑色小奶猫。

那是太阳神拉最小的女儿——猫神贝斯特。

这猫，是奥丁饲养了百亿年的召唤兽。战力不咋的，破坏能力特别强，尤其是破坏奥丁的东西。

这猫小时候，最喜欢做的事情，就是——突然变大，把奥丁压在肚子下面，后来，奥丁不陪它这么玩了。

奥丁几乎再也不理它了。奥丁老了。奥丁不喜欢宠物了。

这猫看到奥丁来到凡世的埃及王宫，立刻高高兴兴，蹦蹦跳跳，从黑暗角落里跑出来，在奥丁面前打了滚，露出毛茸茸的肚子，祈求摸摸，然后，又跳到奥丁肩膀上，用头蹭了蹭奥丁面庞，伸出舌头，舔舐奥丁满是鲜血的脸庞。

这猫对于奥丁的到来，感到非常满意。这猫误以为，自己还是很有吸引力的，奥丁大大竟然亲自来接它回家了呢。

奥丁：“……下去。”

奥丁一言不发，将那个已经碎裂的蛇蛋戒指，重新戴回了自己手指上。

奥丁摘下手腕上一个可以不断增殖的著名金环——德罗普尼尔，随手往地上一丢。那枚代表财富的魔法金手镯，开始自我增殖，复制再生，瞬间复制出好几十个魔法金环，逗着猫神贝斯特，在埃及王宫里乱窜。

法老王终于看明白这是咋回事了，顿时觉得……

脑壳子有点疼。

法老王瀑布汗：“这是你的猫？这是你的蛋？啊不……我不是那意思，这是你的戒指？”

法老王还在想，自己刚刚骂这戒指主人没品位，会不会被这异族神给记恨上。奥丁就忽然又问话了。

奥丁：“孩子不像你，介意吗？”

法老：“啊？”

法老王阿蒙霍特普四世，对这问题无比尴尬。他茫然眨眨眼，摸摸自己那张无论怎么看都一言难尽的著名外星人脸。

法老：“难道我很好看么？孩子当然是越像王后越好啊！”

奥丁：“也不像她。”

法老：“唉，别像大祭司就行。认真的，那又胖又丑的。”

奥丁不再说话。

他屏退了所有闲杂人等，拖着重伤的身体，走到王后身旁，开始冲她吟唱一连串卢恩魔法系的治愈祝福魔法。奥丁治愈人类的时候，浑身上下，闪耀着令人难以忘怀的美好幻光。

片刻后，王后分娩了。

奥丁抱起一个小小的婴儿，亲手为孩子沐浴洗礼。

法老王大喜，赶紧把头伸过去，暗搓搓看了一眼婴儿。

啊！太好了，挺漂亮的，长得不像大祭司，不丑，不胖。

婴儿皮肤，是玉石般的乳白色，深红偏黑的直发，额前混了束天然白化的发丝，五官精致，灵秀可爱，看起来就像画出来的一样，明显是个东方孩子的模样。

虽然，长得既不像外星人法老王，也不像绝世美人王后，但法老王对于婴儿这张漂亮的异国小脸，还是很满意的，只不过，有一个小小疑问，法老王身为父亲，还是要提一提的。

法老：“大神，我家孩子，是条蛇精吗？”

奥丁：“……”

这婴儿腰部以下，是条灵光闪烁的龙尾，半透明的龙鳍龙角龙耳，在空气中氤氲出缥缈灵光，曼妙绝伦，只不过，龙这种东西，在古埃及法老王眼里，等于——眼镜蛇成的精。

法老：“公的还是母的？”

奥丁：“……”

奥丁伸手，轻轻抚过婴儿身躯，口中吟诵起卢恩魔法

咒文，灵光闪烁间，那婴儿身上的龙尾龙鳍龙角龙耳，在卢恩魔法的隐形咒中消失，化成两条人腿，显露出人类婴儿的模样。

奥丁："这是龙血族。华夏神族中的王裔。"

奥丁将婴儿抱在怀中，用手指轻轻触碰他额前白化发丝。

奥丁："龙血族的卵，孵化只要三个月，但生长周期很长。从幼儿长成年，需要180万年。"

法老："1……180万年？那岂不是永远看不到他长大？"

奥丁："嗯。"

法老再一次把王宫中最贵的宝石捧到了奥丁面前。

法老："大神！有没有其他方法可想？"

奥丁："埋了他。"

法老："啥？"

奥丁："龙血族珍贵，幼年时最易被捕杀，易引歹人觊觎。你们两个，能力太差，护不住他。所以，埋了他，为了百姓和国家。"

奥丁说罢，指尖灵光闪烁，再一次吟诵起卢恩魔法咒文。原本正在逗弄猫神贝斯特的魔法金环——德罗普尼尔手镯，重新落回了奥丁掌心。这纯金的魔法手镯，不断分裂，不断再生，瞬间化成一团600多公斤重的黄金。

奥丁手指轻挥，那团黄金在他指下，不断自我熔炼重组，数秒后，它变成一具真人高的古埃及黄金棺椁，落在地上。

奥丁将婴儿放进了黄金棺中。

奥丁勾勾手指，猫神贝斯特蹦蹦跳跳落到黄金棺上，开始用尖利的猫爪，为棺中的孩子，镂刻一连串有关未来的预言诗——那是埃及神族，赐给凡人的最高葬礼仪俗——有关未来的只言片语。

奥丁取下右眼上的龙鳞眼罩，随手丢进了黄金棺。

那片曾经沾过奥丁血泪的龙鳞，在黄金棺内，瞬间溶解，化成一汪璀璨星辰。黄金棺内的时间流速，在盘古时空金鳞的干扰之下，开始变得与外界不同。奥丁凝聚了神魂之痛的血泪，溶解成星辰宇宙，化作哺育孩子的温床。

奥丁："在这棺中，躺3300年，相当于外界180万年。"

法老："……"这下轮到他沉默了。

奥丁面无表情指指婴儿乱踢乱蹬的小腿。

奥丁："我对这孩子施加了替身咒。你肉眼所见，是他替身。3300年内，任何物理伤害，都不会触碰到他本体。你按埃及王族葬仪，将他制成木乃伊，隆重安葬。切记——不可引起任何注意。否则，国破家亡。我无力再来救他。我将身败名裂。你们不可拜我。不可令世人知晓——我与你们相识。"

奥丁说这话的时候，一大口鲜血从他嘴里呛了出来。

阿蒙霍特普四世无比尴尬地给奥丁递了块丝巾。奥丁不接。法老王觉得看大神这么吐血，挺不好意思的，就示意王后偷偷给他擦擦。奥丁又避开了。

奥丁指尖一扬，将那枚无限增殖的黄金金环——德罗普尼尔手镯，丢进了阿蒙霍特普四世手中。

奥丁："它能助你度过一次灾荒。"

奥丁随手一点，自法老那堆名贵宝石中，取出一枚著名的猫眼石，将它炼化成灵光辉闪的微缩宇宙型猫窝，将猫神贝斯特哄了进去，递给纳菲尔蒂蒂王后。

奥丁："它能为你吓退暴虐之徒。"

奥丁伸手一拂，那原本嗷嗷哭嚎的婴儿，瞬间静止，在卢恩魔法替身咒的作用下，化作一具僵硬的遗骸。

奥丁启齿，似是有话，想对那刚出生的婴儿说，但千言万语，早就不知从何说起。

奥丁抬眼，看看宇宙天穹，那里是诸神的黄昏，正在召唤他的终结之地。他又呛出一大口血来。

他浑身上下几乎已无一处完整骨肉。

他吟诵起卢恩魔法咒文，化作缥缈紫电，飘逸向空中。

阿蒙霍特普四世仿佛知道，这次这个异族神是真的不会再回来一般，无比唐突地一伸手，握住了他鲜血淋漓的手腕。

"我说……大神……你……考不考虑留下……"

这个著名的古怪法老王，当时脑中，闪过一些挺混乱挺荒唐的念头，略显愚拙地劝诫道。

"我知道，大神你有大事去办，有大战要打，看不上我们这原始落后小沙漠，但是……我们这里，麦酒很醇，羊肉很香，诗歌很美，虽然大祭司很讨厌，但姑娘是真的很漂亮……大神啊，你救过我和王后，你若愿意留下，我们生个最漂亮的公主嫁你……嗳哟！王后为何拧我？"

王后当然是要拧法老的，因为他俩就算现在立地生个公主下来，那至少还要十几年才能嫁给奥丁呢。

王后是聪慧敏感的女性，她看得出奥丁这是要去赴死。

哪个万念俱灰的男人，会愿意为了一个八字还没一撇的绝世美人，改变这么重大的决定。

王后一看法老王不靠谱，赶紧补了一句："我有个妹妹，名叫穆特奈德美特。她容貌性情，都远胜于我。我做主将她嫁你。"

王后准备先把奥丁留下再说。这异族男神，明显是个高富帅，用任何宝石留不住，那就只有用美人了。

"你若不信，我立刻让妹妹来见你。她容貌，有若星辰银河，璀璨夺目，无可比拟，定比你见过的任何女神都美。"

奥丁面无表情，提起永恒之枪，消失在底比斯上空。

"我收回我的话。"

奥丁毫无语调的声音，悠悠回荡在王和王后耳畔。

"孩子，还是像你们两个的。"

奥丁淡然评论道："嘴不靠谱。"

奥丁化作紫电惊雷,重新穿梭向诸神黄昏的宇宙战场。

"大神！你回来！我帮你抓那个请神符的高人啊！

"大神！你回来！我认你做义弟！我把王位传给你啊！"

阿蒙霍特普四世不甘心地在底比斯王宫中仰天大叫。

无人应答。

这场时空洪暴，在底比斯城上空持续了整整20小时。

20小时后，天空中不断陨落的古神遗骸、轰然坠落的液态金属魔物，终于停止了对这座古城的狂轰滥炸。天空中，不再有惊雷闪烁，紫烟缭绕。

天晴了。白鸽飞向苍之巅，撒落羽毛。

法老王牵着王后，走出王宫。

他们带领跪地祷告的城民，掩埋满地残骸。

法老王捡到半截断裂的长枪。

枪柄上满是鲜血，断裂处刻着卢恩魔法符文。

是那个异族神的长枪。它断了。

那个总是异想天开的法老王，扑进王后怀中，失声痛哭。

“他还会回来吗？”

地球历：公元前1361年11月26日。

人类文明史上第四次屠神战争·诸神的黄昏结束。

诸神尽灭。

圣地·阿兰星落，灯火辉照，万人狂欢。

奥丁被铁索穿骨，吊在圣地城墙上示众。

“那是极恶之神！他杀过很多无辜的人！”

“神特别暴虐可怕，怎么都不会被杀死！”

那一年，圣地的新人类权贵，急需巩固四次屠神战争的胜利果实，对诸神文明的历史进行了大规模的演绎。

他如无数流言蜚语中所提及的那样，被冠上不堪入目的罪行。人说他是神，他就是神。人说他是鬼，他就是鬼。

有人朝他丢石头，有人朝他吐唾沫。有人在圣地城墙下贩卖弓箭，10元一支箭，惩奸除恶，拿他当靶子射。

他偶尔眼睫微颤，茫然看向狂欢的人群。

他的记忆，因灵体消亡，而开始混乱。眼前恍恍惚惚，尽是小时候，他们一群人蹦蹦跳跳，消匿于岁月长河中的残像。

“从未相识，却已相伴。未及相拥，却已相忘。”

“有如回忆，如此蹉跎？”

“天呐，阿曜……竟然会写诗？”

“这算是情诗吗？不好！天降异象——宇宙要毁灭了！”

“笑什么笑？打死你们！”

众人疯笑着追逐而去，在他灰白皲裂的记忆中，化作一幕幕失真的剪影。他被挂在圣地城头示众了70日。

70日后，洛基来了。

洛基·法布提森——神谕教廷大主教，宇宙第一军火商，四次屠神战争的发动者和胜利者，奥丁百亿年前从战场捡来的孩子，曾经发誓要为他肝脑涂地的幺弟，谎言与诡诈之神。

洛基解开铁索，动作轻柔地，将奥丁放了下来。

洛基身后，跟着神谕教廷的智者科学家。洛基身旁，是欢呼雀跃的崇拜者。洛基周身，都散发着战胜者的圣光。

洛基跟138.2亿年前相比，仿佛并没有太大区别，邪魅妖异的脸上，只多了半个镶满宝石的笑脸面具。

洛基通过四次屠神战争的胜利，成功晋升为新人类阶

级的至高权贵。

洛基好似安慰受伤的小动物一样，轻轻抚过奥丁遍体鳞伤的残破身躯，柔声说了句他一直都很喜欢的话。洛基说：

“陛下，臣来教您如何听话。”

洛基说罢，将他拖进了神谕教廷的实验室。

“唔……”

“放……放开他……不要！混蛋！”

龙小邪浑身剧烈颤抖着，在蓝晶石笋上尖叫起来。

龙曜的记忆，龙曜看过的时光，化作一道道治愈灵纹，溶解进他心脏，不断修复他重创的灵体。

龙小邪怔怔看着那一段段光怪陆离的往事剪影，再也无法遏制心中的疼痛和恐惧。他开始明白真相了。

那是一场几乎令他丧失心智的惨烈轮回。

当奥丁低声吟咒，炼化出那具古埃及黄金棺时，龙小邪所有的惶恐与不安，统统成了真。

因为，他清楚看见，奥丁炼化出的那具黄金棺，完完全全，就是龙小邪长大后的模样。

猫神贝斯特刻在那具黄金棺上的预言之诗，就是龙曜当年在他黄金棺上读到过的龙骨铭文。

猫神贝斯特之眼——那颗珍贵的古埃及猫眼石，就是奥丁炼化出来，供猫神栖息的超时空小窝。

他就是那个躺在黄金棺中的古埃及王子。

他是龙小邪。

法老王和王后用爱孵化出了他。

奥丁用黄金棺隐藏了他。

他和奥丁，其实是……

“奥丁……我……龙曜……你们——你们……？！”

龙小邪剧烈喘息着，在蓝晶石笋上，彻底痛晕了过去。

龙曜最后残留的幻象，与他的心脏，彻底融合了。

他看见了所有的因果，那究竟是一场多么可笑的恶作剧。

龙曜演的一手好戏，瞒天过海，耍了神谕教廷，耍了奥丁，耍了梅利，耍了吉赛尔，耍了他，耍了所有人。

埃及天空中……

那个丑瞎人眼的幼儿简笔画“请神符”，是龙曜画下的。

龙曜从来就没有能力去扭转历史和未来。

龙曜只是让奥丁在赴死前，见到了奇迹。

那是两个小小凡人，用所谓的……爱，孵化出的龙卵。

命运的齿轮，偏转了。

龙小邪和龙曜，他们是共生的双子。

他们在一个闭合的莫比乌斯时空环中，相互创造了彼此。

而龙小邪和亚瑟的相遇……

那才是龙曜此生，最恐怖的恶作剧。

Philosophy
Silver Loong

第三十三乐章
猫的报复

2008年12月25日。

龙曜带着奥丁，登上了猫校长的魔鬼岛。

登岛的原因，非常简单——

龙曜是去躲避追杀的。

龙曜，吞噬了22名高阶世界贵族，绑架了神王奥丁，调戏了创世封神系统，侮辱了神谕教廷，成了宇宙第一通缉犯。

虽然，通缉令长得有点奇葩，但通缉犯依旧是通缉犯。

创世封神系统，依旧是这个宇宙的第一四维人工智能，监控着宇宙间一切生命的活动迹象。所以，龙曜在任何文明、任何星球上都不可能长时间隐藏。

一旦龙曜被发现，他所躲藏的那颗星球，就会在一瞬间，被一种跨文明等级的系统指令所彻底抹除。

所以，龙曜带着奥丁，逃去了魔鬼岛。

那是——猫校长梅利伊布拉的住处。

那是一座非常有趣的海岛。

那座海岛，行踪飘移不定，不断在各个时间和空间中，移动着位置，谁也无法准确定位到它的宇宙坐标。

那座海岛，上面住满了形貌恐怖的岛民，每隔九年一次，就会像万圣节狂欢会一样，群魔乱舞，到处吓唬花花草草。

那座海岛，绝对可以堪称恐怖片的最佳拍摄地点。

那座海岛，不是别的什么东西。

那座海岛，就是 138.2 亿年前的校舰——“诸神号”。

猫校长梅利，在这艘宇宙星舰上，安心地养老。

“诸神号”，是猫校长梅利最喜欢的校舰。

138.2 亿年前，阿兰星落学校校庆当日，猫校长最差的那届学生，联手将它创造出来，送给这猫，作为校庆的谢师礼。

“诸神号”上，没有搭载任何武器，只有空间跳跃装置。它跑得贼快。不会伤人，不会被人所伤。所以，梅利猫很喜欢它。

梅利大猫，最喜欢趴在这艘星舰上面……做瑜伽。

“‘诸神号’——应该接受创世封神系统的全面监控！”

神谕教廷大主教——洛基·法布提森，对于梅利猫的这艘“诸神号”校舰，一直感到非常头疼。

因为，“诸神号”，实在太老了，它甚至比这个宇宙的年龄还老很多。它上面的机械构件，全都是亚特兰蒂斯·辉煌纪那个史前文明时代遗留下的产物。早就已经过时百亿年了。

这么古老的星舰，竟然还没有烂掉，这让洛基大主教感到非常头疼。这就像一台21世纪的现代电脑，无法监控到山顶洞人时代的犯罪分子一样，神谕教廷最先进的创世封神系统，无法监控这艘亚特兰蒂斯·辉煌纪时代的古董星舰。

因为，它们的科技原理，完全不同。

“你应该把这艘破烂货扔进粉碎机。”洛基提议。

“不要。我要在上面做——猫式瑜伽。”猫校长坚持。

“我要派遣军队，踏平你这艘破烂货。”洛基威胁。

“喵呵呵。好啊好啊，来啊来啊。”猫校长兴奋得浑身猫毛咻溜溜一束。梅利大猫最喜欢和洛基大主教玩躲猫猫游戏了。

梅利大猫近三千年来最喜欢的游戏就是：

洛基杀气腾腾地派遣神翼军来抓捕它。然后，它就可以开着星舰，全宇宙乱窜，活动活动筋骨了。这种游戏，就像逗猫棒在眼前摇来摇去一样，让猫无法抗拒。只可惜……

“小基基基，你至少已经三千多年，没跟为师玩躲猫猫游戏了啊，你快来追为师啊，快来追为师啊，喵呵呵。”

梅利大猫，四仰八叉摊在圣地城墙上，一边大声呼唤洛基学生时代的愚蠢绰号，一边冲着洛基摇头摆尾扭屁股。

洛基："……"洛基特别想拔枪毙了它。

只不过，洛基是非常聪明的老家伙，他是不会那么轻易上这猫老当的。洛基早在公元前 1360 年，就已经放弃了跟梅利玩躲猫猫的游戏，因为——"诸神号"太难抓了。

这艘星舰，虽然没有武器，但机动性极强。它在亚特兰蒂斯·辉煌纪的灭世战争中，横穿了半个宇宙，都毫发无损。

这艘星舰上面所搭载的四维空间跳跃装置，让它不断在古往今来各个时间地点闪烁飘移，就像一只在历史长河中不断眨眼的跳蚤。这种就连创世封神系统都不能精确定位的古董星舰，绝对不是任何小部队能抓住的，要抓，就要真派大军。

那么……罪名呢？

这贱猫，是个超级有钱的土豪教育学家，平日里又那么遵纪守法，民众支持率爆高，前两年差点就当上了联邦总统。

洛基如果真要派大军砸它猫窝，至少要有个像样罪名吧。

"梅利伊布拉！"洛基阴森森威胁道。

"别以为我不知道你在诸神号上干的什么龌龊勾当。你吃里爬外，背叛教廷，小动作那么多，总有一天，我会查出你的罪证！我会将你送上军事法庭，派遣大军剿灭你，将你和那艘破烂星舰上的小怪物们，统统送进死刑熔炉！"

"喵呵呵。小基基基，你说什么？听不见——啊痒。"

梅利大猫噗溜溜一抖猫毛，抖了洛基一身跳蚤。

"滚出我的神谕教廷！立刻！滚！"洛基最厌恶这猫了。

洛基，曾是这猫最看不起的学生。

这猫，经常臭骂盘古、奥丁那群家伙，却从来不骂洛基。

这猫，总是无视洛基，就好像他是它皮毛上蹦迪的跳蚤。这猫说洛基很有潜力，又说他气度不大，撑不起梦想二字。

这猫太了解洛基。就像洛基也太了解这猫了。洛基就算用鼻子猜，都能猜出来，这猫，究竟背地里在干什么肮脏事——

它在——饲养小怪物！

为师都还没死呢，怎么可能让学生去死？

这只肥到流油的臭猫，曾经是埃及人最古老的原初之神。

古埃及人信仰的“灵魂不灭”传说，来源于这猫教授给他们的一种灵魂炼金术。这种炼金术，名字非常可笑，叫作——

猫的第九条命。

“生命的本源，在于思想。”

梅利大猫，曾经告诉古老的埃及祭司道：

“人，只有一次生命，但如果人的思想，能够被他人传承下去，人就会在他人的思想中永生。

“所以，我可爱的学生们，怎么可以被坏人杀死呢？

“他们可都是接受过本校长谆谆教诲的超级小可爱啊。

“当然，最差的那届除外。”

3300 多年前，诸神的黄昏一战后，诸神尽灭。

这猫曾经最疼爱的那届坏学生，几乎死得一个不剩。

这猫想要喵呵呵地笑，结果却哭得像条狗似的难看。

这猫喝酒，醉死了一条猫命，然后，它擦干眼泪，打个饱嗝，又活过来了。它开启了第二条猫命。它又开始办学校了。

这猫，驾驶着“诸神号”，不断在宇宙中穿梭跳跃，严重干扰了神谕教廷大主教主办的阿兰星落世界贵族甄选考试！

这猫，正在搜集人类的灵魂。

这猫，就像一个古老的埃及祭司一样，炼化出不计其数的灵魂罐头。它将全宇宙各个时空中、所有在甄选考试中死去的年轻人类的思想，统统找回，装进灵魂罐头，藏在“诸神号”内。

这猫，将那些罹难者的思想，储存进一只只魔怪的身体中，饲养在“诸神号”上。这猫，对外号称：那都是它养的宠物。

这猫，把“诸神号”伪装成一座魔鬼岛，用恐怖的灵异现象，吓跑所有靠近这艘星舰的人。然后——奇迹又来了。那些本该在甄选考试中死亡的历届罹难者，就那样，以魔怪形象，在那座魔鬼岛上一代代生存了下去。他们一直活在那座魔鬼岛上。

那才是迷踪悬案的真相——

一只猫的报复。

这猫是洛基的老师——一个比洛基更加无耻的两面派。

洛基一直苦于没有找到借口，派兵剿灭了这猫。

前些年，这猫甚至还竞选过联邦总统。这猫以一票之差，将竞争者洛基给挤了下来。挤下来后，它就辞职不干了。

洛基觉得，这猫就是在耍他。

2008年12月25日。

龙曜为了躲避神谕教廷搜捕，登上了猫校长的魔鬼岛。

龙曜低头看看那艘百亿年前的宇宙星舰，抬眼看看老到已经痴呆失忆的古怪校长，无比畅快地呵呵大笑起来。

“走，去戏弄戏弄它。”

龙曜叼着巧克力棒，带着奥丁，笑盈盈站到了猫的面前。

时隔百亿年，猫这种动物，还是那么口是心非。

真是胖死了。

“救……救命！你想对本校长做什么！可恶的差生！

“你……你被开除了！你又被开除了！虐猫啊！”

梅利大猫被蹂躏得满地打滚，嗷嗷怪叫。

第三十四乐章
王者重逢

2009年6月1日。儿童节。

龙曜在寝室里一通捣鼓，拆除了奥丁体内最后一道军用程序芯片，唤醒了真正的奥丁。

整整3370年来。

神王奥丁，第一次清醒地睁开了眼睛。

奥丁变回了那个静默孤寂的历史守望者。

奥丁停止了程序式的胡言乱语，停止了无休止的杀戮战斗。奥丁发现自己像一具残破的木偶一样，躺在一个红发少年的怀中。奥丁想要思考更多，却无能为力。他曾经孕育过宇宙至高智慧的四维灵识大脑，已被神谕教廷切除，做成一台监控宇宙的人工智能。失去大脑，失去思考的权限，对于一名智者而言，是何其悲哀。

奥丁想要爬起来，却发现自己最后依附的那具三维人类躯体，已经破损得像是一具恐怖电影里的丧尸。在移除了军用芯片后，风烛残年的奥丁，孱弱得像只濒死的孤狼。

奥丁病得太重，活得太久了。

奥丁呆呆抬眼，近距离地望着眼前的红发少年。

依稀间，意识中最后残余的记忆碎片，让奥丁隐约想起那张似曾相识的美丽脸孔，究竟是谁的脸了。

那张美丽动人的脸，那头耀眼的红发，那双璀璨若星月琉璃的眼，那是……华夏神族的神王——

那个曾经在奥丁的英灵殿前、砸碎伏羲的玉琴、微笑着说要杀光他们阿萨族的……

“龙神女娲？”

奥丁嘶哑着嗓音，低低呼唤出那个华夏神族最强炼金术师的封号。那是远古时代故人的神号。

“哈？”

那个容貌酷似女娲的红发少年，闻言低头，精致的眉头微微抽搐了下，嘴里叼着的黑巧克力棒，咔嚓咬碎。

红发少年伸手，轻轻抚摸着奥丁的脖子，仿佛正在思考，是不是应该直接掐死他比较好。

“华夏神王，我允许你杀死我。”

奥丁肃穆端庄，恢复了阿萨族神王的尊威。

奥丁隔着时空，冲着记忆中的故人——那个骄傲的华夏族龙神女帝，说出他百亿年前，就想说的话。

“那是我欠你的命。”

奥丁说罢，闭上眼睛，慷慨赴死，一脸端庄。

“哦。这样啊。那——行——吧。”

龙曜笑得特别温文尔雅，像只吃素的垂耳兔。

“北欧好汉啊，本王先跟你分享一个黑暗小秘密何如？”

龙曜“咔嚓”一下，嚼断一根草莓味的巧克力棒。

“其实吧，我从小就讨厌太阳神拉给我画的这张脸。”

龙曜就像撸自家狗子似的，捧起奥丁脸，使劲捏了捏。

“因为，他画功太好，画得太像女娲娘娘本尊了懂嘛。”

龙曜将奥丁的脸，捏成各种诡异扭曲的造型。

“曜哥我，从小就因为这张小姑娘似的脸，交不到漂亮女朋友，还在学校里被熊孩子给校园霸凌过——熊孩子们把我拖进厕所，给我换裙子，往我嘴上擦口红。绝望啊，心痛。绝对是曜哥我光辉伟岸人生的第一大黑历史。”

龙曜长吁短叹着，开始往奥丁嘴里塞巧克力棒。

“毕竟，无论我基因数据和女娲多像，我都不是我的祖先本尊，只是她后裔的后裔罢了，重重重重重重重重重重重重重重重重重重重重重重重重重重重重孙子了解一下？”

龙曜塞奥丁巧克力棒，塞了一根又一根，一把又一把。

“太阳神拉，给我画的这张‘返祖脸’，严重伤害了我男子汉的幼小心灵，造成了我极大的童年阴影，再也不可能弥补的心理创伤，让我痛苦了很久很久很久。”

奥丁那张高贵霸气的脸，已经被龙曜用巧克力棒塞成了牙签筒。不过神王智者依旧没有吭声，因为奥丁觉得：眼前，这个龙神女娲的后裔，宇宙间最强的生命炼金术师，一定想通过这种新颖的方式来折磨蹂躏他，以此达到某种莫名其妙的报复快感。

于是，这个被切掉了脑子的神王智者，就露出慈悲的表情，用一种普度众生的宽容目光，安详地看着龙曜，等待在龙曜的屠戮中，原地去世。

然后，龙曜就笑起来了，笑得特别开心。龙曜说：

“所以，长大以后，为了弥补这种童年阴影，魔化后的我，就给自己定下了一个小小的规则——”

“噗叽”一下，灵光闪耀。

一团丑得像屁似的烟雾，冲天而起。

龙曜化成一头丑瞎亿万人眼的幼儿简笔画巨龙，啊呜一张嘴，将奥丁大大那颗慈悲为怀的脑袋，吃进了自己的血盆大口里。

“谁，再敢说我长得不够爷们儿，我就咬掉谁的头。”

那条幼儿简笔画丑龙，叼着奥丁的头，扑腾着小翅膀，绕着魔鬼岛上空，歪歪扭扭飞翔了无数圈，仰天喷出一口火道：

“喊我曜爷懂嘛！”

吼——

一摊简笔画的龙口水仰天喷出。

满头口水的神王智者，被丑龙当成呕吐物，吐了出来。

奥丁当场就懵掉了。奥丁怎么可能会懂。

这个失去大脑的神王智者，在连续被这个女娲后裔塞了一嘴巴巧克力棒后，又被一条丑破天际的幼儿简笔画巨龙叼着头，绕岛游街，顿时惊疑得整个身体都有点僵。

“你……不是她。”

没错。那个高贵的龙神女娲，是不会流那么多口水的。

“罢了，无妨。”

奥丁淡淡闭眼，生无可恋道：

“纵使，你只是她的后裔，我也依旧允许你折磨我。”

“好嘞！”砰砰砰砰砰——

“感谢您那么配合！”

那头幼儿简笔画版本的丑龙大大闻言，兴高采烈地将奥丁搓进一个幼儿简笔画版的皮球里头，拍上天，拍下地，拍来拍去，连拍了两天两夜，拍得奥丁差点把五脏六腑吐出来。

“毕竟，我从很久很久以前，就特别喜欢欺负你们古斯塔夫家族这种整天故作清高、装腔作势的面瘫自虐狼了嘛！呵呵哒！”

那头幼儿简笔画版的丑龙，高高兴兴，揉起一团泥巴，搓出一辆丑破天际的幼儿简笔画版碰碰车来。

“哟，隔壁邻居家的神王智障，一起开车兜风去吗？”

轰隆隆——幼儿简笔画版的汽车马达响起。那辆线条七歪八扭的小破车，看起来开不出五米就会散架，车毁龙亡。

“……你……?！”

神王奥丁，是个很有道德意识的好神。他张嘴呻吟，妄图制止马路杀手行凶。只不过他的抗议被妥妥地无视了。

那条幼儿简笔画版的丑龙司机，根本不管自己有没有驾照、懂不懂交规，已然哼着快乐小曲儿，将奥丁大神塞进碰碰车的副驾驶座。

一秒钟内，绕魔鬼岛开了五万圈。五万圈啊，五万圈。边开边唱它最近特别喜欢的《新·蛇精病之歌》，直唱得整座魔鬼岛上的花花草草都吓得当场嗝屁，没再还过魂来。

奥丁觉得自己一定是在梦中未醒。

这个女娲后裔，究竟是个什么样的怪?！

“唔——”

奥丁终于再也绷不住那张端庄高贵的神王脸，在龙曜的副驾驶座上呕吐了出来。

百亿年来，那个一直被梅利猫誉为飙车狂魔的高贵神王，很不幸地，在坐完龙曜大大开的车后……晕车了。

“哟，神王，好汉，还想死在曜哥手里吗？呵呵哒！”

那条幼儿简笔画版的丑龙，笑眯眯，将它那颗丑破天际的大龙脑袋，放大变形了一百倍后，狞笑着怼在奥丁眼前。

“你……？”

奥丁吐干净了所有胃液，一脸茫然失措地向后退了退。

真心话是：绝对没人会想死在这么个鬼东西手里的！

这算什么啊？那是要多想不开才会这么作践自己啊？

奥丁纵使失去了一切，阿萨神族之王的威严还是在的。

“走开！”

奥丁强撑着风烛残年的身躯，吟诵起卢恩魔法，掌心燃起一道紫电，厉声呵斥着，说了一段还挺长的话：

“女娲后裔！吾命令你——停止卑鄙伎俩，拿出龙血王族的尊严，堂堂正正，在战场上杀死我！”

“好——嘞——”

那条幼儿简笔画的丑龙小哥，特别乖巧，特别听话，立刻堂堂正正，取出一个麻袋，“噗叽”一下，将病弱的奥丁大神当头套住，扛在肩膀上，堂堂正正，决斗去了。

这一次，它高高兴兴画了一艘幼儿简笔画版的宇宙星舰出来，载着奥丁大神，绕着赤道，一秒钟内，兜风五万圈啊五万圈。奥丁在麻袋里吐晕了过去。

一星期后，奥丁放弃了反抗。

因为，他得了严重的晕车症、晕巧克力棒症、晕龙曜症。

只要龙曜靠近，呵呵哒一笑，奥丁就下意识往后退。

“随意吧，你想怎样就怎样。”

奥丁大神闭眼装死，表情又端庄尊贵了。

“哇，真哒？”

龙曜像只乖巧垂耳兔似的，笑眯眯往奥丁面前窜了一步。

奥丁立刻条件反射，像只受惊小狼崽般，往后退了一步。

龙曜：“咦？不是随便我怎样都可以嘛？陛下您退什么？您不是英勇无畏的北欧战神吗？脑袋被小怪兽咬掉都不皱眉头的英雄豪杰吗？嗷！我全能的风暴雷电智慧诗歌治愈王权战争魔法死亡之神啊！神王陛下！难不成您还怕我个手无缚鸡之力的柔弱小男孩嘛？”

奥丁：“……你算哪里来的柔弱小男孩？”

场面一度很尴尬。

龙曜：“行吧，暂时不玩你了。我有重要事要你去办。”

龙曜往奥丁嘴里塞了根奥利奥味的巧克力棒。

奥丁：“说。”奥丁面无表情吐了那鬼东西。

龙曜取出一枚冰蓝色的残破芯片，在奥丁眼前晃了晃。

龙曜：“——让我拆了你。”

奥丁头顶冒出一连串问号。

龙曜微笑起来。笑得像奥丁亿万年前走散的很多故人。

“我，是全宇宙最强的生命炼金术师。”

龙曜笑盈盈道：“所谓炼金术师嘛，通俗点讲，就是艺术家。艺术家，就需要一部完美的作品，来实现永垂不朽的梦想。神王陛下，您曾经乱放雷电，拆掉了我最完美的艺术品·智者亚瑟 1.0 版本，那么，就必须付出最沉痛的代价！”

龙曜转着指尖灵光闪耀的冰蓝色程序芯片，柔声道：

“让我——拆毁你。会很疼的。”

龙曜指指夜空上璀璨若琉璃的星辰，补充说明道：

“我要把你拆成一千亿种炼金术元件，植入一千亿种你根本不知道是什么的东西内部，做成武器，去打赢一场战争。”

奥丁听懂这个炼金术师在说什么疯话了。

奥丁说：“动手吧。”

龙曜说：“你先哭几滴眼泪，我要做请神符。呵呵哒。”

奥丁：“……！！”

第三十五乐章
薇拉与圣梅洛

2011年3月16日深夜。

瑞典斯德哥尔摩王宫，来了一个奇怪的女孩。

那女孩名叫薇拉。

薇拉说：

她来自一个历史记录者家族，目前正在当飞机乘务员。

她受一个中国朋友委托，来给瑞典公主送一个孩子。

那是一个有着冰蓝色头发、玫紫色眼睛的漂亮小婴儿。

“这孩子，名叫：亚瑟·圣梅洛·V.古斯塔夫。”

薇拉将一个刚出生顶多几小时的幼小婴儿，送到瑞典王储——伊莎贝拉公主的怀中，说了句非常奇怪的话。

薇拉说：“公主殿下，这婴儿，是您刚生下的亲生孩子。”

“什……么？”

伊莎贝拉公主茫然呆立在北国的雪夜中。

她并没有怀孕，更没有分娩，这个刚出生顶多几小时的婴儿，怎么可能是她生下的孩子？

“您……是不是哪里搞错了？”

“没有搞错，公主殿下。”

薇拉右手插在口袋中，紧攥着一根古老神秘的短笛，依依不舍地望了一眼那嗷嗷待哺的婴儿，柔声说道：

“他的昵名，叫作圣梅洛。

“这是‘圣王·梅洛迦灵塔尔’在人类语中的音译。”

薇拉说话的口吻，很像一个大学历史人文学院的普通女学生。她无比考究地将那三个诡异的音节，重复了一遍道：

“百亿年前，在远古文明的亚特兰蒂斯·辉煌纪史料中，圣王·梅洛迦灵塔尔，是一名带领人类文明走出黑暗深渊的智者。他王名的缩写形式‘圣梅洛’，在人类语言中的意思，有点接近于先知德鲁伊，但又含有万王之王的意义。

“我的家族，是一群宇宙历史学者。我们家族根据这孩子自古以来对人类文明的贡献，敬称他为圣梅洛。

“所以，‘那人’就给这孩子起了这样的昵称。”

“那……人？谁是那人？”

伊莎贝拉疑惑地望着怀中的婴儿。

她开始觉得这孩子有点眼熟，甚至说，无比熟悉了，那种感觉，就好像曾经让她心碎痛苦过无数夜的血肉牵绊。

虽然，伊莎贝拉依旧不明白，为什么这女孩要说这个刚出生的孩子，是她亲生的孩子。

“为了您和孩子的安全，那人的名字，不能直接告知于您。不过那人说：只要告诉您一句话，您就知道他是谁了。”

薇拉警惕地环视着四周，拒绝说出那人的真名。

“什么话？”

伊莎贝拉茫然望着北国不断飘落的飞雪。

“您拜托他的事，他完成了。”

伊莎贝拉心脏猛地狂跳起来。

“龙曜先生，我此次前来，是来拜托您一件事的。

“请您救救我孩子！我不管他是谁！他是我亲生的孩子！

“对不起，我不知道奥丁会做这种事，对不起，对不起。”

伊莎贝拉抱紧怀中那似曾相识的幼小婴儿，颤声道。

“那人……那位先生，他……他还好吗？”

薇拉茫然道：“他早就死了啊，公主殿下。”

“在您找到他、向他求助的那个雪夜，他就已经被杀了。

“太阳神拉曾经牺牲一切为他创造出的人形肉体——

“他赖以生存的凡人躯体，被赛尔匹努斯巨龙烧成了灰烬。

“他是一个受人唾弃的怪物。他死去了。

“他在死后，完成了所有人的心愿。

“他救了所有人，却救不了已死的自己。

“在达成最后心愿后，他的欲望，他的思想，亦将消散。”

薇拉说罢，一步三回首，离开了瑞典王宫。

薇拉偷偷带走了一支短笛。

那是龙曜的短笛。

曾经，有一个著名的智者，在龙曜的命令驱策下，站在圣地阿兰星落的城墙上，用这根短笛，吹奏起美妙的音乐，救赎过薇拉的族人。

那个智者，在北欧神话中，曾被称为圣王。

那个智者，曾经拥有近千种神圣封号，除了战争、魔法、雷电、风暴、王权之神外，他曾经还是音乐与诗歌之神。

那个智者，曾是人类文明史中的璀璨珍宝。

后来他死去了。后来他新生了。

亚瑟·圣梅洛·V. 古斯塔夫——

那是弑神者·龙曜为这个神王智者起的新名字。

龙曜恨这个神王。龙曜拆毁了他。

龙曜敬这个智者。龙曜重组了他。

这个愚昧的智者，孤独守望了百亿年，只为遵守一个连自己都记不得是什么的可笑誓言。守护苍生？那是连太阳神拉都已经不敢再信仰的怜尘之心。如果，时间可以重来一次，龙曜依旧会狠狠惩罚他。龙曜用一次真正的重生，惩罚他——

万世永劫，初心不负。

那夜过后，伊莎贝拉公主收下了亚瑟。

瑞典公主如此向世人介绍道：

“亚瑟，是我的亲生孩子，最小的王子，我的继承人。”

“您在胡说什么?！”

所有人都对此表示反对。

反对得最激烈的，是伊莎贝拉的二王子威利和三王子维。

他们两个当时只有 7 岁，还是两个小学生，但很明显的，即使是小学生，也能凭基本常识判断出来——这个突然冒出来的小王子，绝对不可能是从他们母亲肚子里生出来的。

威利和维不能接受这种变戏法似的冒出来的亲生弟弟，就像熊孩子不能接受父母生二胎一样地大呼小叫起来。

不接受就是不接受。

威利激动道：“妈妈！你有什么证据说他是你生的？”

维开始据理力争：“你连他的医院出生证明都没有吧。”

“一定要证据的话，我也是有的。”

伊莎贝拉公主丝毫没有动气，将一张 DNA 亲子鉴定书放在所有反对的人面前道：“鉴定证明：他是我孩子。”

“我爱我的孩子胜过一切。

“只要能保护他不受伤害，我可以翻越雪山，对抗恶神。

“我可以跪地哀求，伤害他人，接受天谴。

“甚至，因此而下地狱。

“谁不相信的话，就再带他去做几次亲子鉴定吧。

“反正，结果都是一样的。”

伊莎贝拉抱着年幼的亚瑟，站在窗前，陪他看北国雪。

“那位先生，治好了你的病。”

伊莎贝拉亲吻年幼的孩子，眼前光影盘旋的，尽是那年雪夜在西伯利亚荒原雪岭初见龙曜时的画面。

那红发少年微笑的样子，能融化世间一切寒冷冰雪。

“我……对不起他。”

2011 年 11 月 25 日。

阿兰星落世界贵族 3396 届甄选考试结束。

一头幼儿简笔画版的魔龙尸体——宇宙第一通缉犯・弑神者・龙曜，被挂在圣地城墙上示众。

虽然，这龙被示众的模样，实在太丑，有点不尽如人意。

不过，这并不能影响神谕教廷凯旋得胜的好心情。

毕竟，根据系统检测：这条丑龙，已经死得透透的了。

它所有的同伙，也都已经死得透透的了。

圣地水区论坛上，整天嘲讽神谕教廷无能的世界贵族学生，终于可以乖乖闭嘴，称颂神谕教廷伟岸的功绩了。

真是一件令人欢欣鼓舞的喜事啊！

虽然，这种喜事中，依旧夹杂着一些小小的遗憾……

例如：奥丁彻底废了。

神谕教廷在杀死幼儿简笔画巨龙后，救回了他们作为军方代言人的战神奥丁，然而，不知那头简笔画丑龙在囚禁奥丁的那些年里，究竟对奥丁做了什么残忍事，总之，最后那个被救回来的奥丁，失去了他最后残留的全部灵力。

“奥丁，彻底变成了凡人。”

“还是一个濒死的凡人。”

“甚至就连当科研材料的意义都没有。”

“而且，连说话的口吻都改变了。”

“该不是受了什么严重刺激，彻底发疯了？”

阿兰星落的智者科学家们，围在一起，对这个被救回的奥丁，做了全方位检查，然后做出判断：奥丁没用了。

“喵呵呵，既然没用了，那就把奥丁卖给我吧。”

猫校长梅利伊布拉，对此感到非常满意。

“这个价格何如？”

吝啬的肥猫，出了一个数字，来购买这个废掉的奥丁。

“校长先生，您确定要买下他？”

智者科学家们对此表示诧异。

“就算是作为凡人，他也没几年寿命了吧。”

奥丁失去了所有力量，虽然身体不再被四维古神的庞大灵能所撕裂，但作为肉体凡胎，受创那么严重，浑身伤病，也没几年可活了，买回去能干什么用呢？

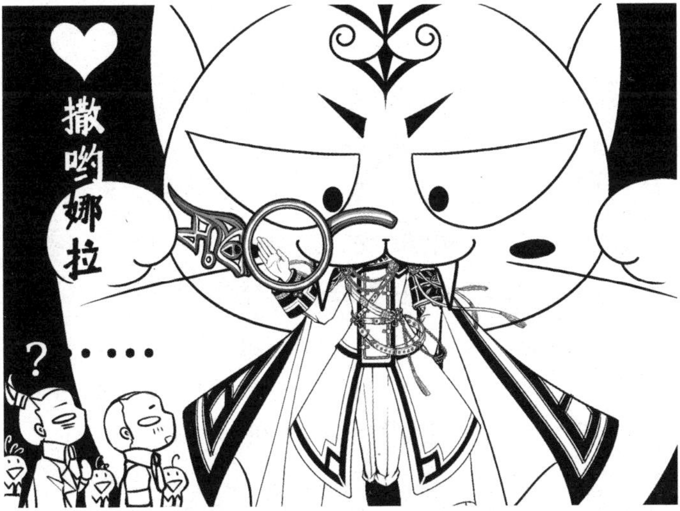

“本校长，缺一块猫抓板。”

梅利大猫龇牙咧嘴，露出了小小的猫爪。

“这个差生，虐猫多年，该接受惩罚了，喵呵呵。”

梅利大猫说罢，买走了命不久矣的奥丁。

猫校长化成一只五米多长的巨型猫球，驮着这个满身伤病的最差学生，回到了凡世的地球。

这个差生，已经不剩多久的寿命。

笑容，却还那样刺眼，猖狂。

猫问：“最后，还有什么心愿未了？”

差生说：“巧克力棒来一根。红酒味的。呵呵哒。”

那个差生，懒洋洋靠在梅利的猫肚子上，叼着巧克力棒。

猫问：“遗憾后悔吗？”

差生说：“还行。我超越了拉。我创造出了不朽。”

他是最强的生命炼金术师。他瞒天过海。他炼化了神迹。

猫不屑一顾：“哼，什么不朽，不就是救了个凡人嘛。”

差生说：“等到了想等的人。”

差生说：“美好的愿望，虽然经历苦痛和磨难，但依旧结出美好的果实。这才是正确的天道。只有这样，人类才会信仰美好，远离杀戮，成就梦想。”

差生说：“作为一位伟大的龙血族神王娘娘，我的任务，就是让人类信仰这种美好，无论这种美好，是不是我胡编乱造出来的。呵呵哒。”

猫惊：“哇——你个不要脸的小病毒！你不是龙神女娲后裔的后裔吗？为什么说话口气比她更加像个大神！”

差生说：“因为我是欲望啊，我想干吗就干吗。现在我饿了。我想吸猫。唔——”

那猫一爪子将那不要脸的病毒，拍进了自己的绒毛里。

这个不要脸的病毒生命体，现在的名字，叫作：魔化龙曜 2.0 版本。

他是龙曜临死前留下的一段病毒程序。

他是龙曜毕生全部的欲望。

他为完成龙曜的心愿，而留存于世。

他拆毁了奥丁。

他将奥丁折腾得死去活来，拆成一千亿个元件后，重新组合，炼化出了一具极尽完美、无限强大的人工智能玩偶。

那具人工智能玩偶，名字叫作——

亚瑟·圣梅洛·V. 古斯塔夫。

代号：智者亚瑟 2.0 版本。

亚瑟，是龙曜此生最完美的作品。

亚瑟，体内承载着神王智者奥丁所有的记忆和血脉。

亚瑟，就像一名真正的人类婴儿一样。

会成长，会哭笑，会热爱，会伤心。

他就是那个等了盘古 138.2 亿年的垂暮古神。

他经历了无数死亡。

他什么都没有等到。

他只等到了一个似曾相识的陌生人。

那是他用百亿年初心如故孕育出的故人。

那人……是什么都不是的龙小邪。

第三十六乐章
圣梅洛公爵的记忆碎片(III)

病毒龙曜，逗留在人间的最后几年，一直都在欺负亚瑟。

病毒龙曜，无比欢脱地又扮演起了“哥哥”这个角色。

他已经耗空了所有力量。

他只能占据着奥丁濒死的身体，生活在亚瑟的童年中。

他又在尽情享受充当哥哥的快感。

因为，他是欲望。

病毒龙曜，对于奥丁这张英俊且不女气的脸，感到非常满意。他那几年最喜欢做的事情，就是——带着小时候的亚瑟，到处开车兜风，然后，像个花花公子一样，吸引来无数妙龄少女的青睐。

这种放浪形骸的滥情渣男哥哥，让幼年时代的亚瑟，感到非常烦恼。

“哥，你不能这样。

“我不要坐你的车，放我下去。

“不要再吃那种垃圾食品，你会死于高血压和糖尿病。

“你这人怎么回事，人生不能有点规划吗？”

亚瑟一直是个非常一本正经的孩子。

他就像个小小的糯米团子似的，在这个冒牌哥哥面前，张牙舞爪，苦口婆心地教育着他。

病毒龙曜，觉得这小孩子，非常有意思。

病毒龙曜，隐约想起，貌似很久很久以前，这个一本正经的面瘫北欧小鬼，就一直是那样一本正经，是个教科书般标准的优秀学生。

很久很久以前，他们龙家三兄妹每次闯祸，都去找这个面瘫善后。这个面瘫，经常面无表情地给所有人背黑锅。

盘古和宙斯，曾经是学校里最出名的捣乱分子。

他们两个，经常缩在犄角旮旯里头筹谋盘算：怎么欺负这个冰雪之国来的面瘫小子，怎么让他出个大洋相，怎么将他拖下水，怎么让他背黑锅。

那时候的面瘫，年纪还很小，有时候被整到气急败坏了，就提枪追着盘古狠揍。

盘古一直没想明白，同样是整人恶作剧的主谋，为什么每次这个面瘫追着打的，都是他。

“这次真的是宙斯害你的，相信我，打他！”

那个小面瘫从来不信盘古的鬼话。

然后，小面瘫就被盘古的妹妹给抽了。

盘古的妹妹，年纪特别小，是个超级奇葩。她看自己的哥哥弟弟，怎么都顺眼，看其他男人，怎么都不顺眼。谁敢靠近她哥她弟，她就举剑捅谁，甚至连只母蚊子都不放过。以至于她哥哥弟弟无论长得多帅都一直打着光棍，连多看班里的漂亮妹子一眼都不敢。

他们一群人关系挺熟的，经常一起出任务。

那小面瘫，是个智者，但总误以为自己是个战士，遇到危险，习惯性就会把年龄小的男孩女孩护在身后。

不过，龙家那小女孩，从来不领面瘫的情。

疯丫头有一次偷酒喝醉了，开始撒酒疯，谁也制不住。

她得意忘形，龙尾巴一摇，就把面瘫绕在尾巴里，一边跳舞，一边亲他，一边怪笑说：

“看我把你拧成会笑的沙琪玛，呵呵哒！”

事后，很多同学都嘲笑她。她就天天提剑追面瘫，仿佛一剑捅死面瘫后，她那原本就很臭的名誉便可以保住似的。

那小女孩性格一直很倔。

她特别喜欢安排别人的人生，例如：她经过无比精确的战斗数据分析后，明确安排她哥哥耍扇子，安排她弟弟弹古琴，完全不管那俩愿不愿意。反正，谁都必须听她安排。

因为，她是全族中最聪明最了不起的那条龙。

她最不喜欢面瘫，因为面瘫从来不听她安排。

面瘫总觉得自己比她更聪明，每次遇到危险时，就总想安排了她。很多女学生觉得面瘫这样很有男人味，都想和面瘫组队。她却对此完全不屑一顾。装什么酷。

她读书时最头疼的事情，就是有次听哥哥说，面瘫将来有51% 的概率，会成为她和亲的对象。她吓得好几夜没睡着，抱着弟弟黑白双色的大尾巴瑟瑟发抖，后来一见面瘫出现，她就拔剑吓他，仿佛那个从来不听她安排的面瘫，是一头不可驯服的星际怪兽。她不需要不可驯服的宠物。

后来，宇宙战争打响。

哥哥和面瘫带队跑了。

他们俩要去拯救苍生。

前尘往事，就此作罢。

最终她谁也没安排上。

哥哥和弟弟全都死了。

他们用自己的死，把她安排成了一族之王。

他们用救世的梦，给她安排了一场百亿年的孤独守望。

不过没关系。早无所谓了。

那都已是一百多亿年前的陈年旧事。

除了她的后裔，谁也不会再记得了。

“亚瑟，我教你格斗术吧。”

2017 年冬季。

亚瑟感染了一次很严重的传染病。

那病很特殊，很难治。

病毒龙曜，花了很大代价，保住这面瘫的小命。

那个病毒生命体，残留在世上的日子，正式进入倒计时。

“嗯……”

亚瑟缩在被子里，呆呆看哥哥，想说什么又说不出口。

年幼的孩子，什么都不记得。

小时候的亚瑟，总是下意识抓着这个冒牌哥哥的衣角不放，仿佛只要那样牢牢抓着，就能抓住什么重要的东西。

小时候的亚瑟，很像那个面瘫小神王本尊。

他总是板着脸，因为不知道怎么表达想法。

例如：他想说，别走，留下来。但总像语言有障碍一样，只会一伸手，攥住对方，闷不吭声。

你在哪里？这是送给你的。

请你好好收下。不要丢在地上。

2018 年 3 月 16 日。

亚瑟 7 岁生日。

亚瑟在前来祝贺的人群中，搜寻哥哥的身影，什么都没有找到。亚瑟有点着急，有点烦闷，仿佛总有什么不好的事情发生了。但他不知道是什么。

亚瑟点开手机，开始无比罕见地给哥哥发消息。

“你在哪里？你在哪里？你在哪里？”

亚瑟在各种社交 APP 上连续给奥丁发消息。

发完之后，亚瑟独自坐在雪地里，抬头看雪。

那种苍白，寒冷，孤独，略显眼熟，就好像很多年前，西伯利亚雪岭之上，他曾经迷失在梦中的记忆碎片。

“哥，你的车，还停在门口，要吃罚单了。”

亚瑟发了一段很长很长的消息过去，把头埋在胳膊里。

许久之后。

手机一亮，跳出一段没头没脑的消息：

“晚安。”

然后，一切都静止了。

2018 年 3 月 16 日。英国伦敦。

吉赛尔・赫尔南多的伞坏了。

那是一柄奇怪的长柄伞，样式看起来有点土。

不过，吉赛尔并不在乎。

她无论去到哪里，总是带着这柄怪伞。

因为，这伞经常给她带来好运气。

吉赛尔参军了。

她所在的国际维和部队，总是去接最危险的战地救援任务。数年来，吉赛尔好几次在枪林弹雨中意外幸存下来的时候，这支奇怪的长柄伞，都会出现在吉赛尔身旁。

这支长柄伞，就像是一位凯尔特神话中被诅咒的缄默骑士，温柔而无声地守护着永远不会知晓自己存在的恋人。

吉赛尔说不上对这伞是什么感觉。

总之，它坏了。

“这伞，修不好了。”

伦敦中国城文物店的老板，在连续数小时的研究无果后，颓然说道：“这是柄结构挺复杂的机械伞，坏成这样，就像人死了一样，修不好修不好，再多钱也修不好。”

文物店外，下雪了，看起来有点冷。

吉赛尔没有伞，没有开车，走夜路回去，容易着凉。

“用我的吧。”

吉赛尔最近新认识的国际刑警——雷萨德·霍克巴警官，准备将自己的伞借给她。

雷萨德·霍克巴很欣赏吉赛尔工作时的杀伐果断，不过他不欣赏吉赛尔的着装品位。雷萨德无法理解，像吉赛尔这样雷厉风行的成功女性，为什么工作闲暇时，总喜欢穿一套奢靡古老的礼服裙，拿一把陈旧无用的长柄伞。这种装束，让她看起来像一个沉迷舞会大梦不醒的愚蠢小女孩。

“不用。”吉赛尔拒绝道，“我就住中国城附近。”

吉赛尔收起旧伞，走出文物店。

雪不停地落。

淅淅沥沥，点点滴滴。

总觉得有点眼熟。

吉赛尔竖起领子，低头走在中国城的街头。

光影交错中，她看见脚下，不知何时，多了一个人影。

那人影，撑着伞，走在她身旁。

为她挡去风雪，挡去危险。

没有任何声息。

吉赛尔忽然感觉心口难以言喻的疼痛。

她继续沉默不语地向前走着，走着。

走过长长的、黑暗的街道。

吉赛尔不敢抬头。

她太过聪明，敏感。

她知道，只要自己一抬头，所有一切都将消逝。

就像她曾经紧紧拥抱却又什么都未曾抓住的一样。

吉赛尔开始向她从不信仰的神明许愿。

她希望那条雪夜的街道，能够再长一点，再长一点。

长得让她足够抓住一切。哪怕一次。

然后，她停下了脚步。

街灯亮了。

她到家了。

她抬起头来。

她伸出手去。

她指尖留下一抹灰烬。

那个雪夜为她撑伞的人影，从未存在。

直到死亡，

使我们永别。

－第七册完－

下集预告

LOADING...

ATLANTHELOT CHRONICLES
渡过冥河,
越过九大缄默亡灵世界,
那里,是阿兰星洛永夜圣魔之城
—上古诸神灵魂安息之处.
"我不是你要等的那个人."
"自始至终,从来就不是."
"我只是你们用臆想孕育出的一个怪物."
"我此生终点,就是实现你们'以爱为名'加诸于我的一切奢望."
"龙小邪……去找武器……"
"带领他们……离开这里……活下去……"
"承君一诺,死生不悔."
《龙猫国》8
永夜甄选,世界重启之战
—— 最燃决战,即将开启
ATLANTHELOT A KINGDOM OF LOONG AND CAT

作者的（大废）话

偷偷占用一点点版面，写几句废话。←谁允许你这么干的？

《龙猫国》系列创造于2013年冬季。

诞生至今，已经六年，陆续连载到第七册，总算是切入正题部分。

↑你说什么？你再说一遍？你的正题是个毛线球啊？

嗯。对的。我的正题，就是个巨大的毛线球。(ﾟ▽ﾟ)/

这个难解的毛线球，来源于世界各国神话传说的大串烧。

小时候，第一次看到各种大洪水神话、创世神话时，我总在想：嗳？为什么相隔几万公里的国家和民族，所有的原始神话传说，都那么相似？

或许，因为，人类的起源，其实都是一样的吧。

无论肤色、民族、宗教、政体如何不同，所有的人类，都有着相似的祖先，伟大的原初。他们对抗自然，创造了不朽，然后，文明得以传承。

所以，《龙猫国》讲述的故事，是——传承。(´▽`)/

文明的传承。梦想的传承。精神的传承。

本书中涉及到的很多古代神号，并不是特指某个神的本尊，而是一种被代代传承下去的精神符号。一个神号，即代表一种美好理念的传承。

女娲的神号，其核心精神是“创造”。这种精神，来源于女娲补天、抟土造人的神话。盘古的神号，其核心意义是“开辟”。这种精神，来源于盘古开天的神话。

奥丁的神号，其核心意义是“牺牲”。这种精神，来源于诸神黄昏舍身求智的神话。普罗米修斯的神号，其核心意义是“济世”，这种精神，来源于盗火救世甘受酷刑的神话。

拉的神号，其核心意义是“重生”，这种精神，来源于古埃及太阳神船起落更新的重生神话。

一个神号，承载着一种先民精神，传承了无数后裔，传承了文明。那就是所谓的——传承。ノ(´▽`ノ)

本书从第八册开始，将进入第二卷：阿兰星落卷。第八册开始，将会有更多的神话科幻元素出现，同时《阿兰星落神话图谱》将会不断开启新的篇章，感谢大家喜欢这些故事，喜欢这些角色。

同时，《龙猫国》的诸神文明世界观开启后，还会有一些番外故事连载。这里向大家介绍第一部番外：《猫之书》。

该书讲述的是：一个名叫“龙暝”的猫眼少年，穿越时空，邂逅阿兰星落诸神文明的故事。(´▽`)ノ

感谢阅读。期待下集再见。

龙阿呆于魔都

2019年8月18日星期日

总监·阿夭：
你距离下次交稿时间
还有五秒钟……去给我肝！

VASAIRY ETHREMOURLA
系统提示
龙猫国前传『猫之书』即将开启
THE GENESIS OF MYTHOLOGICAL UNIVERSE

你所浪费的今天，
是昨日死去之人苦苦奢望的明天；
VASAIRY ETHREMOURLA
你所厌恶的现在，
是未来的你再也回不去的曾经。
——世界探索者公会 探索者墓志铭

龙暝从小就有一个特蠢的绰号，叫作二猫子。

因为，他刚出生的时候，后脑勺上，长着一颗人脸形状的肿瘤。

这是一种先天性的疾病，学名叫作寄生胎。古时候又叫人面疮。

大致意思就是，龙家母亲怀孕的时候，原本子宫内孕育着一对双胞胎，但其中一个胚胎发育不良，被另一个胚胎吸收掉了。

最后分娩的时候，被吸收掉的那个胚胎，就遗留下一块头部组织，粘连在龙暝的后脑勺上，形成了一个酷似人脸的畸形肿瘤。乍看之下，就好像龙暝的脑袋上面，长了两张一模一样的人脸，十分瘆人。

医生通过手术，替龙暝切除了这个粘连在他后脑勺上的人脸肿瘤。

龙暝终于只剩下一张人脸了。

但他的名声，却因为这个先天畸形的肿瘤，一天比一天臭了下去。

“我跟你们说——”

“龙二猫子这人，从小就邪里邪气的！”

“这孩子呐，小时候在娘胎里，就把自己双胞胎兄弟给吃掉了。”

“还没出生，就造了杀孽，长大以后，肯定不是什么好料！”

“这是天生的心狠手辣吧。千万别和他走太近。”

“有道理！”

周围亲戚，你一言我一句，几乎就将龙暝魔化成了乱世妖孽。

无数事实证明：

流言蜚语这种东西，对于一个孩子的人生而言，是极具杀伤力的。

如果你不断臆想某种情况将会发生，那么，它将更有可能发生。

——Edward A. Murphy《墨菲定律》。

所有本该具备合理科学解释和实验探索的不可思议现象，在亲戚们过度意淫和嫌恶的冷嘲热讽中，全部变成了不可理喻的一句话：邪魔作祟。

周围人无数神神道道的排斥，就像一段段阴魂不散的诅咒，伴随着龙暝一点点长大。龙暝的童年，几乎就是在一个个古怪传闻中度过的。

龙暝 3 岁那年，幼儿园体检。

轮到龙暝做检查的时候，他往电子秤上一站，体重竟然比正常学生重了八九倍。

“这电子秤明明刚刚还是好好的，怎么会忽然变成这样？”

幼儿园老师觉得纳闷，狐疑地低头一看，禁不住浑身汗毛全部竖起。

不知为何，龙暝脚下，隐隐约约，竟然同时踩着九个动作截然不同的影子：一个在刷牙，一个在洗脸，一个在打球，一个在看书，一个在变戏法，一个在写作业，一个在指着人笑……

为什么这孩子脚下，当时会有那么多个人影？难道说，就是因为这孩子有九个影子，所以体重就是正常孩子的九倍重量吗？

“这到底算什么情况？是我当时正好眼花了？还是我脑子出问题了？”

幼儿园老师忍不住将这怪事告诉了当天晚上正好来接龙暝的舅妈。

于是，除夕夜团圆饭的时候，亲戚们围在一起，一边包水饺，一边热烈讨论了好几个小时，直讨论得天昏地暗：

“我看龙二猫子这孩子，说不定啊，就是影子成的精！”

“瞎说什么！闲得没事吗?！”

龙家父母忍无可忍，一拍桌子，年夜饭都没吃，拽起儿子就回了家。

龙暝 4 岁那年，住在叔叔婶婶家里玩。

婶婶正在做菜，腾不开手，就让龙暝下楼买盒鸡蛋。

龙暝拿着 100 块钱，高高兴兴地去了楼下便利超市。

十分钟后，龙暝高高兴兴买回来一篮子土鸡蛋。

“零钱呢？”婶婶一边炒菜一边伸手索要找零。

“在这里。”龙暝掏掏口袋，掏出来一沓子银票，递给了婶婶。

没错。银票。就是银票。而且全部都是明太祖洪武年间发行的：大明宝钞。桑皮纸质地，高 30 厘米，宽 20 厘米，顶端有六字：大明通行宝钞。

这算什么玩意儿？楼下超市找给他的零钱吗？

“喂！你……”婶婶吓得胳膊一抖，直接将半瓶酱油全倒在了油锅里。

“婶婶不用谢！下次我再帮你买鸡蛋啊！”

龙暝冲着婶婶比了个心，根本不知道自己拿回来的是什么。

婶婶自始至终没有问出来这沓子银票的来历。

从此以后，叔叔婶婶再也没让龙暝来家住过。

龙暝 5 岁那年，家里有个姨婆去世了。

姨婆葬礼前夜，家里所有大人都聚在一起商量一件麻

烦事：

他们谁都没有姨婆生前的照片，这该怎么办呢？

姨婆今年 97 岁，曾经是南京大屠杀罕见的幸存者之一。

姨婆身体状况一直极差，精神状态亦不稳定，平素几乎不和任何亲戚来往，还痴痴癫癫将自己所有存在过的痕迹全部烧掉了，就连一张生前的照片都没有留下，说是要全部烧去给死在南京的心上人，神情恍惚时，就以为自己还活在 1936 年冬天、心上人还活着的时候，实在令人扼腕痛惜。

“婆婆连一张照片都没留下，该怎么制作遗照呢？”

守灵夜当晚，家里大人们围在一起，愁眉深锁。

那一年，龙暝年纪还太小，并不知道“死亡”就代表着永远无法再见，明显没有感到太难过。他踮着脚尖，在人群里直探脑袋，瞎嚷嚷道：

“我要玩手机！我要打游戏！我要拍照片！我要吃糖葫芦！”

“小赤佬，滚一边玩去！”脾气暴躁的舅公当时正在气头上，随手塞给龙暝一部手机，就让这熊孩子乖乖蹲到角落里打游戏去。

龙暝哦了一声，就高高兴兴抱着手机，高高兴兴跑开了。

半小时后，他又高高兴兴跑了回来。

“舅公舅公！手机还你！谢谢你给我买的糖葫芦！”

龙暝摇晃着舅公的手机，舔着一串不知哪儿来的糖葫芦。

“小赤佬，又在瞎说什么……”

舅公可不记得自己给他买过什么糖葫芦，挥起拳头，就要吓唬这个在守灵夜上乱窜的熊孩子，结果，拳头刚举到一半，他整个人就僵在了原地！

舅公手机屏幕上，不知何时，多出了一张非常奇怪的照片。

那是一张民国时期的老照片，全彩照片，4000K 高清像素。

照片上，姨婆站在画面中央。

她那时看起来只有十四五岁，正值风华正茂的年纪。

她穿着一袭南京教会学校的苍青色制服，梳着双麻花辫，系着苍青色的丝带，站在一名金银妖瞳火红狐裘的俊俏少年身后，站在秦淮雪夜中，站在灯火辉照的往昔岁月里，笑得异常幸福而美满。

那一瞬，仿佛就是耗尽了她一生守望的年少时光。

有一个卖糖葫芦的小贩，正在照片角落里，大声吆喝着。

那是冬夜，灯火辉照，月下泛舟。

秦淮河畔，金陵一梦，初雪渺然。

“你……这……这照片……哪里来的……”

舅公猛地倒抽了一口凉气，还想咆哮。

结果，话没说完，懵然掩面，眼泪扑簌簌落了下来。

逝者已去，往昔不复。

舅公自己也在那张老照片上。

他撑着苍青色的纸伞，痴痴站在少女身畔，望着花月灯下的她和他。

后来，他们都不在了。不在了。

不知觉间，80 年岁月，人间正道，韶华蹉跎。

红颜迟暮，英雄白骨。

不复。不负。

龙暝 6 岁那年，在姑姑家住了半个多月。

姑姑是全家最讨厌龙暝的人。

因为姑姑特别迷信。她听信亲戚们的话，总觉得龙暝身上有邪气，甚至，还给龙暝起了个新绰号，叫作龙小邪祟。整天板着脸吼龙暝。

“龙小邪祟！谁让你整天钻在我家床底下的？滚出来！”

姑姑特讨厌龙暝钻在自家床底下玩，总觉得他会把邪气传染给自己，偏偏龙暝，就是对姑姑家那张晚清雕花的红木大床情有独钟，一钻就能钻好几个小时，不知道在下面干些什么。姑姑每次都被他气得跳脚。

“龙小邪祟！你如果敢在我家床底下放死老鼠，我就打死你！”

姑姑横眉竖目，狠狠恐吓龙暝。龙暝吓得不清，赶紧摇头澄清。

“没有没有，我……我……我绝对没有没有放死老鼠。”

龙暝指着姑姑家那张晚清雕花的红木古董床，奶声奶气辩解道：

“我在床底下跟姑姑家的九个小表姐玩得很开心，绝对没有放死老鼠！”

“什么小表姐?！”

姑姑一蒙，完全听不懂这小邪祟又在胡说八道些什么。

姑姑婚后不孕，家里根本没有孩子。

她家大床底下，怎么可能冒出来九个小表姐跟他玩呢?

姑姑越想越觉得不舒服，就让姑父把床板翻开查了查，结果一查，直查得浑身汗毛全竖了起来，只见，姑姑家那张晚清遗留下的红木雕花床底下……整整齐齐，平摊着……九个俄罗斯套娃。

这九个俄罗斯套娃，曾经是姑姑年幼时最喜欢的玩具。

姑姑 10 岁生日那天，龙家奶奶花掉大半个月工资，从巷子口的古货地摊上，给她买了这九个价值不菲的俄罗斯套娃，当作生日礼物。

姑姑小时候，特别喜欢它们，曾经整天捧着它们，给它们起好听的名字，做好看的裙子。她曾经每天抚摸它们陶瓷做的额发，将它们一字排开，天天放在书桌上面把玩。她想做它们的妈妈。

她管它们叫作女儿。我亲爱的女儿。我心肝宝贝的女儿。

她还会唱跑调的俄文歌给它们听：

ы меня на рассвете разбудишь, 清晨，你会叫醒我。

Трогать волосы ласково будешь. 你会温柔地抚摸我的长发。

Как всегда поцелуешь любя, 像往常一样，你会给我深

情的吻。

Иулыбка согреет меня. 还有那使我温暖的微笑。

Когда рядом ты со мной мне тепло 有你在身边时，我感觉很温馨。

И спокойно на душе, и светло. 我的灵魂也随之光明而宁静。

В целом мире только мы: ты и я. 在这个世界上，只有你和我。

И пою про это я, мама моя. 我要歌唱这一切，我的妈妈。

Моя мама лучшая на свете, 我的妈妈是世界上最好的。

Она мне, как солнце в жизни светит. 她就是我生命中的一轮明月。

Мама самый лучший в мире друг, 妈妈是我在世上最好的朋友。

Как люблю тепло её я рук. 我爱她那温暖的双手。

后来，姑姑长大了，不再沉迷孩童玩具。

她成家。她立业。

她在一家效益很好的房地产开发公司找到了一份高薪工作。

这一整场幸福生活中，姑姑唯一遗憾就是——

她罹患卵巢多囊综合征，很多年都没有怀上孩子。

姑父家里更加迷信，觉得肯定就是姑姑整天带在身边的九个陶瓷鬼娃娃作祟，害他们夫妻生不出孩子，于是，就将那九个俄罗斯套娃砸得粉碎后，丢进了垃圾箱。

这些晦气的陶瓷娃娃，不是前阵子就丢掉了吗？怎么又出现在他们夫妻床底下？难不成是龙暝这小邪崇为了吓唬他们夫妻，故意把这些陶瓷娃娃捡回来，藏在她家床底下？

姑姑始终觉得这事不吉利。

她赶紧送走了龙暝，将九个俄罗斯套娃再次砸碎，丢进了垃圾箱。

半个月后，姑姑身边发生了一件奇怪事。

她所工作的建筑工地，毫无预兆的，发生一起重大塌楼事故。

因为地基沉降缘故，整栋建筑的钢筋模架，在一声震天巨响中，轰然坍塌。

姑姑当时只觉眼前一黑，一刹那间，意识就进入了混沌状态。

她在恍惚中隐约明白过来：

楼塌了，她和她的同事，全都被压在了里面。

但是，她当时并没有想明白，为什么楼塌之后，她还没有直接被压死。

“咔嚓”一声。

一下奇怪的瓷器碎裂声，自黑暗中，传入她耳畔。

“向左走。”

一句语调奇怪的中文，在她耳边响起。

她只觉胳膊一紧，黑暗中，有个小小的人手，抓住了她的手腕。

轰的一声闷响。

钢筋模架再次下沉了一大截。

这一次，她听清楚了，就在那声震天巨响声中，无比清晰地，夹杂着几个小女孩的痛呼声，还有一声莫名刺耳清晰的瓷片碎裂声。

“Мать，跟着我们走！”

黑暗中，又是一句口音古怪的中文，在她耳畔响起。

“Мать，出口就在前面！”

她隐约听见，那仿佛是一个非常年幼的孩子在说话。

“Мать，再走几步，几步，不要停下来！”

那孩子不断说着，拖着她在本该坍塌的建筑中艰难爬行。

“Мать，只要走到前方，前方，就有人来找你了，他爱你！”

那孩子的中文，夹带着难懂的斯拉夫口音，令她听着半懂半迷糊。

“Мать，你看，那里就有光，是你小时候告诉我们的光！”

那孩子声音，伴随着瓷器碎裂声，回荡在迅速坍塌的钢筋模架中。

“Мать，你终会拥有自己的孩子，一个非常漂亮的女儿！”

瓷器碎裂的声音，有如咒语般，深深印刻进她混沌的脑海。

“Мать，你的孩子需要你，终有一天，你会是这个世界上最好的母亲！”

她什么都说不出，什么都回答不了，只是向前爬着，爬着，一步不停。

不停。不能停。爬向她自幼憧憬向往的光明和未来。

“Мать，还记得那首歌吗，你是我……”

轰的一声——戛然而止。

整栋建筑的钢筋模架彻底坍塌。一切归于静谧。

死亡，终结一切喧嚣梦魇。

她宛如做梦般，浑身血污，从坍塌的模架缝隙中无比狼狈地爬了出来。

“里面……有孩子！你们听我说！这栋建筑里面……还有……孩子！”

她披头散发，抓着赶来的消防队员，失心疯般，痴狂叫嚣道。

“是小孩……是小女孩！她们用身体扛住了崩塌的水泥墙！”

她根本不知道自己当时在胡说八道些什么，但就是不停不停呼喊着。

“有个孩子……拖着我爬到这里！我只带出了她……你们快救她啊！”

她疯狂喘息着，剧烈颤抖着，将手里紧攥的孩子，送到救护人员面前。

“咔嚓”一声。

一片碎瓷，自她指间滑落。

她意外成为那场塌楼事故中唯一的幸存者。

因为有人说，她凭着无限坚强的意志，自坍塌的钢筋水泥缝隙中，爬到了可以被救助的地方。因为有人说，她怀孕了，那是一个母亲为了保护体内幼儿，在肾上腺素作用下，爆发出的惊人力量和奇迹。因为有人说，她即将成为一个伟大的母亲。

一片碎瓷，自她指间滑落。

卷带着她童年的幻梦。

寂静无声。

什么都没有留下。

什么都不会留下。

什么都不曾被知晓。

什么都无法去倾诉。

因为，它们并不是她真正的孩子，从来就不是。

它们只是一厢情愿逗留在她童年梦中的寂灭光影。

Мать——俄语：妈妈。

九个月后，她诞下了第一个孩子。

女儿。取名叫作光。

除夕夜前，姑父带着她和光，去龙暝家里做客。

他看见龙暝的书桌上，不知为何，又放着半个破碎的俄罗斯陶瓷娃娃。

看起来有点眼熟。

那个陶瓷娃娃，满身皲裂纹，仿佛遭受过重力碾压，看起来丑极了，非常不吉利。姑父看到这种怪东西后，眉头又皱了起来。

他说：“龙二猫子，你这怪孩子，怎么跟你姑姑一样，总玩这么不吉利的怪东西呢？男孩子，该阳气点，以后被人嘲笑可别怪姑父没教过你！”

龙暝抬头，看了看中年得女的幸福男人。

龙暝伸手，将最后那半个破碎的俄罗斯陶瓷娃娃，收进了抽屉里。

那年除夕，龙暝不知从哪儿学到了一首歌。俄文歌。

ы меня на рассвете разбудишь, 清晨，你会叫醒我。

Трогать волосы ласково будешь. 你会温柔地抚摸我的长发。

Как всегда поцелуешь любя, 像往常一样，你会给我深情的吻。

Иулыбка согреет меня. 还有那使我温暖的微笑。

Когда рядом ты со мной мне тепло 有你在身边时，我感觉很温馨。

Испокойно на душе, и светло. 我的灵魂也随之光明而宁静。

……

Ты всегда все поймешь и простишь, 你总是理解和包容一切。

Знаю я, ты ночами не спишь. 我知道，你在深夜总是无法入睡。

Потому, что ты любишь меня, 因为，你爱我。

Потому, что я дочка твоя . 因为，我是你的女儿。

Когда рядом ты со мной мне тепло. 有你在身边时，我感觉很温馨。

И спокойно на душе, и светло. 我的灵魂也随之光明而宁静。

……

В целом мире только мы: ты и я. 在这个世界上，只有你和我。

И пою про это я, мама моя. 我要歌唱这一切，我的妈妈。

Моя мама лучшая на свете, 我的妈妈是世界上最好的。

Она мне, как солнце в жизни светит. 她就是我生命中的一轮明月。

Мама самый лучший в мире друг, 妈妈是我在世上最好的朋友。

Как люблю тепло её я рук. 我爱她那温暖的双手。

那一年，龙暝 6 岁。

他唱歌的时候，声音澄澈，孤寂无悔。

很像一个失去所有亲人的异国小女孩。

—《猫之书》试读本完—

ATLANTHELOT CHRONICLES
『龙猫杯』画文征稿大赛
『征稿内容』
龙猫国系列相关作品。
例如：小说、诗歌、插画、漫画、手书、
剪辑、cosplay、手账、手工小物等……内容形式不限
『奖项设置』
特等奖：奖金(200-2000元不等)、周边大礼包、作品刊登
一等奖：龙猫国主题系列床上用品
二等奖：龙猫国主题古风大袖衫
三等奖：龙猫国主题等身抱枕
随机赠品：龙猫国主题角色立牌、钥匙扣、围巾等周边礼物
ATLANTHELOT A KINGDOM OF LOONG AND CAT

VASAIRY ETHREMOURLA
『参赛报名地址』
扫描二维码登录新浪微博
https://m.weibo.cn/2141546071/4461992749935991
详细活动规则见『龙猫杯2.0画文征稿大赛』置顶帖
THE GENESIS OF MYTHOLOGICAL UNIVERSE

图书在版编目（CIP）数据

龙猫国．7，诸神黄昏，天劫文明与神谕书：全二册／龙君晓初著．--武汉：长江文艺出版社，2020.5（2024.3重印）

ISBN 978-7-5354-9452-8

I. ①龙… II. ①龙… III. ①长篇小说－中国－当代 IV. ① I247.5

中国版本图书馆 CIP 数据核字（2020）第 016863 号

龙猫国.7，诸神黄昏，天劫文明与神谕书：全二册

龙君晓初　著

选题产品策划生产机构 | 北京长江新世纪文化传媒有限公司
选题策划 | 金丽红　黎　波　白　泽
插画总监 | 谢晓凌
责任编辑 | 张　维　　助理编辑 | 韦佳艺　　内文制作 | 张景莹
项目统筹 | 顾紫璇　刘　霞　　媒体运营 | 刘　冲　刘　峥　洪振宇
协力画师 | 乐嘉程　苏　顾　沉默寡言黄少天　　责任印制 | 张志杰　王会利
法律顾问 | 梁　飞　　版权代理 | 何　红
特别鸣谢 | 李驰宇　邓　哲　杨　棣　SIVA 动画系
总 发 行 | 北京长江新世纪文化传媒有限公司
电　　话 | 010-58678881　　传　　真 | 010-58677346
地　　址 | 北京市朝阳区曙光西里甲 6 号时间国际大厦 A 座 1905 室　　邮　　编 | 100028

出　　版 | 长江出版传媒　长江文艺出版社
地　　址 | 湖北省武汉市雄楚大街 268 号湖北出版文化城 B 座 9-11 楼　　邮　　编 | 430070
印　　刷 | 天津盛辉印刷有限公司
开　　本 | 889 毫米 ×1194 毫米　1/32　　印　　张 | 17.75
版　　次 | 2020 年 5 月第 1 版　　印　　次 | 2024 年 3 月第 2 次印刷
字　　数 | 386 千字　　图　　数 | 160 幅
定　　价 | 50.00 元